U0048912

げんや
下

東野圭吾
Higashino Keigo

劉姿君——譯

幻夜（下）

Contents

第七章

1

進門的是一對二十來歲的情侶，兩人都染了一頭咖啡色頭髮。女方是短髮，男方卻長髮及肩，還蓄著稀疏的鬍子。

他們在前店的展示櫥窗前看了許久，應該很有希望，但也不能期待太高，頂多是買個一、兩萬圓的花式戒指吧。

「歡迎光臨！」即使如此，他仍堆起笑容迎向兩名年輕人。

「前面那個有紅色寶石的項鍊，可以給我看一下嗎？」女孩問道。

「紅色寶石？是哪個？」

「上面有一顆紅色寶石，被一隻小小的蛇圈住的那款。」

「哦。」他從內側拉開玻璃門取出商品，將東西擺到女孩面前，「是這個嗎？」

「對對對，這個很可愛。」

「很不錯吧！是瑪瑙呢。」

「噢。」

女孩對中央的寶石似乎不怎麼感興趣。本來如果女孩想進一步了解，他正準備告訴她那是人工染色的，也不想說了。看來女孩很喜歡圍繞寶石的那條小蛇，一旁她的男友一副反正妳趕快買完就好的神情，正閒得發慌。

「這個，就是上面的價錢嗎？」女孩問，商品還拿在手裡。最近的年輕人很習慣殺價，來到這家店之後，他對此有很深的感觸，這在之前的店裡是未曾有過的體驗。
減價當然可以，標價就是以此爲前提而定，至於能減到什麼程度，他有權定奪。
「可以不要加稅。」
咖啡色頭髮的女孩聽到他的回答皺起眉頭。
「咦——，再便宜一點啦！」
男孩說再便宜個三千。看來他要是不幫著說點話，也許離開這裡之後會挨女友的罵。
「這樣我們就沒賺了啊。」他笑著說。
「咦——，一定是騙人的啦！」女孩噘起嘴說。
正當他心想就少算三千吧，店門開了，來了別的客人。他反射性地說了聲歡迎光臨，一看到對方的臉卻心頭一驚。
他認得這張臉。完全未經整理、放任亂長的頭髮，沒刮乾淨的鬍子，銳利的眼光，瘦削的臉頰。他在哪裡見過這個人。是地下珠寶商嗎？不，不對，應該是在別的地方見過，而且對自己來說不是什麼好對付的人，這一點他十分確定，所以才會心驚。
「好啦，大叔，不然便宜兩千好了，我付現。」
才買兩萬圓的東西付現有什麼好炫耀的，但不管如何，他一心只想先送這對情侶出門。
「好吧，眞是拿最近的女孩子沒辦法。」
聽到他的回答，年輕情侶發出歡呼。晚一步進來的男子朝他瞥了一眼，視線一對上，不知爲何男子竟投來不懷好意的笑容。眞讓人不舒服。

這一瞬間，腦中某部分的記憶鮮明地重現了。他清楚地回想起這名男子是誰，身子不由得僵了。

「大叔，怎麼了？」

「啊，沒有，不好意思。」

包裝著商品的指尖在發抖。這時候他來這裡做什麼？找我有什麼事？想來找碴嗎？還是來翻舊帳？——種種不祥的想像一一浮現。那男子是他一點也不想見到的人。

情侶接過商品走出店門後，他猶豫著一直沒上前招呼男子，但不久男子便靠了過來，低著頭說：

「你好像還記得我啊。」

啊啊，對。——他心想，就是這種聲音。他曾被這聲音恫嚇、斥罵，那是一段不願想起的過去。

「是不是啊，濱中先生。」男子又說。

沒辦法他只好抬起頭來，視線一交會，他忍不住眨了眨眼，「是的。我記得。」

「好久不見了。唔，三年……是吧？」

「您是加藤先生……加藤刑警吧。」

「連名字都記得，真是我的榮幸啊。」加藤的鬍碴臉笑開了。看在濱中洋一眼裡，彷彿是帶來不幸的使者正舐著唇。

濱中舔了舔乾澀的嘴唇之後才開口。

「請問有什麼事?我跟你們應該無關了吧!」

「被討厭得這麼徹底啊。」加藤苦笑,「濱中先生在這裡工作的消息,我是聽你太太說的。啊,抱歉,應該說前妻才對噢。」

分明是故意的。——濱中暗罵。

「我還特地交代過她不要傻乎乎地隨便告訴外人的。」

這是他竭盡所能想得出來的一點諷刺,但刑警似乎沒聽懂。加藤一邊點頭,一邊拿出菸盒。濱中想起這人是個老菸槍,偵訊室裡老是被他搞得烏煙瘴氣。

「你們這裡連長野冬奧的紀念獎牌也賣啊!這次日本的表現很不錯吧!紅日飛行隊的傑出表現,有沒有讓這裡的東西值錢一點啊?」加藤望著展示櫃說:「我知道御徒町這裡有很多銀樓,不過還是第一次走進來。和一些名店比起來便宜很多呢!連剛才那種年輕情侶也敢進來。」說著,他抬起頭來,「跟銀座的『華屋』一比簡直就是天差地遠嘛。」

「您是爲了損我而特地跑來的嗎?」

加藤嘴裡說別氣別氣,一邊點起菸。

「三年前的案子雖然讓你不好過,我們就算扯平吧!當時濱中先生你也有很多地方逼得我們不得不懷疑你啊。」

濱中別過頭去,他不想回想起那件事。

加藤把煙吐出來。

「關於毒氣案,我打從一開始就沒懷疑濱中先生。事情都過去了我才敢說,當時那個毒氣的裝置相當精巧，外行人是做不出來的。」

「不過您卻整我整得好慘。」

「所以都得怪你啊，也可說是時機不巧吧。這頭發生毒氣案，另一頭又冒出跟蹤狂，一般當然會認爲有關吧。」

「可是跟蹤狂的案子也……」

「不是我幹的。——你想這麼說吧？我都知道。」

濱中嘆了口氣，看向外面，心想客人怎麼不趕快上門呢？不管多低俗多不入流的客人都好。

「不過濱中先生，你倒是承認了跟其中一個人有關係。新海美冬小姐。你跟蹤她是事實吧。」

「都這麼久了，問這些做什麼？」

「問你什麼，你答就是了。還是怎麼？你希望我再去弄那些麻煩的程序嗎？我是無所謂，倒是你，反而會更困擾吧？」加藤把原本叼在嘴裡的菸夾到指尖，就以那隻手叩叩有聲地敲起展示櫃，「好不容易找到工作，你一定不希望以前的事又被翻出來吧！所以，能不能麻煩你實話實說？」

濱中心想，這人一定沒有朋友。

「那時候我就說過了，我和她當時正在交往。」

「是啊，這我記得，我還寫在報告裡面，可是新海美冬否認了。」

刑警連名帶姓地稱呼美冬，讓濱中感到有些突兀，但現在要緊的是他還有話要說。他仍低著頭，開口說道：

「只要再多調查一下，應該就查得出來。當時我們正在交往，這是千眞萬確的。」

「這樣啊……」他覺得刑警似乎吐了一口煙。

濱中心想，反正他一定是不懷好意地笑著，便抬起頭來，然而他看到的卻是加藤嚴肅的表情。

「她爲什麼要否認？」

「這還用說嗎？」濱中大大地嘆了一口氣，「因爲跟蹤狂的案子我有嫌疑，她當然不想跟我扯上關係吧。跟一個騷擾所有女店員的男人交往，就算只是暫時，天曉得周遭的人會拿什麼眼光看她，在公司裡立場也很難堪啊。」

「之後你曾跟她談過嗎？」

「怎麼可能！」濱中搖搖頭，「我好幾次想和她聯絡，都沒聯絡上。我怕要是逼得太緊反而會讓我自己的立場更糟，也就死心了，反正到最後也改變不了什麼吧。」

被警方釋放後，公司先是命令濱中在家反省一段時間，之後回公司被調去做閒差，形同對他施以無言的壓力逼他自動辭職。或許當時應該堅持下去的，但他已經沒有那份精神和體力了，至少公司還願意撥給他一筆資遣費，便提出了辭呈。

然而，朝他襲來的一波波惡夢並未就此打住。沒多久，妻子順子便要求離婚，揚言若不答應就要聘請律師。一旦鬧上法院他是沒有勝算的，因爲他已親口向警方坦白自己與新海美冬交往。公寓和孩子被搶走，還被迫同意支付贍養費。那個案件對他沒有任何好處，還把他推向人生的谷底。他甚至考慮過自殺。

「濱中先生，」加藤直直地凝視著他，「你是不是跟誰結怨了？」

「我？您怎麼會這麼說？」

「我很同情你啊。」加藤再次露出令人厭惡的笑容，「跟蹤女人的行爲雖然不對，但一想到後續發展，就覺得濱中先生你還眞是倒楣。世界上有多少人在做同樣的事，大家都瞞得好好的，但你的運氣卻沒那麼好。先是遇上毒氣案，接著竟然扯出其他女店員被莫名其妙的男人跟蹤的事。不過，我對你的同情，前提是建立在那些事都不是你幹的嘍。」

「就說都不是我幹的！」濱中瞪著刑警。

「這樣的話也太巧了，不管是毒氣案還是跟蹤騷擾，幾項狀況證據都指向你。這會是巧合嗎？」

「可是明明就不是我啊。」

「所以啊……」加藤顯得不耐煩，往菸灰缸裡按熄了菸，「不是你幹的，又不是巧合，結論就是有人想陷害你吧？」

濱中看著加藤。刑警迎上他的視線，點了兩、三次頭。

「誰會這麼做？」

「所以我才問你啊。你是不是跟誰結怨了？」

「我沒印象……」

「別答得這麼乾脆，麻煩你仔細想想，好嗎？」加藤叼起第二根菸，卻沒點火，繼續說道：

「好比新海美冬呢？」叼著的菸上下抖動。

「她？怎麼會……。不可能……」

「你那時候是這麼說的吧？被問到爲什麼要去翻她的信件時，你說她好像有了別的男人，你是想去確認。如果你說的是實話，那麼就表示有一種可能——她想和你分手。」

「這麼說也是……。所以她才設計陷害我？」

「不無可能吧。」

「太可笑了。」濱中搖著手否定，「她何必那麼大費周章？我有老婆，她只要開口說想分手，我也只能答應呀，可是她卻完全沒跟我提。雖然最後我們是分了沒錯，但那是因爲發生了那個案子……」

「她有別的男人吧？」

「這個……我不知道。事到如今，誰曉得呢。」濱中搖搖頭。

「你覺得新海美冬另有男人的理由何在？」

「理由……」

「總有什麼根據吧！所以你才會去翻她的信箱跟蹤她，不是嗎？」加藤的話每一句都帶刺。

濱中搓了搓臉，視線轉向店門口，依舊不見客人的影子。

「我是聽其他女店員說的。」濱中說：「『華屋』的員工。」

「她說新海小姐可能有男朋友？」

「她沒說得那麼白。她好像是聽到美冬講電話，說美冬好像在跟男人約定碰面的時間。」

「那個女店員叫什麼名字?」
濱中嘆了一口氣,「畑山小姐。」
加藤從口袋取出手冊,翻開某一頁,手指在上面滑動。
「哦,有紀錄。畑山彰子小姐,聲稱遭到跟蹤狂糾纏的其中一名女性。新海小姐有男友,你是聽她說的?」
「對。」
「可是,她怎麼知道新海美冬通電話的對象是男友?也許只是跟女性朋友約好見面而已。」
「我也是這麼想,但是畑山小姐很肯定說那通電話的對方一定是男的……。那時候畑山小姐大概還沒遇到跟蹤狂,隨口就把這件事告訴我了。她說,女人只有在喜歡的對象面前才會顯露眞實的自己……」
「眞實的自己?怎麼說?」
「美冬那通電話好像是用方言講的,就是關西腔,而且語氣不像是對朋友說話,比較像是在撒嬌。這是畑山小姐的形容。」
「關西腔啊。」加藤一臉陷入沉思的表情,「聽了畑山小姐的話之後,讓你想到什麼了嗎?」
「我的確覺得很奇怪。因爲美冬說她在地震中失去了雙親,而且離開關西也很久了,所以在那邊完全沒有朋友。如果她的話屬實,那她應該不會有以關西腔說話的對象才對。」
「所以你才懷疑她有男人?」

「也不是懷疑……，就是想確認一下。我會去翻信箱，是因爲想看看有沒有關西那邊寄來的信。」

一想起當時，濱中就全身發燙，氣自己那時候爲何會對那個女人如此投入，一方面也因爲事到如今還不得不坦言面對那些行徑而感到懊惱。

「可以了吧？刑警先生。我不知道你想調查什麼，但是現在不管是『華屋』還是美冬，都跟我沒有關係了。請你放過我吧！」

然而加藤彷彿沒聽到他的話，繼續問下去。

「你去翻的只有信箱嗎？沒有翻別的嗎？」

「都沒有了……」

「眞的嗎？」加藤的眼神帶著輕蔑，「我不相信隨便去偷看別人信件的人會這樣就算了。」

看濱中不說話，加藤把新的菸點著。

「你翻過垃圾吧？一定也跟蹤過她。」

「刑警先生，我要生氣了。」濱中瞪著對方，「事情都已經結束了，不是嗎！現在還有什麼好說的？」

「就是因爲已經結束了，所以現在我也不想拿你怎麼樣，你只要老實說就好了。」加藤低沉的聲音彷彿震動著胃部，「剛才我也說過，你一定很想保住現在的生活。要是這邊也把你開除，你就眞的走投無路了。」

「……她究竟做了什麼？爲什麼現在還要這樣窮追不捨？」

加藤叼著菸，狡猾地笑了，「這你不必知道。」

「可是……」

濱中才開口，加藤從上衣內袋取出一樣東西放到展示櫃上，看起來像是一張摺得小小的傳單，上面有寶石和金屬飾品的照片，還印有「華屋」的商標。濱中一點都不想伸手去拿。

「這是什麼？」

「『華屋』好像轉型了，你聽說了嗎？『華屋』和一家叫『ＢＬＵＥ　ＳＮＯＷ』的公司合作，推出與過去概念截然不同的珠寶飾品。」

那家合作公司的名字以及「華屋」推出新商品的事，濱中都一無所知。他一直極力避免接觸任何與「華屋」有關的消息。

「看你的表情，顯然是不知道了。」

「因爲我沒興趣。」

「是嗎。不過，在你知道『ＢＬＵＥ　ＳＮＯＷ』的社長是新海美冬以後呢？應該會產生一點興趣吧？」

濱中看向加藤滿面鬍碴的臉，「不會吧……」

「這個世上什麼事都有。順便再告訴你一個驚人的消息好了。新海美冬已經成了『華屋』的社長夫人了，所以她現在應該叫秋村美冬。」

「咦！」濱中睜大了眼睛，「和秋村社長結婚……。她嗎？」

「詳細的來龍去脈我也不清楚，不知道新海美冬是在『華屋』工作期間被社長看上的呢，還是因爲『ＢＬＵＥ　ＳＮＯＷ』的關係認識的。無論如何，新海美冬現在在公私兩方面都成功掌握了『華屋』。」

濱中喃喃地說：「眞令人難以置信。」

「是啊，眞是個令人難以置信的女人啊！短短三年前，她還和你牽扯不清呢，現在已經爬到上面去了。而你呢？每天在這寒酸的小店裡，向那種沒錢的情侶兜售廉價飾品。你不覺得自己虧大了嗎？」

這番侮辱的言語濱中聽在耳裡當然氣憤，然而他連回嘴的力氣也沒有了。有人爬著階梯卻一腳踩空，也有人幸運地搭上直達電梯。這他也曉得，但自己實在太淒慘了。

「所以啊，濱中先生。」加藤的語氣突然平和下來，「不管是什麼樣的小事都可以，以前你在調查新海美冬的時候，有沒有發現什麼有意思的地方？與異性無關的也沒關係。」

「我什麼都沒找到。」

「別這麼說。」

「眞的。不光是異性的事，我當時的確是很想多了解她一點，因爲我對她是眞心的。」

加藤彷彿完全了解他的心情般，大大地點了好幾次頭。當然，其中揶揄的意味也相當濃厚。

「我還曾經利用假日造訪她的故鄉，不過當時那邊地震剛過，重建工程也沒多大進展就是了。我想找找看有沒有人認識她或至少聽過她的名字，四處走了一整天。」

「然後呢？」加藤湊上來。

「如此而已。」濱中攤開雙手，「我費了九牛二虎之力，也只找到她父母住過的地方。那時

候就連進出那一帶的交通都很不方便，我拍了一大堆瓦礫堆的照片就回來了，沒有遇到半個認識她的人。」

「當時拍的照片呢？」

「這個嘛……」濱中想了想，「應該是放在家裡，大概已經被我老婆處理掉了吧。」

「這件事你告訴過新海美冬嗎？」

「應該……告訴過吧。對了，我告訴她了。我記得我拿照片給她看，跟她說我去看過她的故鄉。」

「她有什麼反應？很驚訝嗎？」

「也不算驚訝，只是有點生氣，問我爲什麼要這麼做。我還記得我回答她，只要是關於她的事我都想知道。你一定認爲我很蠢。」

加藤沒回答，而是報以淺笑，臉上寫著「對，你是很蠢。」

「我很後悔。可是，那時候我是認眞的，我不想放開那個女人，所以有關她的所有事我都想知道。那女人有一種讓男人瘋狂的力量啊。」

加藤也點點頭同意濱中的話。不知爲何，他臉上沒有剛才那種譏諷的神情。

「可以了吧？再問下去也問不出什麼了。倒是想請你告訴我，都這麼久了，爲什麼還要調查這些？她做了什麼？是和哪個案件有關嗎？」

加藤看也不看他，把菸和打火機收進口袋。

「打擾了。」說著，走向出口。

「刑警先生！」

加藤開了店門，臨走前又回過頭來。

「你剛才不是說了嗎，那女人會讓男人瘋狂。這就是新海美冬幹的好事。」加藤笑了笑，說聲我下次再來便走了。

加藤離去之後，濱中發了好一陣子的呆，也許是被胸中積鬱一吐爲快之後的虛脫包圍。他回過神來，往椅子上一坐。

美冬那細膩精巧的臉蛋，漂亮勻稱的肢體，至今仍歷歷在目。在他所經歷的女子當中，無疑地，美冬是最誘人的一位。

然而，相識當初，他並未如此地爲她瘋狂。我是一樓皮包賣場的新海。——當她前來打招呼時，濱中只覺得她是個美麗的女孩，沒將她列入外遇對象的考慮。

但見過幾次面之後，便逐漸被她吸引。看似堅強的她，在瞬息之間閃現的脆弱、無助，令人忍不住想伸手幫她一把，然而她卻又頑固地不肯讓人幫她。有時令人感覺冷漠，有時又感到她的堅強，其中分寸她拿捏得恰到好處。再加上她的眼睛具有一種其他女子模仿不來的魔力；她的凝視，令人感覺連心底都被看穿，整個人似乎被吸進去一般。

濱中本來就花心，也曾對打工女店員下手，但從未與正式職員有過出軌關係。然而新海美冬是特別的，或者應該說，他對她的感情是特別的。而且濱中也感覺到美冬渴望著他，他十分確定只要他採取主動一定能成功。

他的預測成眞了。美冬來「華屋」才兩個星期，兩人的關係已進展到前往飯店幽會。

「好想和你在同一個崗位上工作哦。」美冬在濱中懷裡呢喃，「我想隨時都和你在一起。」

「店裡的人會起疑的。」

「現在還不會啦，我才剛進來，他們不會懷疑我們的關係的。」

「說的也是。」

身為樓層經理的濱中，有權對人事提出要求。他想了一個計策，好讓美冬調到三樓的珠寶飾品賣場。這個計策立刻生效了。

在職場裡，他們徹底扮演能幹的樓層經理和新來的店員；在床上，濱中將這些壓抑全部甩開，貪戀著她的肉體。濱中很滿足這樣的狀態。他不想破壞家庭，也不願失去美冬。

「我有個夢想，希望將來能推出自己的品牌。」他在床上攬著美冬的肩，不止一次地說道：「所以我在學金工，家裡也有工作臺，我還想了好幾款設計。」

美冬說想看看他的設計，有天，濱中便將幾款設計圖從家裡帶出來讓她看。美冬一看，雙眼熠熠生輝。

「每個都好棒哦！全都是以前沒看過的！」

她的感想聽來不是奉承。

「對吧！我也很有自信。」

「尤其是這個，寶石上下疊了兩層呢。」

「將寶石平面排列的設計多不勝數，卻沒一個是做立體配置的。這搞不好可以申請專利哦！」

其實，自己的設計能否為大眾所接受，濱中一點自信也沒有，對於獨立的夢想也不抱希望，認為那終究是一場夢。即使如此，和美冬談論時，仍是滿心雀躍。

再也不會遇到像她那樣的女人了吧。——濱中心想。一切的一切，都在那一連串的案件當中毀了。

他的視線轉向展示櫃，櫃面上有加藤留下的「華屋」傳單。他扭曲著臉，打算把那東西扔進垃圾筒，但拿在手上又改變了心意。他深呼吸一口氣，攤開傳單。

「華屋」，邁向美麗新境界——先是這句標語進入眼簾，下方排列了幾張最近發表新款戒指的照片。

濱中原本茫然地望著傳單，目光瞬間變得嚴峻，拿著傳單的手也開始發抖。

「這……怎麼會這樣……」他呻吟般喃喃地說。

2

翌日，濱中造訪位於青山路的「ＢＬＵＥ　ＳＮＯＷ」，心想絕不能被人看輕，便穿上久未上身的西裝。那是他手邊最新的一套，但也是四年前買的了。

公司位於四樓。他發現自己竟然心生膽怯，不禁自我厭惡了起來。若是在幾年前，他有自信無論面對什麼大人物都不為所動，然而今天呢？光是進電梯便一顆心七上八下……

「ＢＬＵＥ　ＳＮＯＷ」兼具展示廳功能的辦公室採用了玻璃帷幕，商品擺放於面向通道的地方，不僅有珠寶飾品，也有健康食品類的商品。

一入內，年輕的櫃檯小姐便笑著說歡迎光臨，濱中一邊從懷裡掏出名片一邊走上前去。名片是進了現在這家店之後印製的，只是極少用到，因為沒那個必要。

「我想見貴公司的社長。」

聽到濱中這麼說，櫃檯小姐露出意外的眼神望向他，但臉上仍掛著笑容，說聲請稍等便離開他跟前。

櫃檯小姐走去稍遠的一席辦公桌，與一位有點年紀的女子說了什麼，手裡仍拿著濱中的名片。

濱中別過頭，仔細端詳身邊的展示櫃內，說明牌上寫著一行字「B.S. original no.1」，櫃內擺的是一只戒指。看到那戒指的設計，他深呼吸好幾次，忍住吶喊的衝動。

不久，年長女子與櫃檯小姐一同過來了。

「很抱歉，您沒有預約吧？」那名女子說。

「是的，沒有。」

他一回答，女子的金邊眼鏡後方射出冷冷的視線，唯有嘴角浮現客氣的笑容。

「請問您有什麼事呢？若是我們能夠處理的，方便告訴我們嗎？」

「我有事想與新海社長當面談，可以麻煩您通報一下嗎？若社長外出，我就在這裡等。」他也以笑容回應。裝笑是家常便飯。

戴金邊眼鏡的女子顯得有些困惑，但態度仍不為所動。

「社長現在有客人……。呃，」她看了一眼他的名片，「您是濱中先生，是吧？濱中先生您來訪的訊息我們一定會確實轉達的。」

看來她並沒有往上通報的意思。預料中的回應，濱中並不意外，過去他也曾處於類似的立場。

他從西裝口袋取出第二張名片。如果可以，他並不想動用，但這樣耗下去事情不會有進展的。他將名片遞給戴金邊眼鏡的女子。

「那麼，可以麻煩您現在就將這張名片拿給社長嗎？若是社長看了仍沒表示任何興趣，我會自動告退的。」

那是他在「華屋」時期的名片。明知遲早得丟掉，卻一直收在抽屜裡，今天他帶了三張在身上。

對方顯然很困惑。既然是「華屋」的人，就不能毫無顧忌地趕人；但又是陌生的名字，該如何處理呢？——這名女子一定不知道毒氣案。

「『華屋』珠寶飾品賣場的樓層經理，不是櫻木先生嗎……」

她知道的還眞不少。聽到櫻木這個名字，濱中心裡泛起一陣不快，那個小夥子就這樣爬到我的位子……

「新海社長一看名片就知道的。麻煩您了。」他仍擺著笑臉，鞠了一個躬。

戴金邊眼鏡的女子考慮了一會兒，說聲「請在這裡稍候」，便走進辦公室裡側。濱中嘆了口氣，望著仍站在一旁的櫃檯小姐，她似乎不知如何是好，坐也不是站也不是。

「我可不是什麼可疑人物哦。」

他溫和地對她笑，她也恢復了笑容，然後回櫃檯自己的座位坐下。

「你們也賣健康食品啊。」濱中問。

「是的。我們有一些對美容有幫助的健康輔助食品，可以提供您試吃。」

「不了，不用了。我是男性，也早過了在意外表的年紀了。」

濱中說完，方才的女子從辦公室裡側走了出來。

「社長願意見您。這邊請。」

「太好了。」濱中朝櫃檯小姐笑了笑，踏出腳步。

辦公室裡側有一道門，戴金邊眼鏡的女子敲門後打開，說聲「客人到了」，然後對濱中點個頭。

濱中一進去，看到在一組客用沙發另一側的辦公桌前，美冬正在看文件。她抬起了頭，但看也不看濱中，而是對他身後的金邊眼鏡女子說話。

「有事我會叫妳，別讓任何人進來。」

好的。——說完，金邊眼鏡女子便離開了。門關上之後，美冬站起身來，直視著濱中，毫不猶豫地走近來。

「好久不見。」

「聽說妳現在做得很不錯，我也看過『華屋』的傳單了。」

「請坐。要不要喝點東西？」她一副沒聽見他的話的樣子。

「不用了，能談一下就好。」
「眞的好久不見了，看到名片嚇了我一跳。來，坐吧。」她再次請他在沙發坐下，自己也坐了下來。
濱中直盯著她坐下，然後再次環顧室內。辦公室幾乎沒有多餘的東西，最顯眼的就是玻璃櫃，但裡面擺飾的似乎也是這家公司的商品。
「說眞的，我還以爲妳不肯見我呢。」
「怎麼會呢？和各種人見面也是社長的工作，尤其是像我們這麼小的公司。」
「妳嘴上雖然這麼說，做起事來卻是大手筆。不是聽說妳和那個『華屋』聯手嗎？對對對，我忘了向妳道賀。」濱中併攏膝蓋，低下頭說：「恭喜恭喜。」
他當然是爲了諷刺她才這麼說的，一邊心想她的臉色一定很難看，一邊抬起頭來。然而美冬全然不爲所動，緩緩點頭的態度甚至可說是從容不迫。
「謝謝。只是我們兩邊都太忙，現在還沒有已經結了婚的感覺。」
「聽到妳和那個人結婚時，我眞是大吃一驚。」濱中不屈不撓，努力在這個話題上打轉，「想都沒想到對方竟然是那家『華屋』的社長。」
「只能說是緣分吧。」美冬若無其事地一語帶過。
看來她是打算裝蒜到底了，既然如此，我也有我的辦法。——濱中調整好坐姿，清了清喉嚨。

「我有兩、三件事想問妳。」

「什麼事呢？」美冬看了手表一眼，大概是想暗示沒時間慢慢談。濱中決定當作沒看到。

「首先是三年前的事。妳大概不願意去回想，我也一樣，但我想把事情弄清楚。也許妳會認爲爲什麼事到如今還要問，但我有我的原因，不過這待會兒再說。我想先談三年前的事。妳對警察說，妳從沒跟我交往過，是吧？妳爲什麼要說這種謊？」

美冬臉上的笑容消失了，嘴唇緊閉成一直線。她從鼻子長吁了一口氣，接著環起雙臂看著濱中搖頭。

「你還在說這種話？請不要太過分好嗎？」

「好吧，妳想隱瞞我們的事也無可厚非，因爲當時我身上背著嫌疑，要是妳和我的出軌曝光，妳在『華屋』也待不下去。但妳也知道不是我幹的，我既不是毒氣案的凶手，也沒有跟蹤過其他店員。所以，可不可以請妳向我道歉？那時候，要是妳肯承認我們的關係，我的嫌疑應該早就洗清了。」

美冬換上了同情的眼神。

「你認爲我會承認那種事？」

「這裡沒有別人會聽到，就妳和我而已。妳只要說一句『對不起，我說了謊』就好了。」

美冬搖搖頭，站起身指著門說：「請回吧。」

「喂，慢著。」

「說實話，我並不想見你。但是，儘管為時不長，你終究是照顧過我的上司，我才會改變主意，想說見個面應該無妨。我實在沒想到你會說出這種話。」

「慢著，美冬。」

「我不認為你有資格直呼我的名字。」

美冬走近辦公桌，拿起電話聽筒，看樣子是準備叫人。

「我話還沒說完。就是那個，叫做『B.S. original no.1』是不是？那個戒指。」

她正要按下按鍵的手指在最後一刻停住了。聽筒還抵在耳旁，視線盯著他，「那又怎麼樣？」

「就我推測，那是妳這間公司的第一號試作品吧？」

「沒錯。」

「誰設計的？」

「我。」美冬邊回答邊放下聽筒，「你想說什麼？」

濱中往沙發椅背上一靠，翹起腿來，抬頭看著美冬。

「妳竟然好意思說這種話啊，那個戒指是我設計的。那家飯店叫什麼名字來著？在江東區的那家飯店裡我給妳看過設計圖的。」

美冬笑著搖搖頭。

「完全不知道你在說什麼。」

「少裝蒜了。我仔細看過『華屋』的傳單了，那裡面至少有五件東西是根據我的設計做出來的。」

「請不要再胡說八道了，那些全部是我們與『華屋』共同開發出來的，並沒有第三者的設計。」

「我告訴妳，我知道妳是透過妳的記憶利用了我的設計。設計的原創者都這麼說了，絕對錯不了的。」

濱中站起身走近玻璃櫃，裡面陳列了好幾枚戒指。

「這也是我設計的。從右邊數來第二個。」他轉向美冬，「把寶石做立體配置，這個創意就是來自於我。妳們傳單上說已經拿到專利了，不是嗎？告訴妳這能夠申請專利的也是我，是我在床上告訴妳的。」

他以為她一定會一臉羞愧惱怒，但美冬仍一派沉著，只見她大大地嘆了口氣，一手放到桌上，嘴角甚至露出微笑。濱中不禁有些狼狽。

「關於那項專利，有各方的人前來打聽，或許說是抗議比較恰當吧，每個人都說他們也想到相同的設計，認為我們不應該據為己有。」

「我說的是……」

「有關這方面的抗議，我都是這麼回答的：若對專利有意見，請至專利局依手續辦理。同時，若認為那設計是既有的，請出示證據。當然，無論出示多少設計圖或成品都是沒有意義的，因爲那會被視爲模仿我們的商品。」

美冬也要濱中拿出證據來。那些創意是她在枕邊細語間偷來的，她自己一定心知肚明吧。然而她說的對，他沒有證據。

「我想說的，不是專利或要妳付設計費這些，這件事只要妳知我知就好。我認爲妳能夠靠著我的設計獲得成功是件好事，只不過我想從妳的嘴裡聽到這幾句話：『那的確是你告訴我的創意，很感謝你讓我當成是自己的東西來發展。』順便加上一句：『很抱歉我隱瞞了交往的事。』只要能聽到這幾句話我就滿足了，我會帶著愉快的心情離開這裡的。」

美冬將雙手一攤，彷彿在說「眞是無理取鬧」，右手按下了電話按鍵。

「喂，美冬！」

「我說過了，你沒有資格直呼我的名字，也沒道理這樣指責我。」

「妳好意思這麼說？我會把我跟妳的事告訴秋村社長的！」

敲門聲響起，門打了開來。是剛才的女子。

「客人要回去了，幫我送客。」美冬冷冷地說。

「慢著，我話還沒說完！」

「已經夠了。我沒有時間聽被『華屋』開除的人說話。」

「妳以爲我會被開除都是誰害的？」

「不就是你嗎？」美冬泰然說道：「不就是因爲你是個下三濫的跟蹤狂嗎？」

戴金邊眼鏡的女子臉僵住了，眼神變得好像看到什麼齷齪的東西。

「請你離開，社長很忙。再不走我要叫警衛了。」

「妳給我記住！我一定會讓妳後悔的！」濱中推開戴金邊眼鏡的女子，頭也不回地離開了。

3

（……若對專利有意見，請至專利局依手續辦理。同時，若認爲那設計是既有的，請出示證據。當然……）

只聽到這裡，加藤便按掉錄音機開關，搔了搔滿佈鬍子的下巴，嘆口氣拿出香菸。

「怎麼樣？」濱中問。

刑警沒有立刻作答，他吐了一口煙，望著店裡裝飾用的觀葉植物。這兩人在霞關的一家咖啡店裡，是濱中把加藤找出來的。

「加藤先生，你倒是說話啊。」

加藤將散漫的視線轉向濱中，「說什麼？」

「我想請教你的想法。你現在知道我沒有說謊了吧？」

「我不認爲你在說謊，這三年來都不認爲。」加藤彈了彈菸灰，「不過，這種錄音帶一點屁用也沒有。」

「爲什麼？我很嚴正地向那女人表示我的抗議了啊！」

「你的確是抗議了，但那女人沒承認。錄音帶這種東西本來就很難當證據，至而這一卷就更不用說了。」

「想也知道美冬會矢口否認，可是……，可是！如果我說的是假話，不可能這麼光明正大地跑去找她理論，對吧？交往的事也是，我怎麼可能跑去質問一個實際上沒發生過任何關係的人，質問她爲什麼要隱瞞我們的關係？那不就只是個腦筋有問題的人了嗎！」

加藤冷冷地看了拚命解釋的濱中一眼，微微聳肩，嘴邊浮現笑容。

「是啊，你只是個腦筋有問題的大叔。」

「什麼……」

加藤朝說不出話來的濱中吐煙。

「我的意思是，如果光是聽這卷錄音帶，你會被認爲腦筋有問題也是意料中事。我說，濱中先生，你把錄音機藏在身上，萬一眞的讓你錄到新海美冬說眞話，你打算怎麼辦？」

「就是拿那個當證據……，雖然可能不會被採用……，也許打官司會輸，可是拿去給媒體，一定會造成話題……」

「哈哈——！你打算用這個去勒索美冬呀。」加藤不懷好意地笑了。

「沒有啊，什麼勒索……，我只是……」

「沒差啦！那些都不重要。」加藤不耐煩地搖搖手，「你以爲那女人會連這點都沒想到嗎？」

「咦……」濱中眨了眨眼睛。

「你是什麼打扮去找她的？提了公事包？」

「公事包？沒有啊，我空手去的。白襯衫打領帶，穿西裝……」

「不想讓她看到你落魄的樣子啊。」

「也不是……」濱中垂下頭，吞吞吐吐的。被加藤說中了。

「你那麼做是沒用的。」加藤說：「那女人知道你身上藏著錄音機；再不然，就是以防萬一。她跟你說話的時候可是一字一句都加以防範的。」

濱中把手貼上胸口，那時錄音機就放在西裝的內口袋裡。他想起當時的觸感。

「不會吧……」

「我相信你說的話哦，而在相信的前提下聽這卷錄音帶，就知道這女的從頭到尾都在演戲，沒有一點破綻，即使你再三提醒她並沒有其他人在場。換句話說，那女人連自己說的話可能被錄下來都算到了。」

濱中愣住了，茫然望著咖啡杯裡的黑色液體。

「我說濱中先生，你最好就此罷手吧。」加藤平靜地說。

濱中抬起頭來，「罷手？」

「我說的是，那女人不是你對付得了的。再糾纏下去，吃苦頭的很可能是你。」

「我不能就這樣縮手！我人生的一切全被剝奪，追根究柢都是那女人害的。甚至連戒指的設計都被盜用……。要我就此罷手，我辦不到。無論如何都要讓那女的好看，否則我不甘心！」

「所以就交給我吧。濱中先生你只要提供情報就好，就像今天這樣。這卷錄音帶雖然派不上用場，不過戒指設計的事倒很有意思，是很有價值的新情報。以後也麻煩你照這樣繼續吧。」加藤的語氣聽來像奉承，像諂媚，也像取笑。

濱中的手放在餐桌上，雙手握起拳咚地敲了一下。

「我沒辦法接受。」

「你很不會聽話欸。」加藤不勝厭煩地說：「我的意思是，像你這種外行人亂插手，根本是幫倒忙。那女人本來就防得很嚴了，再加上有你在那裡搗亂，別說要露出狐狸尾巴，她根本就鑽進洞穴裡躲起來，連我們都別想逮到她了。」

濱中抬眼瞪著刑警，加藤一副像在說「怎樣」似地瞪回去。

「你根本不了解我的心情。」他從零錢包裡拿出自己那杯咖啡的錢放到桌上，接著拿起錄音機站起身。

「好了，濱中先生，發什麼火呢。」加藤抓住濱中的手，「我不是說交給我嗎，你先坐下再說。」

濱中一坐下，加藤彷彿在說「很好」般點點頭。

「你當初告訴新海美冬你在設計戒指，是和她交往之後嗎？還是之前？」

「我剛才已經說過了。」

「再說一次，確認一下嘛。」加藤賊笑。

濱中嘆了一口氣，「交往之後。」

「你確定？」

「我確定。就連很親近的人，我都沒提過。」

「原來如此。」

「刑警先生，剛才你說把事情交給你，你有辦法報復那女人嗎？」

一聽這話，加藤聳聳肩，露出苦笑。

「我跟新海美冬無怨無仇，說不上報復。一定要說的話，就是想剝掉她的偽裝吧。」

「可是又不能逮捕那女的，不是嗎？她又不是犯了什麼罪。」

加藤沒回答這個問題，只是別有含意地笑了笑。

「你說你曾經去過神戶，是吧？」加藤問：「說是去調查新海美冬的事？」

「不是神戶，是西宮那邊。」

「都一樣。說得具體一點，你去調查了哪些點？」

「這我之前也說過了，就是她地震震垮的老家，還有附近那一帶。」

「其他呢？」

「在那邊就只有這樣而已。其實我也想跑京都一趟的，只是時間不夠就放棄了。」

「京都？」

「她父母本來住京都，所以她小學、中學都是念京都的學校，我也想知道她小時候的事。」

加藤以認眞的眼神凝視他。

「你知道她在京都時的住址？」

「住址是不知道，不過我知道學校，履歷表上都會寫啊。」

「所以你偷看過她的履歷表了。」

不顧濱中嘴角已扭曲，加藤進一步問道：

「你現在手邊還有她的履歷表嗎？」

「怎麼可能！早就丟了。」

「不過你還記得她畢業的學校吧？既然是曾經讓你付出那麼多感情的對象。」

「記得又怎麼樣？」

「請務必告訴我。」說完，加藤從內口袋拿出記事本。

濱中與加藤道別後回公司，一到店門口看到鐵捲門半開，心頭一驚。他離開前應該是關好的，濱中連忙跑上前拉開鐵捲門，發現店內有人影。確定那是小泉之後，他才鬆了一口氣。小泉是他的雇主，除了這家店另外還有三家。

「你出去了啊？」小泉本來似乎是在對傳票，看到濱中便一臉不悅。他身上穿著早已變色的馬球衫，外罩一件破爛不堪的外套。濱中認爲當老闆的人好歹要注意一下穿著，但小泉這隻鐵公

雞充耳不聞。

「我去買點東西……」

「哦。」小泉的臉色還是一樣難看，「聽說你跑去找『華屋』的麻煩？」

濱中呆立原地，「你怎麼知道的？」

「果眞去了。」小泉放下銷售紀錄，嘴角向下撇，「你是什麼意思？你不是答應過我不會再和『華屋』有任何牽扯的嗎？就是因爲你保證過，所以你雖然有那樣的背景，我還是把店交給你管，不是嗎？」

濱中猜得出這是怎麼一回事。美冬把濱中這號人物告訴丈夫秋村隆治了，多半還用了「莫名其妙上門找麻煩」之類的形容。

「我不是去找『華屋』麻煩，我是去找跟他們合作開發新商品的……」

小泉直搖頭，不讓濱中說下去。

「找誰都一樣。藉口說什麼人家偷了你的設計，去找碴是事實吧。」

「不是找碴。」濱中舔舔嘴唇，「小泉先生，你聽我說。他們的新商品其實是我設計的，是『BLUE　SNOW』的社長未經我的同意盜用的。」

這下小泉伸出兩手在面前揮。

「我不想聽你說這些。拜託，與『華屋』爲敵，你以爲像我們這種小珠寶行還開得下去嗎？被中盤全面封鎖試試看，馬上就斷炊我告訴你。」

「……他們來說了什麼嗎？」

「說了，說得很委婉。他們說這次就網開一面，所以我這次也就放你一馬，不過你不要再給我搞這種飛機了。」小泉一邊放話，手指一邊指了濱中的臉好幾次。

望著小泉滿是汙垢的指尖，濱中想起加藤剛剛才對他說過的話——再糾纏下去，吃苦頭的很可能是你……

4

和濱中分開後，加藤迎著晚風走向車站，腦子裡各種思緒翻騰來去，逐漸成形。

新海美冬引誘濱中的時候，應該不知道他對戒指設計有獨到的創意，所以她勾引他最初的目的，照理說只是想提升在「華屋」裡的地位，拿濱中當墊腳向上爬。事實上，在濱中暗中出力之下，她進公司不久便被調往「華屋」的中樞部門——珠寶飾品賣場。

然而，在與濱中交往過程當中，她發現他有其他的利用價值——劃時代的戒指設計，她甚至算計到，若能將那據爲己有，便能創立自己的事業。

於是她盜用了濱中的設計。但這麼一來，本來是自己人的濱中便成了阻礙。要盜用設計而不東窗事發，非將他驅離「華屋」不可。而且，還必須讓他從今以後再也無法糾纏自己。

爲此，她設計了那一連串的案件。

針對所有女店員展開跟蹤騷擾行爲確實是個好主意。若只針對美冬一人，濱中想必不至於遭

到開除；反觀若是針對所有人，「華屋」便不能視若無睹。再者，只要從頭到尾堅稱自己是大批受害人的其中一員，美冬便能夠繼續否認與濱中的關係。

但是，就算被趕出「華屋」，也不能保證濱中會對美冬死心，因此必須再安排另一樁案件，那便是毒氣案。

當時，地下鐵沙林事件使警方處於緊張狀態，一聽到發生毒氣案，連公安都出面了，專案小組裡瀰漫著無論如何都要逮捕凶手的氣氛，也會不厭其煩地長期監視可疑人物。結局就是，不要說美冬，濱中甚至連「華屋」的相關人員也無法靠近。這才是美冬的目的吧。

新海美冬是個可怕的女人。為了自己的目的，對任何人都毫不留情。她是那種不在乎別人陷入不幸的人。

話雖如此，她有必要將濱中逼到那種地步嗎？應該也有繼續利用他、操縱他這個選項吧？最令人在意的就是濱中造訪美冬故鄉的那件事。濱中說當時她生氣了，接著案子就發生了。

那時候我是認真的，我不想放開那個女人，所以有關她的所有事我都想知道。那女人有一種讓男人瘋狂的力量啊。——濱中以無比認真的眼神訴說的這段話再度在腦海中響起。

旁人看來或許可笑，但濱中的行為並非全然無法理解。然而，那對美冬而言或許正是不允許碰觸的禁忌？

還有另一件事也在加藤的腦海裡甦醒——曾我孝道失蹤案。曾我想將新海美冬與雙親的合照交給她，然而就在即將完成任務之前消失了蹤影，至今仍下落不明。

濱中與曾我，雙方都想接觸新海美冬的過去。而最後，他們都從她的面前消失，曾我甚至生死未卜。

看來這次只好換我當跟蹤狂了……

加藤對著夜晚的黑暗笑了。

第八章

1

一九九九年元旦——

秋村邸照例舉行了新年會。一樓的起居室與客廳之間的隔間已收起，成爲約二十坪大小的宴會廳，廳內餐桌並排，多年往來的料亭送來的年菜已擺設妥當。眾親戚圍著餐桌而坐，其中亦不乏在「華屋」擔任重職者。

有個人放聲大笑，他是秋村隆治的舅舅。他從以前就有個毛病，黃湯一下肚，見人便發表演講，現在上了年紀，這毛病更是變本加厲。

「說到二十一世紀，我以前還以爲車子會滿天飛哪！漫畫什麼的都是這樣畫啊。不只漫畫，連那些大學者也說同樣的話，說什麼隨便誰都可以去外太空旅行。結果咧？頂多是人手一支手機罷了，車子照樣在地面爬，氣象衛星變老變舊也沒辦法處理。所謂的文明進步，到頭來也不過爾爾。」

前一刻還說著沒想到自己會活到這把歲數，還好自己向來注重健康云云，顯然是在大家隨口附和之中改變了演講的主題。

美冬爲這位舅舅送上酒，還替他斟酒，舅舅頂著紅通通的臉笑開了。

「哎呀，不過隆治也眞有一手啊！都老大不小了還不定下來，把我給急死了，結果竟然藏了一個美嬌娘。有這麼一位美人兒，難怪我們再怎麼幫他介紹他都聽不進去。」

雖然有人點頭表示同意，但絕大多數都是苦笑。隆治和美冬結婚已將近一年了，打從那時候，這位舅舅就不斷重複同樣的話。

「這些我都聽膩了。都迎接新的一年了，我們也換些話來說說吧！」一家之主隆治不耐煩地搖手。他穿著全新縫製的傳統和服，布料據說是美冬選的。而美冬也是一身和服打扮，聽說她懂得怎麼穿和服，看她穿起和服也顯得十分自在習慣。

其他的親戚聞言，便開始聊起孩子的話題，說隆治夫妻要是不趕快生下繼承人實在無法安心，一群親戚對此倒是異口同聲。隆治的回答是，這種事由不得人，他們也沒辦法做主。美冬有些難為情地低下頭，直接回廚房去了。

「別說了啦！取笑新婚的新娘子，人家太可憐了。」舅媽出面制止。

「我沒取笑美冬，我取笑的是我們『華屋』的少主，那個娶了年紀小他十五、六歲而且美如天仙的妻子的幸運兒。」

「就是啊，隆治哥眞的很幸運。美冬嫂子不但人美，又很能幹，但是為人卻一點驕氣都沒有，嫁給隆治哥眞是太委屈了。」說話的是小隆治兩歲的堂弟，「早知道有這麼好的事，我才不會急著結婚呢，要慢慢等才會等到好的。」

「你少做夢了！那是人家隆治哥才娶得到，像你這種鮪魚肚，誰要嫁給你呀！」坐他身旁的妻子這麼說，引起哄堂大笑。

對這位一年前突然嫁進秋村家門的新娘子，家族的人多半以善意的眼光看待。去年夏天因法事聚會時，她的安排應對適切得體，讓一家人大感佩服。大多數人的感想都是年紀輕輕的眞了不起，這樣的人做為隆治的伴侶眞是無可挑剔。

今天美冬也從一早便勤快地工作，對兩名幫傭也是指揮若定，毫無疏漏之處。招呼陸續到訪的親戚時，也以隆治為主，同時讓來客感到愉快自在，應對毫無瑕疵。

如此一來她的評價自然水漲船高，但唯有倉田賴江冷眼旁觀。眼看著弟弟對旁人的取笑消遣不無得意，心裡暗嘆那孩子不管幾歲還是長不大。

賴江較隆治年長三歲，無論在課業或領導才能方面，都自認不遜於弟弟，但她從未有過繼承「華屋」的念頭，因為雙親從小便決定要由隆治繼承。因此她自高中時代起，便往她所喜愛的繪畫世界發展，在念女子大學時，還曾留學巴黎一年，遺憾的是她沒能成為畫家，畢業兩年後便相親結婚了。

「賴江姊，妳這樣就了無牽掛了吧？」鄰座的堂妹對她說：「光一已經獨當一面，隆治哥也總算成家了。」

光一是賴江的長子，今年二十五歲，已從醫學系畢業，目前在大學醫院工作。

「光一還不能說是獨當一面。再說，我本來就不擔心隆治。」

「妳相信他遲早會找到好對象？」

「不是。我是覺得，與其隨便找個對象，單身也滿好的。家事有傭人做，我看他也沒什麼不方便。」

「不過，這樣至少可以放心啦！有那麼一個年輕又能幹的人嫁進來。」

「是啊。」堂妹的意見和賴江的感想全然不同，但她決定附和堂妹。

賴江他們的父親是七年前往生的。在過世之前不久，父親喚她到枕畔，將隆治託付給她。父親知道自己罹癌，來日無多。

「他在工作上很能幹，『華屋』應該不會有問題。」父親說話時，牽動著細瘦的喉嚨，「我擔心的是家庭。也該怪我，只教他工作，沒教他怎麼組織家庭。要是妳媽還在，也不至於這樣吧。」

賴江他們的母親早在二十年前去世了。

「拜託妳了。那孩子沒有他自己以爲的那麼精明，我擔心他會被一些不好的女人纏上。女人的事只有女人才懂，所以就託給妳了。」

我會幫他找到好對象的。——賴江對父親這麼說。父親在病榻上點頭。

「這我知道。只是爸，你也要趕快好起來，我們一起幫隆治找對象嘛！」

父親對她有氣無力地微微笑了笑，眼神說明了他知道這只是表面的安慰。

臨死之際，父親最憂心的便是後繼無人。「華屋」是他一手建立起來的，他無論如何都希望自己的直系子孫來繼承。

賴江信守父親的遺言，不時向隆治提親事，但隆治卻不肯聽。

「我自己的對象自己找，用不著勞駕別人。」

「你再說這種話，轉眼就四十了，到時候就眞的沒人肯嫁你了。」

姊姊的威脅沒有生效。

「找不到對象就算了啊，我朋友多的是，老了以後又不至於寂寞。總之我才不想爲了妥協而結婚，太蠢了。」

「可是要是你沒有孩子，『華屋』怎麼辦啊？」

「不怎麼辦。我們家又不是皇室，只要讓優秀的人接棒就好了，管他有沒有血緣，這時代沒人在講究什麼代代相傳了。」

不僅賴江，所有勸他結婚的人都遭到這番反駁，最後終於沒人再跟他提這件事，就連賴江也快死心了。就在這時候，隆治突然說要結婚。

傍晚，親戚陸續離開，大家明天都有各自的行程。元旦的新年會較早結束是他們家一向的慣例。

送走最後的客人之後，賴江揉著自己的肩。她也必須回自己的家，但不知不覺的，她至今仍以娘家的立場來行動。

「唉，總算可以從元旦的任務解脫了。」

隆治往起居室的沙發一坐，伸長了兩腿。就連酒量好的他，臉頰也有些泛紅。餐桌已大致收拾妥當，廚房傳來清洗的聲音。

「美冬呢？」

「在收拾。我說讓傭人去做就好，她不聽。」雖然臉上是厭煩的表情，但他的語氣裡，對妻子的勤快有著濃厚的誇耀意味。

賴江也坐了下來，眼睛看向起居室矮櫃，她一直在意著放在上面的東西。

「那是賀年明信片？」賴江問弟弟。

「咦？哦，對啊。」

「好多啊，總共有幾張？」

「天曉得。我沒數過，大概有上千張吧。」

「全是寄給你的？」

「那邊的都是。我還沒看，不過沒有寄給老爸的。」

直到兩、三年前，都還有寄給父親的賀年卡。

「也有寄給美冬的嗎？」賴江將音量放小。

「有啊，當然。她還向郵局申請了轉寄服務。」

「可是工作上的來往不是都寄到公司嗎？」

「是嗎，大概吧。」

「這樣啊……。大概有幾張？」

「什麼東西？」

「寄到這裡來給美冬的賀年卡啊！」

賴江的問題，讓隆治皺起眉頭。

「這我哪知道啊！我只看了賀年卡的寄件人，是美冬的就放到旁邊去而已。這麼多張，光看寄件人就是大工程了。」

「沒人要你算啊！是多是少你總該知道吧？」

「當然是比我少了。」

「五十張左右？」

「我想沒那麼多。妳問這個幹麻？」

看他用鬧脾氣的眼光望過來，賴江心想，這表情跟他小時候一模一樣。

「我是好奇她收到了多少朋友和以前認識的人寄來的賀年卡。」

「妳又要講這個。」隆治嘴角一歪，伸手去拿香菸盒，「姊，妳有點煩哦。」

「可是我就是好奇啊！」

「我就是覺得妳在意這種事很奇怪。妳也知道她經歷過阪神大地震，父母都罹難了，因爲這樣人際關係只好全部重新來過。到底這有什麼好奇怪的？」

「她的娘家全毀，這我是聽說了，可是美冬本來就不是在那裡出生長大的，不是嗎？因爲一場地震就和從前所有的朋友斷絕往來，有這種事嗎？」

「我之前也說過了啊，她是準備和雙親同住才回去的。那時候因爲地震，通訊錄和相簿都沒了，沒辦法才上來東京，可是她以前的朋友又不知道這件事，所以彼此聯絡不上嘛。」

「對方可能眞的沒辦法聯絡到她，但美冬要是有心想聯絡，應該辦得到吧？就算通訊錄燒掉也還是有辦法。」

「姊，妳到底想說什麼？」隆治把拿到嘴邊的香菸放回菸盒裡，口氣很不耐煩。

「沒有啊，只是覺得有點奇怪而已。」

隆治嘆了一口氣，搖搖頭站起身。

「你要去哪裡？」賴江問。

「穿和服不方便，我去換衣服。」他往起居室門的方向走去，突然停下來回頭說道：

「我先警告妳，絕對不要去跟美冬說剛才那種話。不光是美冬，也不要跟別人說。」

「我才不會呢。」

聽到賴江的回答，隆治緊抿著嘴，走出起居室。

等門一關，賴江便站起來走近矮櫃，低頭看那堆賀年明信片。她看了幾張，果眞都是寄給隆治的。她看了看四周，也把抽屜打開來看，然而並沒有看到寄給美冬的賀年卡。

隆治是在前年秋天告訴她，自己有想結婚的對象。當時賴江只是很純粹地爲他感到高興，覺得他能自己找到理想的對象，眞是再好也不過。而當她得知對象就是最近與「華屋」合作的公司老闆時，也不覺得排斥。日本將來也會有越來越多的女性創業，只是弟弟的結婚對象恰巧是這樣的人罷了。她甚至認爲將來要當「華屋」社長夫人的人，精通家業反而比對工作一竅不通更好。只不過關於建立家庭這一點，她倒是擔心當妻子的如果太忙，可能會有所妨礙。但隆治對此卻一笑置之。

「很抱歉，姊，我沒有建立家庭這樣的觀念，我只是想盡可能多和她在一起，才選了最簡便的辦法而已。所以我既不會要求她做家事，也不想硬要她接受秋村家那些老規矩。和她結婚之後，我也打算和她繼續保持良好的合夥人關係。」

這的確是隆治會說的話。若父親還在世，眞不知會作何感想。但賴江決定不要多嘴，弟弟願意結婚就夠令人高興了。

幾天之後，她與弟弟的結婚對象見面。從弟弟的話裡，賴江想像她是個能幹果決的女強人，既然年紀輕輕就成立了公司，想必個性也相當好強，或許還會全力表現自己是不爲傳統觀念所束縛的。關於這一點，賴江打定主意先保持沉默。

然而隆治帶來的女性，卻與賴江想像的截然不同。

新海美冬看上去是個文靜內斂的女子。當然，從她的應對得體有主見，看得出她個性強韌，但是她完全以隆治為主、極力不出風頭的態度，完全沒有女性企業家的影子。賴江原以為是她很緊張，但談了一陣子，發現並非如此。她感覺新海美冬從容不迫，那種從容彷彿訴說著——與結婚對象的姊姊見個面根本不算什麼。她刻意將自己擺在低一點的位置，享受聆聽未婚夫與他姊姊之間的對話。

說得難聽一點，她像在演戲。當然在這種時候人們多少會「演」一下，但美冬表現出來的，卻不是這種單純而本能的演技。那是在她經過精密的計算，描繪出受人喜愛的秋村家媳婦的形象之後，才能完美演出的角色。至少在賴江看來是如此。

後來賴江問隆治，美冬平常是否也是那樣。

「好像或多或少有些怯場吧，平常她會再多話一點。一定是怕姊姊啦！」隆治愉快地說。

賴江認為新海美冬既沒有怯場，對自己也絕不畏懼。於是，她望著看不清這點的弟弟，想起父親口中「那孩子沒有他自己以為的那麼精明」那句話。總而言之，賴江是憑著女性的直覺，覺得那名女子不適合隆治。

然而隆治的婚事卻持續進行，賴江無法表示意見。因為若被問到反對理由而她回答純粹只是直覺，恐怕隆治只會嗤之以鼻。

賴江至今仍很後悔，認為當初應該對新海美冬做一些基本的身家調查。她並不是完全沒考慮這件事，只因爲聽說她娘家遇到震災，便一廂情願覺得反正要查也無從查起。直到婚禮結束好一陣子之後，她才知道美冬其實是在京都出生長大的。

至於那場結婚典禮，「華屋」社長好不容易要娶親，舉行的卻是一場低調的小規模婚禮。據說那是隆治的意思，但賴江卻覺得其中有相當程度反映了美冬的意願，原因是新娘出席的親友少得令人驚訝。而且那些寥寥可數的出席者都是「ＢＬＵＥ　ＳＮＯＷ」的人，不要說親戚，學生時代友人的名字也沒出現半個。

賴江對美冬的懷疑，可說是這時開始加深的。就算因爲震災對人際關係的維繫造成一定的影響，但與過去完全斷絕聯絡這種事，實在令她難以理解，簡直像美冬在刻意隱瞞過去似的。

「妳想太多了。」對於賴江的疑慮，隆治毫不掩飾他的不快，「婚禮低調是我們兩個商量之後決定的。我都老大不小了，也不想多張揚，她只是配合我而已。」

「話是這麼說，但也該邀請好友吧？還是說，美冬連一個可以邀請的朋友都沒有？這樣又是另一個問題了。」

「她邀請了她無論如何都想請的人，這樣不就夠了嗎？」

「可是像以前的朋友……」

隆治打斷她的話。

「妳不要講這種沒神經的話，好不好？我也跟妳說過她在震災裡吃了多少苦，不是嗎？世界上就是有不願意被過去綁住的人啊！」

無論賴江再怎麼說，隆治都當耳邊風。

婚後，美冬將秋村家媳婦的角色扮演得極爲出色，但賴江心裡就是覺得不服貼，因爲美冬有太多可疑之處。

幾年前「華屋」發生毒氣案時，當時的樓層經理濱中被捕。他不僅直接涉嫌毒氣案，也偷竊部下的郵件。當時「華屋」有好幾名女店員都遭到不明男子跟蹤或騷擾。

那時候，郵件被竊的女子便是美冬。濱中最後因爲與毒氣案無關而獲釋，當然也被趕出公司。他偷竊新海美冬的郵件固然是事實，但他向部分上司解釋那是因爲新海美冬是自己的婚外情對象，而且他沒有做過對其他人的跟蹤騷擾行爲。關於這件事，美冬全面否認，上司也都判斷那是濱中狗急跳牆所撒的謊。

這件事是在隆治與美冬婚後才傳進賴江耳裡。說話的人是當笑話來講，但賴江卻覺得不太對勁，再加上最近她又聽到奇怪的風聲，說濱中去年春天曾出現在「BLUE　SNOW」。

美冬與濱中之間眞的是清白的嗎？賴江向隆治詢問這件事。一如預料，隆治震怒不已。

「這時候拿那種陳年往事來講，姊姊妳是什麼居心？事情我早就曉得的，美冬也說她十分困擾。那件事不管怎麼看都是濱中單戀美冬，她完全沒那意思。他出現在『BLUE　SNOW』，也只是去找碴而已。那邊我已經警告過了，他不敢再接近美冬的。」

賴江繼續質疑，美冬說的又未必是眞話，隆治更是怒不可遏。

「那時候警方進行了大規模調查，妳覺得在那種狀況下說謊話能騙過所有人嗎？濱中騷擾其他女店員是事實，他會說他與美冬有特殊的關係，是因爲他偷她郵件的時候當場被逮到。要是他被發現的時候是在騷擾其他女店員，說出來的話就會完全不一樣了。反正我相信美冬，而且美冬也沒有絲毫令人懷疑之處。姊，妳不要再提這些了好嗎，這件事傷她很深。」

雖然是在氣憤之下說出口的，隆治的話不無道理。然而賴江還是無法釋懷，也許是對美冬的第一印象扭曲了自己的感覺，但她總覺得美冬有種來路不明的詭異。

她有幾次想對美冬再次進行調查，但都只是想想而已，遲遲沒付諸行動。因爲若是在婚前也就罷了，婚都結了就不好委託偵探，事情要是傳出去恐怕難以收拾。

就這樣，時間不停地流逝，一年都過了。她告訴自己，事到如今已無可奈何，但有時仍會驀地在意起來，像賀年卡的事就是這樣。美冬眞的只是因爲聯絡不上，才斷了與舊友的交流嗎？

她坐在沙發上，正針對這件事情多方揣測的時候，美冬從廚房回來了，和服上罩著圍裙。一看到大姑，美冬脫圍裙的手頓時停了下來。「啊，姊姊。」

「哦，美冬，今天眞是辛苦妳了。妳一定累了吧？」

「姊姊才是。要招呼大家，一定很累了，而且今天姊夫又不在。」

賴江的丈夫倉田茂樹是航空工程博士，現在人在西雅圖參與該地飛機製造商的共同研究。她早知道他不會回來過年了，今年是他單身赴任的第三年，每年他都會回日本一、兩次。

「我不累呀，反正都是些早就認識的親戚了。隆治也應該多體貼美冬一點才是。」

「哪裡，我沒關係的。」美冬也在沙發坐下。

「美冬，妳不用回京都嗎？」賴江試探著說：「妳在那邊也有朋友吧？過年時去拜訪一下比較好吧？」

說去換衣服的隆治遲遲沒出現。要開口提這類話題，只能趁現在。

「京都啊……」美冬的視線從賴江身上移開，神情彷彿遙望著遠方，「好久沒回去了。就算回去，我出生的家也不在了。」

「既然這樣，要不要回去看看？妳學生時代的朋友都還住在那裡吧？」

「不知道呢，因爲已經完全沒聯絡了。」美冬看著賴江搖搖頭。

「結婚這樣的人生大事，竟然沒人一起分享喜悅，豈不是讓人覺得很寂寞嗎。尤其是京都，對美冬來說是個充滿回憶的地方吧？」

「嗯，那當然了。」

「既然這樣，我覺得妳應該回京都一趟。」賴江以略微強硬的語氣說，試探美冬的反應。

「是啊。」她直截了當地說：「我之前也在想要找時間回去看看呢，只是很忙，就一直往後延了。說不定這次是個好機會呢。」

她的態度沒有絲毫驚慌。

「對了，我也一直很想去京都玩，既然這樣，要不要一道去？我們去好好玩個兩、三天吧！我也很想看看美冬生長的地方。」

假使美冬的過去眞有什麼祕密，這樣的提議她一定不願意接受。賴江認爲她應該會委婉地拒絕。

但美冬的表情卻一下子亮了起來。

「這眞是個好主意！有姊姊作陪，我也不會寂寞了。」這反應令賴江大感意外。「好久沒去了，京都一定也變了很多，不過傳統名店應該都還在。我可以當姊姊的嚮導。」

她的語氣裡聽不出任何迴避賴江提議的意思。

「那麼，我們現在說定吧！什麼時候出發？我隨時都可以。」

「這個嘛，我的記事本不在身邊，得先看一下。」美冬露出思考的表情，「不過我想這個月底的話，應該抽得出時間來。」

「哎呀，過年期間不行呀？」

「因爲過年期間要陪隆治應酬。」

「這樣啊……」

「過完年之後，公司一定也有很多事情要處理，所以我想，要空出兩、三天可能有點難。不過月底應該沒問題。那個時間姊姊不方便嗎？」

「不會，我剛才也說了，我隨時都可以。那就月底嘍。」

「好！好期待喔。」

美冬微笑著回答，這時樓梯傳來有人下樓的聲音，賴江連忙對美冬說：

「這件事暫時別告訴隆治，我可不想讓他吃醋。」

有那麼一瞬間，美冬顯得很訝異，但她立刻恢復笑容點點頭。

賴江心想，這樣就好了。一起走一趟美冬的故鄉，也許會有什麼收穫。而要是眞的什麼收穫都沒有，那更是再好不過。

「妳們兩個說什麼悄悄話？」隆治進來之後問。

「沒有啊，妳說是不是？」賴江與美冬對看了一眼。

2

雅也正前往車站的路上，有人站在幾公尺前。雅也因爲低著頭，只看得到那人的腳，但他的直覺立刻知道那個人是誰。他抬起視線。穿著羽絨外套的有子正站在那兒看著他，手上提著超市的袋子。

雅也再度垂下視線，略略改變了前進方向，打算從她旁邊繞過去。

「雅也先生。」她叫他。

雅也停下腳步，但仍低著頭。

「你要去哪裡？」

他沉默了幾秒，回答道：「去哪裡都沒關係吧。」

「工作？」

見他不說話，有子走上前來。雅也心想算了，抬起頭來，正好迎上她的視線。

「妳頭髮留長了啊。」

她不答這句話，反而問道：「你好不好？有沒有好好吃飯？」

雅也淡淡一笑，「好像我媽在問一樣。」

「最近你都沒來店裡，我還以爲你搬家了。」

「我沒理由搬家，也沒錢搬家。」

「你現在都在哪裡吃飯？別的店？」

「嗯，差不多。有時候也自己開伙。」

她喃喃說了一聲「這樣啊」，一副不知道怎麼接話的樣子。

也許她在期待雅也說出「找個地方坐坐」吧。許久不見，雅也也能夠面對她了，然而面對她又能如何。最重要的是，他沒有時間。現在是下午五點，再拖拖拉拉就來不及了。

「你不好意思來我們店？」有子又問。

「沒這回事。」

「不然是爲什麼？」

被進一步追問，他不知怎麼回答，心裡很後悔，早知道就乾脆回答說沒錯，我不好意思去。

「我話說在前頭，我完全沒放在心上喔。」

他立刻聽懂有子指的是什麼。大約兩年前，她特地送吃的到他的住處，他卻無預警地想非禮她，事後還說自己當時只是見女人就抱，傷了她的心。

「要是雅也先生你還在意的話，你來店裡的時候，我會請我媽去點單。我不會接近雅也先生的。」

雅也露出苦笑，「妳不必這麼做。」

「可是，要是不這樣，你就不肯來吧？」

「少了我一個，對『岡田』也沒有影響吧？」

她焦急地搖搖頭。

「我不是在爲店裡拉生意，雅也先生你也明白的吧！我是擔心你。雅也先生，你不是說我們

店的東西很好吃嗎?說有我們這家店,就不用擔心三餐了。可是要是害你不好意思來,我會覺得很過意不去。」

「有子不需要道歉,本來就是我不對。」

「看吧!我就知道你還在意那時候的事。」

被有子明白指出來,雅也只能默不作聲。

「聽我說,我眞的沒放在心上,你不要想太多,就來吧!我爸也很掛念你,說好久沒看到那個技工了,不知道他怎麼樣了。」

「岡田」的老闆怎麼可能會掛念自己啊!——雅也心想。

「改天我會過去。」他總算擠出這句話。

「眞的?你眞的會來?」

「嗯,我會去。」雅也看著她的眼睛回答,旋即又移開視線。

「太好了。你說的哦!要是等一陣子一直沒看到你,我可能會找上門去哦!」

有子似乎恢復了她平日的開朗,雅也臉上也不禁浮現笑意。

「過兩天一定會去。」

「那我等你!抱歉,耽誤了你的時間。」

哪裡。——說著他搖搖頭。他仍站在原地,笑著目送有子遠去,心裡泛起複雜的情緒。

從曳舟來到淺草,轉搭地下鐵前往人形町。站在車門邊,望著窗外向後流逝的黑色牆壁,雅也在心裡反芻與有子的對話,似喜似愁的心情宛如鐘擺在他心裡擺盪,擺幅稍微變大時,他突地這麼想：

如果和那樣的女孩在一起，或許能建立起幸福的家庭……

平常他總是叫自己不要去想這些，因爲想了也是枉然。自己已經做出人生的抉擇了，往後無論發生什麼事，都只能閉上眼睛，朝現在的路前進。不要多想。美冬也是這麼說。

「相信我，我絕對不會讓雅也不幸的，我一定會讓雅也有快樂的將來，你現在不要胡思亂想呀。」

這是過完年第一次見面的那天晚上美冬對他說的話。在那之前，他在她嘴裡和手裡各射精了一次。美冬依舊不許他在她體內射精。兩人見面地點是在東京都內的商務飯店，她堅守她婚前的宣言，現在都不去雅也的住處了。

地下鐵抵達人形町，雅也下車來到月臺，指針即將指向五點半，一切都在他計畫之中。他走向通往出口的階梯。

來到外面，往新大橋路走去。雅也站在紅綠燈旁，朝馬路對側的大樓看，三樓的玻璃窗上寫著「御船陶藝教室」。

他進去一旁的書店假裝看書，一邊暗自觀察了十分鐘左右，有六名女子從大樓的一樓出來了。雅也注視其中一人，那人身穿白色大衣，戴著淺色太陽眼鏡，染成栗色的頭髮長度過肩。

這群女子年齡相當，都在五十歲左右，只有雅也注意的那名女子看上去特別年輕，也許是因爲體型保養有方。

她們分成兩人與四人，分頭走開。白色大衣女子在四人的那一組。雅也放下手裡的雜誌，走

到路口紅綠燈前，一面注意不讓她們離開視線。信號一直沒變綠，他有點著急。

所幸她們走進就在旁邊的大眾餐廳。雅也鬆了一口氣，在總算變綠的燈號中過了馬路。

一進餐廳便看到她們占據了最裡面的桌位。他在女服務生帶位下，在稍遠的桌位就座。

喝著味道很淡的咖啡，一邊抽著菸一邊觀察白色大衣女子。她已脫掉外套，上衣是灰色針織衫，脖子上掛著項鍊。項鍊墜上發光的東西肯定是眞正的鑽石，他猜想應該是「華屋」出的款式吧。

她臉上雖掛著笑容，但似乎有些覺得無聊，話也是四人當中最少的。坐在她對面的是最胖、服飾也最花俏的女子，幾乎都是這位胖太太在說話，其他三人只是附和她。

過了一小時之後，雅也盯梢的這名女子站起身。看她手裡拿著大衣，顯然是準備離開了，但其他三人好像還沒離座的打算。他心想，眞是太好了。

雅也拿起帳單，比她早一步走向結帳櫃檯，邊付錢邊往那桌看過去，女子還在和胖太太說話，看來一時還走不開。

他離開餐廳，在稍遠處監視。幾分鐘後，穿白大衣的女子出來了，只見她往水天宮的路口走去。

要是她攔計程車，那麼自己也得旋即攔一輛，想到這，雅也連忙追上去，一方面心裡也覺得今天可能又要無功而返了，再跟下去，大概也只是跟到她位於品川的家吧。事實上，之前三次跟蹤都是這樣結束的。

然而今天她似乎沒有攔計程車的意思，只見她過了馬路之後，往水天宮方向走去。

雅也繼續跟蹤，看著她從水天宮前走過。不久，前方出現了一家飯店，女子從正面玄關走進飯店。他猶豫了一下，決定跟著進去。

一進大廳，首先出現的是櫃檯。他原以爲她會辦理住房手續，但櫃檯那裡卻不見她的人影。他連忙環顧四周，女子正走進左側一個開放式的咖啡廳。

雅也一邊注意她的動向，一邊慢慢移動到大廳內。大廳也有沙發休息區，他發現從那裡可以將咖啡廳看得一清二楚，便決定先不跟進咖啡廳。

她脫掉大衣，在靠邊的桌位坐下。那是兩人座的桌位，雅也猜想她應該是約了人。她看了看鐘。也許對方有些遲到。

總算有眉目了。——他懷著期待，心頭浮現美冬開心的笑臉。

上次與美冬見面時，她讓他看一張照片。那是一張沙龍照，照片上是一名身穿和服的女性。美冬說她叫倉田賴江。

「她是我的大姑，丈夫是大學教授，不過她先生現在人在美國。」

她希望雅也去調查這名女性。

「不管什麼事都好。興趣也好，金錢流向也好，不過，最好是異性關係。」她的嘴角浮現不懷好意的笑。

爲什麼？聽雅也這麼問，美冬臉上的笑意消失了。

「她有點煩，在懷疑我。」

「懷疑……懷疑什麼？」

「很多啊。好比我和濱中的關係啊，說不定雅也的事她也察覺了。」

「我？不會吧！」

「我想她應該還不知道雅也。不過，對於私底下的我、還有我是不是外面有情人，她可能有某種程度的懷疑。不管怎麼樣都很麻煩，要是放任不管，她搞不好會去請偵探。」

「那就……不妙了。」

「所以要先下手爲強。」美冬的指尖在賴江的照片上叩叩地敲，「天底下沒有無弱點的人。趁現在抓住對方的弱點，將來對方不管要怎麼設計暗算也沒什麼好怕的了。」

在說這些話的時候，她全身上下散發出冷冰冰的氣息。只是待在她身邊，雅也甚至感到陣陣寒意。

「我懂妳的意思，可是不知道我找不找得出她的弱點？」

「怎麼能這麼洩氣？放心，雅也一定找得到的，因爲你是我看上的男人呀！」

「話是這麼說……」雅也沒有把握。照片裡的女性英氣勃勃，有種面對任何事都不爲所動的氣魄。

「要是找不出她的弱點，幫她製造一個就好了。沒什麼大不了的。」

「怎麼製造？」

「這就要看情況了，不過並不難。好啦，雅也，你要相信我……」

他是有心要幫美冬的。若自己能當她的幕後功臣，讓她抓住幸福，那正是他的夙願。然而，現在和當初爲了擺脫地震陰影而來到東京那時相比，顯然已漸漸走了樣。美冬嘴裡的「幸福」和「成功」，在雅也眼中看來只覺得全是虛構。

再者，她的要求突然變得過於偏激也是事實。若只是陷害別人，他還能當作是世道艱難之下的不得已手段，但她所提議的內容已迅速擴展到極限，每次付諸實行時都深深折磨著雅也的心。

你是我看上的男人。——雅也思考這句話背後的意義。如果這是眞的，她究竟是什麼時候「看上」他的？答案只有一個。

他腦海裡最不願碰觸的記憶甦醒了。地震剛發生時，他砸破舅舅的頭，美冬必定是目擊了當時的情景。她親眼看見一切，心裡出現了恐懼以外的思緒——這個男人或許可以利用。她當時難道是這麼想的？

一旦被她看上，自己就只剩下這條路可以走？——雅也內心懷著這樣的疑問，繼續監視賴江。

賴江有反應了，她抬頭望向入口，恰好有一名男子走進咖啡廳，那人穿著深藍色西裝，手上拿著深色大衣，大約五十歲左右吧，中等身材，髮型是整頭往後梳的西裝頭。即使遠遠看過去，也看得出那身西裝是高級品，雅也猜想他不是公司董事就是差不多那個地位的人。

男子走到賴江的桌位，對她行了一禮，一臉抱歉的神情說著話，一邊在她對面坐下。大概是爲遲到道歉。雅也覺得那種互動方式不像是情人。

男子拿出記事本，頻頻說話；賴江點頭聆聽，偶爾也發言。雅也很想聽他們對話的內容，但太靠近他們又有風險，因爲之後還得繼續監視賴江，雅也不想讓她對自己留下印象。

男子突然站起身，好像是有電話。男子一邊接聽手機一邊走出咖啡廳，往雅也所在之處走來。

雅也當下便從沙發站起來，隱身在一旁的柱子後方。考慮到日後，他判斷讓這名男子看到自己並不是好事，因爲將來看狀況搞不好也必須跟蹤這名男子。

柱子旁有菸灰缸，雅也便假裝是想抽菸而離席，從大衣口袋拿出香菸，接著爲了觀察男子的情形，從柱子後方探出頭來，但旋即又縮了回去，因爲那名男子竟然就站在他旁邊。

「……所以我現在正在跟那個客戶見面啊。……現在還很難講，不過她沒有懷疑的樣子，只是變得比較小心而已，畢竟那不是一筆小數目。」

男子的話傳入雅也耳裡。男子似乎沒發現柱子另一側有人。

「……催我也沒用啊！出錢的是她。……別無理取鬧了，頂多一千萬。要是太貪心談不攏，反而一毛都撈不到。好好一隻肥羊，你想讓她跑掉嗎！……好，包在我身上。我掛了。」

男子似乎離開了，雅也也走出柱子後方。男子回到咖啡廳，朝著賴江堆起滿臉笑容。

這下有趣了。──雅也心想。看樣子，和賴江見面的人似乎是向她提議什麼投資，而這投資案不僅無法爲她帶來好處，恐怕正好相反。她是他們的「肥羊」。

投資一千萬圓的事，她向丈夫提起了嗎？雅也猜想多半沒有。男人不太會上這種當，更何況她的丈夫是從事科學研究的人，習慣以邏輯來思考的人種，基本上對於能賺取暴利的事抱持的是懷疑態度。

這正是美冬所說能抓住賴江弱點的好機會，問題是那名男子的眞實身分。

談話似乎告一段落，男子拿了大衣站起身。賴江仍坐著，男子則是拿起帳單走向收銀臺。

雅也思考著。賴江還在喝紅茶，也許是想喝完再離開；而男子付了帳，開始往下行的手扶梯走去。賴江和男子，該跟蹤哪一個？

雅也大步走向手扶梯。賴江不知何時才會再和男子聯絡，若錯過今天，也許就不再有查明男子身分的機會了。

下了手扶梯後，來到通往地下鐵水天宮前站的道路。那個人如果是去搭地下鐵，跟蹤就容易了。

然而男子卻在中途轉彎，那裡有停車場的指標。雅也嘖了一聲跟上去。

地下停車場停了成排的高級車。雅也盯著男子的身影走向其中一輛，自己隱身於一旁的車子後方。

男子坐進一輛賓士車。雅也從口袋取出便條本和原子筆抄下車牌號碼。忘了什麼時候美冬曾說過，她有認識非警方的人知道如何從車牌查出車主。美冬對利用電腦、網路所進行的地下交易知之甚詳。

傳來引擎發動的聲音，雅也彎下身子一直等到賓士車駛離，聽不到聲音之後才直起身子，正準備回飯店入口，下一秒鐘，他僵住了。賴江就站在他面前。

她似乎把雅也不自然的行徑一一看在眼裡，她臉上懷疑的表情說明了一切。

但雅也將視線從她身上移開，強作鎮定踏出腳步。現在最重要的是撐過這個場面。

他默默從賴江身邊走了過去。雅也打開通往地下道的門，正要走進去時，身後傳來她的聲音。「你！等一下。」

他本來打算裝作沒聽見，想想其實裝也沒用，便回過頭去。賴江走了過來，臉上表情有些僵硬。

「你是山上先生的朋友？」一開口就是責問的語氣。

「山上？妳在說什麼？」

「剛才，你不是躲著偷看山上先生的車嗎？」

「我沒有啊。」雅也擺出一臉無辜，其實腋下已經在冒汗了。

賴江盯著他，什麼都沒說，接著從他身邊走過，率先進了門。她快步走在通道上，手裡握著手機。

雅也直覺糟了，她想和山上聯絡。但這時候逃開反而更可疑，以後也不可能再接近她了。

雅也於是追了過去。她可能察覺了，也加快腳步。

「等一下！請等一下！」

賴江並不打算停下腳步。雅也態度的轉變似乎更加重了她的懷疑。搭上手扶梯之後，她的腳步也沒停。

「請等一下！」不得已，雅也只好使出最後手段，「倉田女士！」

賴江停了下來，一臉驚愕地回頭。雅也站在手扶梯上，抬頭看她。

賴江在手扶梯的出口端等他。「你爲什麼知道我的名字？」

雅也必須在頃刻間想出藉口，而且必須讓賴江完全信服。同時，這個藉口也不能破壞美冬的計畫。

「這裡不太方便，坐下來說吧。」他指著大廳。

她臉上的警戒神色絲毫不減，搖了搖頭。

「這裡就可以了。快說。」眼神很凶。

雅也舔舔嘴唇，垂下視線。介紹飯店餐廳的宣傳燈箱發著光，看在旁人眼裡，或許他們像是一對年齡差距頗大的男女正討論要去哪裡用餐。

「怎麼了？快說啊！你爲什麼要跟蹤山上先生？」

賴江似乎認爲雅也跟蹤的是山上。這是不幸中的大幸。要脫離這個困境，唯有利用她的誤會。

雅也豁出去了，開口說：「因爲有人拜託我。」

「拜託你？誰託你的？」

「我的相識。我以前工作工廠的老闆。」

「他要你跟蹤山上先生？爲什麼？」

「因爲……」雅也怯怯地抬頭。賴江嚴厲的視線正等在那裡。雅也回視她的眼睛說道：「因爲那個男的是個騙子，老闆要我找出證據。」

「騙子？」賴江的臉上閃過一絲不安。

「老闆的太太被那個男的騙了錢，老闆才要我調查的。」

賴江的表情明顯地沉了下來，蹙起眉頭，「你說的是眞的？」

「真的。」雅也感覺得出她內心的動搖，「山上和妳說話說到一半，不是中途離席嗎？他去接電話。」

「對。」

「我偷聽到他的對話。就是那時候，他說他正在和一位姓倉田的女子碰面，還說是肥羊。」

肥羊——她的嘴唇動了，無聲地說出這兩個字。

「我還聽到他說，要她出超過一千萬很難。倉田女士妳準備把那麼大一筆錢交給那個人嗎？」

「這和你無關吧！」賴江不再從容了，聲音也微微發顫。

「不可以相信那個人。」雅也說：「妳被騙了。」

賴江的視線從他身上移開，不安地游移，似乎不知該如何是好。

突然間，她抬起頭來看雅也，眨著眼問道：

「還沒請教你貴姓。」

「我這種小人物不值得一提。」

「我想知道。方便的話請讓我看看你的駕照。」她伸出手來。

她腦中應該是一片混亂的，還能這麼冷靜，雅也不禁感到佩服。

「我姓水原。」說著，他拿出駕照。

3

雅也說話的時候，美冬托著腮，一直看著窗外。她戴著眼鏡，但眼鏡是沒有度數的，大概是想避人耳目吧，服裝也是不起眼的灰色針織衫加黑裙。

兩人位在面向葛西橋路的大眾餐廳。或許因爲是下午三點這種不早不晚的時間，店內客人很少。

「她都說要看我的駕照了，我沒辦法報上假名；而就算跟她說我沒駕照，我想她也會用別的方式來確認我的身分。那時候我實在沒別的辦法。」雅也望著一直不作聲的美冬的側臉繼續說：「反正，我只能向妳道歉。我沒把事情辦好，眞的很抱歉。」如此做了結論，雅也低頭行了一禮。

即使如此，美冬沉默依舊。她拿起茶杯喝了一口奶茶，放下茶杯，呼地吐了一口氣，總算開了口。

「算了，沒辦法。」

「妳不生氣？」

「生雅也的氣也沒有意義呀，老是要你做些冒險的事，事先就得有所覺悟。過去就過去了，你別放心上。」

「聽妳這麼說，我覺得稍微好過一點了。」

「再說，也還是有收穫的。你不必這麼喪氣。」

「說是收穫，現在可能已經無用武之地了。倉田賴江一定會調查山上的，一旦知道自己被騙，就不會出錢了。」

這時美冬注視著雅也，露出笑容。

「我早就知道她到處打聽賺錢的門路，做了一些投資。依我看，她其實很在意自己沒有經濟能力這件事，就是這種自卑情結讓她投入理財吧，想趁丈夫不在的時候賺一票。」

「要是她虧本的話，對我們來說倒是絕佳把柄。」

「是啊。不過，她會不會那麼容易上那個山上的當其實很難說，因爲她向來小心。我想她在出資之前，應該都會請『華屋』聘用的調查公司先調查過。」

「原來如此。這麼說來，我只是白白被她知道我的名字，卻一無所獲了。」雅也咬咬嘴唇。雖然事過境遷，還是很懊惱自己被賴江逮到。

「這就看你怎麼想了。我說的有收穫，是指另一個意思。雅也你不是接近她了嗎？而且完全沒被她懷疑。」

「接近她又怎樣？」

「就能掌握到一些單憑跟蹤無法知道的事。你要多花點心和她熟起來。你知道她很迷陶藝吧？一起去學學看也不錯。」

「別開玩笑了。」

聽雅也這麼說，美冬的眼神變得很認眞。「我不是開玩笑的。」

正當雅也想問她這話是什麼意思的時候，夾克口袋裡的手機響了。他是前年才辦手機的。

「眞難得，雅也的手機竟然會響。」

一點也沒錯。這手機本來就只用來與美冬聯絡，幾乎沒有人知道他的號碼。知道的除了美冬之外只有寥寥數人，而且全都一年以上沒聯絡了。

一看液晶畫面，雅也眨了眨眼，上面顯示的是前幾天才登錄的「倉田賴江」幾個字。當時他們彼此交換了電話號碼。

他拿液晶畫面給美冬看。

「說曹操，曹操到。」她不懷好意地笑了，「接吧。」

雅也按下接聽鍵，「喂，我是水原。」

「喂，我是倉田。前幾天很謝謝你。」賴江的聲音顯得有些高亢。

「哪裡，上次真是失禮了。」

「關於新健康水的事，我調查過了。真的跟你說的一樣。」

「我就知道。」

新健康水就是那個名叫山上的男子向賴江提議的投資案，內容是生產販賣一種叫做新健康水的奇怪的水，問她有沒有意願投資。

「我手邊有那家公司的調查資料，如果想看可以借你。因為你好像也是受人之託在調查山上先生的，不是嗎？」

「可以嗎？那種重要的資料方便借我看嗎？」

雅也說出這句話之前，只見美冬在記事本上匆匆寫字。

「就我的立場，給別人看又不會有什麼損失。再說，我認為像這類情報應該要彼此通報交流

才是。」

「噢，說的也是。」

美冬把記事本轉向他，上面草草寫著「有機會見面千萬別拒絕」。他朝她點點頭。

「好的。如果您有這份資料，我也很想看看。方便的話，還請您指定一個時間，我去找您。」

「明天怎麼樣？明天下午一點。」

「好。」

「那麼，一點在上次那家飯店的咖啡廳。」

「好的，我知道了。」

掛斷電話後，他把談話的內容告訴美冬。她點了兩、三下頭說：「這下有趣了。」

「會嗎？她只是說要讓我看資料而已。」

「我覺得會很有意思。像這種時候，我的直覺從來不會錯。」她露出充滿企圖的眼神，「明天你要加把勁，去之前打扮一下，髮型也要弄得好好的。」

雅也苦笑，「跟一個五十歲的阿姨見面，有什麼好打扮的？」

「到了五十歲也還是女人呀！這一點你可千萬別忘記。」美冬斂起下巴低聲說。

第二天，雅也比約定的時間早了十分鐘抵達碰面的地點，他喝著咖啡等候。沒多久賴江也現身了，她身穿淺紫色毛衣搭配黑色長褲，手裡拿著大衣，提著大包包。

「久等了。」她看到雅也，嫣然微笑。

「謝謝您特地和我聯絡。」雅也行禮。

「我才該向你道謝呢！差一點就損失慘重了。——啊，我要皇家奶茶。」她吩咐服務生後，立刻轉回來面向雅也，「當時你的忠告，眞是幫了我好大的忙。」

「您不嫌我多事就好。」

「怎麼會！」她搖搖頭，「老實說，我完全相信那個人了。申請到專利是眞的，證明效果的數據裡也有權威研究機構的名字，再加上公司董事的部分，列了前議員什麼的一堆大人物的名字。」

「但卻是騙人的？」

「是不是騙人的倒很難說。那間公司的確是存在的，而且他們好像也眞的製作那種水，問題是實際上那間公司有沒有在運作。」

「那種叫做新健康水的東西，眞的能當商品來賣嗎？」

她露出苦笑搖搖頭。

「我去問過幾家化妝品公司和藥廠，他們連新健康水這名稱都沒聽過。不過利用改變分子結構的水，這構想倒是很久以前就有了。」

「所以也不全然是騙人的了。不過，在這種狀況下要別人出資，究竟是何居心？若是打算捲款潛逃，又覺得他們投入的資金實在太大手筆了。」

「他們是另有目的。對我是只要求出資，但是其實他們也透過別的管道募集更多小資本的會員。對那些人的說詞好像是，他們的制度是募集到的會員越多，分配到的回饋金越多。」

「哦，原來如此。」雅也大大點頭，他開始弄懂這個結構了，「就像所謂的老鼠會吧？和豐田商事案一樣。」

「我不知道以後新健康水在市場上流通量會有多大，但是其實就是拿所謂的紅利配額來調度吧。利用這種做法取得會員的信任，讓他們拉更多親朋好友進來，籌到的錢應該是相當大的一筆數目。光徵信公司查到的就有幾百名會員了。」

雅也聳聳肩，「表示已經有這麼多受害者了嗎？」

「這些人還不曉得自己是受害者。現在這個時代，玩股票沒賺頭，所以很多人都在尋找可靠的投資門路。」說著，賴江做出一個自嘲的笑容，「我也沒資格說人家就是了。」

「不過，最後您還是及時踩煞車了。」

「所以我覺得我該感謝水原先生。」

賴江從提包裡取出調查資料。雅也大略翻了一下，其實也只是補充她剛才說過的內容而已，更何況他對山上、新健康水、受害者這些都不感興趣。

「我都明白了。我也會把這件事情告訴委託我調查的老闆。」雅也一邊歸還資料一邊說。

「這樣就對了。」賴江將資料收回提包，這時，雅也看到她包包裡裝著運動服之類的衣物。

「您等下要去健身房嗎？」雅也問。

「哦，這個嗎？不是的，我待會兒要去陶藝教室，這是到時候要穿的。因爲必須碰陶土，會弄髒衣服的。」

「對喔」這兩個字差點脫口而出，但雅也忍住了。按理，他是不知道她上陶藝教室的。

「您在學陶藝？」

「嗯，不過才剛開始不到一年。」

雅也看著喝皇家奶茶的她，想起自己和美冬之間的對話。她說她不是開玩笑的。

「陶藝啊……，眞好。」雅也拿起咖啡杯，「像轆轤之類的，我也想用用看。還有手捏成形、土條成形之類的吧？好像也有土板成形？」

賴江哎呀了一聲，眉毛向上揚了揚，「你還滿了解的嘛。」

「以前看過一點書，也很想學，可是後來因爲沒時間就放棄了。」

這當然是胡扯。因爲預期到可能會出現陶藝的話題，昨晚才臨時惡補這些知識的。想也知道是出於美冬的指示。

「現在不想學了？」賴江窺探似地直看著雅也。

「是有那個意願，只是沒機會。再說現在這麼不景氣，好像也不是學這些的時候。」

「可是工作又不是人生的全部，偶爾也要喘口氣。」

「嗯，說的也是。」

上次見面時，雅也已向她說明自己的本行是金屬加工，但最近沒什麼工作，便半打工當起偵探了。

「陶藝教室是兩點半開始，有興趣的話要不要一起去？也有一日體驗課程哦！地點就在這附近，走路五分鐘就到了。」

「可是，我又沒有任何準備。」他先試著拒絕。

「不需要任何準備。一開始大概只是練土而已，那叫做菊花練土法。」

「我聽過，是要揉出菊花的形狀對吧。」

「水原先生是技師，一定很快上手的。一起去嘛！也花不了多少錢。去試試看，要是覺得無聊，以後不去也沒關係呀！」

「像我這種人去，會不會很突兀啊？」

「也有很多年輕人呢！再說，大家的心思都放在自己的作品上，不會去注意別人的。」

賴江很熱心，看來不像是客套的邀約。

「那麼，我也去看看好了。」

聽到雅也這麼說，賴江的表情瞬間充滿光輝。

「就這麼辦！這也是種緣分呀！」

是啊。——雅也回答。賴江看看時間，站起身的同時也拿起帳單。

「這次就讓我請吧。多虧有你，我才沒虧大錢。」

看著賴江精神抖擻地走向收銀臺的背影，雅也有種踏上不歸路的感覺。

4

每到下午兩點，「岡田」會暫時休息，晚間的營業時間從五點開始。有子正在掛準備中的牌子，一名中年婦女笑盈盈地走來。那是附近的主婦，與有子的母親交情很好，膝下孩子都已經離家獨立，有子也常聽她抱怨日子過得很無聊。有子向她打招呼說聲阿姨好。「我媽剛好出去，等下就回來了，阿姨到裡面去等吧？」

結果這名中年婦女笑著搖搖頭。

「我今天是來找有子的。等一下當然也會講給妳媽媽和大將聽。」

她腋下夾著一個大信封，有子一看就知道她的來意，但又不能當場拉下臉來，只好勉強掛著笑臉。

「阿姨，難不成又是相親？」

「這次包妳滿意啦。這個人在建設公司上班，三十歲，是家裡的次男，家境也很不錯。要找比這條件更好的，難啦！」

「可是我之前也說過，我還沒考慮到那裡。」

「妳再這樣拖下去，年紀馬上就到了。好啦，妳就聽聽看阿姨的介紹嘛！聽了妳一定會想跟他見面的。」

阿姨一把抓住有子的手，走進店門。

可能是閒得發慌，這位阿姨沒事就來當媒人，已經兩次硬要有子看相親照了，那時母親說還太早，委婉地幫她擋掉了。

「妳看，看起來很年輕，不像三十歲吧！而且他學生時代還打桌球，對體力很有自信哦！男人啊，還是內涵和體力最重要，外表不算什麼。」

阿姨連珠砲般說個不停，有子心不在焉地看著簡歷和照片。難怪阿姨要強調外表不重要，因爲照片裡的男子外表不怎麼討人喜歡。雖然嘗試以服裝掩飾，但看來相當胖，身高也不怎麼高

吧，不過倒是給人一種認真的印象，而且如果只看他的經歷，應該可以建立起踏實安穩的生活。和這種男子結婚的話，也許可以得到一般社會所謂的幸福吧！有子愣愣地想著。然而，她無法將這種空想與自己連結在一起。

當有子有一句沒一句地敷衍阿姨時，母親回來了。阿姨開始向母親推銷起照片裡的男子，母親苦笑著應付。

有子找到機會站起身說：「我得去買東西了。」

「啊，等一下！妳再聽我說一下啊！」阿姨急著攔她。

「我得跑一趟日本橋買柴魚，下次吧！」說完有子脫掉圍裙，無視身後阿姨的呼喚，走出店門。

她心想，今天這次母親應該會幫她婉拒吧。不過，也許將來終有一天，母親也不再幫她了。

這是幾天前的事了。打烊後，有子正在抹桌子，父親走來。

「那個技工，不會再來了啊。」

「哪個技工？」明知父親指的是誰，有子卻裝傻。

「就是那個叫雅也的。會不會是搬家了啊？」

「嗅……。我不知道。」

「現在這麼不景氣，可能是搬到別的地方去了。不過，老是念著不見了的人也不是辦法啊。」父親只說了這些，便進廚房去了。

經常從廚房觀察店內的父親，不可能沒察覺女兒的異狀，他大概老早就看出女兒心儀雅也吧。雅也不再出現後，女兒多少有些消沉的模樣可能也一直讓他掛心。身爲父母的他們是很有可能因爲擔憂這樣的女兒，而答應幫她相親的。

也許因爲想著這些，她的雙腳不知不覺朝雅也公寓的方向走。站在馬路抬頭看，可以看到他房間的窗戶。雖然極少看到，但那裡偶爾會晾著衣服。她都是以那些來確定他還沒搬離這個地方。

窗戶透出雅也的影子，有子連忙躲到無人的卡車後面。

雅也似乎沒注意到她。大概是剛收完衣服吧，窗戶是關上的。

不久，灰色的窗簾也拉上了。有子心想，他可能要出門吧。

她繞到公寓正面。過了一會兒，雅也從二樓下來，手裡提著運動包。

有子又躲起來。雅也似乎要到車站去，她跟在後面。

她望著雅也的背影，猜想他的目的地。剛才她本來想叫住他的，但一看到他便叫不出口了，因爲他給人的感覺和平常不同。

他難得地將頭髮梳理整齊，身上那件皮夾克也是有子沒看過的，還有鞋子和長褲，都不是他平常穿舊的那些。總之，就是用心打扮過了。

有子心想，他是和人約了碰面嗎？如果是的話，那人一定是女的。雖然沒有任何根據，除此之外她想不出其他可能。

雅也來到曳舟站，買了票通過票口。有子看在眼裡，也在稍遠處的自動售票機隨便買了張車票。

雅也搭上往淺草的電車。有子猜他可能是從淺草換搭都營淺草線，如果是就太剛好了，因爲她本來就準備到日本橋去。

果然如她所料，雅也在淺草換乘都營淺草線。有子跟在後面，進了相鄰的車廂。她伸長脖子偷看他，只見他站在車門附近，明明什麼風景都沒有，他的視線卻直直地朝向窗外。

觀察著他的表情，有子開始認爲他不可能是去和女性碰面，至少不是約會。如果是去見喜歡的人，應該顯得更愉快一點吧？但雅也身上卻感覺不到一丁點那種氣息，甚至像是要去一個不想去卻不得不去的地方。

雅也在人形町下了車。有子猶豫了一下，也跟著下車。

她自問爲什麼要做這種事？不管雅也有沒有女友都與她無關。因爲不管有沒有，他都不會選擇自己。唯有這件事是明確的。

她也不是想讓自己徹底死心才跟蹤的。失戀是常有的事，她也不是沒經歷過。

我只是想知道，他到底是什麼人……

最後思考來到這個結論。要她在自始至終不知道雅也這個男人眞正身分的情況下斬斷這份感情，她實在做不到。

走出地鐵車站的雅也，以毫不猶豫的腳步在人行道上前進，偶爾看看手表，顯然是和人有約。

不久，他過了一條大馬路，進入旁邊一棟大樓。有子看他進了電梯，也連忙跟進大樓。看樓層顯示，電梯停在三樓。牆上的樓層介紹寫著三樓是「御船陶藝教室」。

雅也先生到陶藝教室去？為什麼……

正當有子杵在那裡，一名中年婦女走進大樓，看到有子站在電梯前卻沒按下電梯按鈕，臉上先是閃過一絲訝異，然後逕自按了按鈕。

「請問……」有子出聲了，「您是要去陶藝教室嗎？」

「是呀。」中年婦女點頭。

有子本來想問那裡有水原雅也這個人嗎，卻把問題吞下去。她不想讓雅也知道自己竟然追到這裡來。

「請問教室是從幾點到幾點呢？」她當下換了個問題。

「每天都不一樣呢。今天是三點到五點，我有點遲到了。」

「這樣啊。」難怪雅也會在意時間。

「妳也想來學嗎？」

「啊……，我還在想。」

「是嗎？來試試看嘛，很好玩的。」

電梯門開了，中年婦女看著有子偏了一下頭，像是問她要不要進去。有子擠出笑容，搖了搖手。

走出大樓，她抬頭看三樓，「御船陶藝教室」的字樣貼滿了所有的窗戶。雅也和陶藝教室——她怎麼都無法將兩者連在一起。

她盤算著，要先到日本橋去買柴魚再回來嗎？可是那樣離五點也還有一段時間，要上哪裡殺時間呢？

「剛才，樓下有個女孩子想入會呢。」

「哎呀，妳怎麼沒帶她上來？」

「她好像還在猶豫。不過，應該會再來吧。」

「什麼樣的女孩子？漂不漂亮？」

「嗯，長得還滿不錯的。」

「這樣的話，要是那個女孩子進來，老師一定又只疼她了。」

身旁兩名中年婦女交頭接耳地說個不停。雅也根據前兩次的經驗，已經看出她們來這裡最大的目的就是聊天。最好的證據就是，擺在她們面前的黏土仍未成形，她們只是拿著土捏來捏去而已。

雅也人在電動轆轤前，左手支撐旋轉的黏土外側，利用右手手指從內側推開黏土。若沒使力黏土便文風不動，但太用力又會突然變形，最忌的是突然施力。

指腹有種奇異的感覺。他停止轆轤，望著那個地方，發現黏土表面產生了一個小小的突起。

「那是氣泡。」賴江從旁對他說。她好像一直看著他操作。

「氣泡？」

「就是留在黏土裡的空氣，所以在上轆轤之前，一定要練土。」

「這個已經不能用了嗎？」

「沒這回事，有補救措施的。」

賴江從自己的工作臺上拿一起根細細的棒子，回到雅也旁邊。那根棒子前端裝了一根針。她在他面前彎下身來，用針把「黏土裡的氣泡」刺破。她所搽的香水味在雅也鼻尖掠過。

「好了，這樣就沒問題了。」她站起身來，向他微笑。剛才她的臉湊得好近，只差沒貼上雅也的臉。

雅也摸了摸她處理過的部分，黏土上小小的突起的確消失了。

「好像好了。」他再度轉動轆轤。然而賴江沒有隨即離開，而是在他身邊一直望著他的手看。

「果然是當技師的，已經這麼熟練了。看來我這種程度的，一定很快就被你追過去了。」

「如果只是捏出東西還可以啦，可是最重要的應該是設計吧？我對這方面沒什麼天分。」

「是嗎？那你是擅長看著設計圖照做嘍？」

「是啊。」

「對了。」賴江稍稍壓低聲音，「等下下課後你有事嗎？」

「沒有。」

「那麼，願不願意再陪我吃個飯？我知道一家好吃的義大利餐廳。」

「我可以啊，可是一直讓妳請客不好意思，今天讓我請客吧。」

「不必在意這種小事啦！你又還沒找到工作。」賴江輕輕往他膝蓋一拍，轉身回自己的工作臺去。

雅也的耳邊，響起昨天美冬在電話裡說的話。她輕聲笑了之後，這麼說：

「接近她的這個任務，顯然很成功嘛，而且看來她還相當喜歡你。」

雅也說這種事還很難說，但美冬的聲調還是一樣開心。

「今天我見到賴江了。我一眼就看出來，她的表情變成女人的表情了。」

「女人的表情？」

「女人啊，有了心上人馬上就會顯現在臉上。人家不是說，戀愛中的女人會變漂亮嗎？就是這個意思吧。」

「就算是這樣好了，她的對象也不見得是我。」

「除了你還有誰？雅也一直監視她，應該最清楚她沒有別的情人。」

事情正是如此，因此他沒作聲，於是美冬繼續說：

「聽清楚了雅也，接下來才是最重要的。我們要釣的是一條大魚，絕對不能失手。」

釣魚是什麼意思？她指的似乎是讓倉田賴江愛上自己，但這在雅也看來，簡直是天方夜譚。再怎麼說，對方都是年過五十的女人，而且還有丈夫，連兒子都有了。

「年齡根本不算什麼，會在意的反而是她。有丈夫也不是問題，不如說正因爲有丈夫才更鬱悶，她應該正在尋求發洩的管道。」

「就算全部都跟美冬說的一樣好了，我又能怎麼樣？就算她愛上我，美冬也沒有任何好處，不是嗎？」

聽到這話，美冬在電話那頭沉默了一會兒才繼續：

「如果只是愛上你的話，是這樣沒錯。」
「什麼意思？」
電話傳來她吐出氣息的聲音。
「你忘了嗎？我託你調查她，是有原因的。」
「要抓住她的弱點……」
「沒錯。」她簡短地說：「丈夫不在家時與年輕男子發生婚外情——如果能掌握這個證據，對我們而言就是相當有力的武器了。」她無聲地笑了。
「等一下。妳說的婚外情是什麼意思？我可不想跟她有什麼不正常的關係。我接近她，只是爲了抓住她的弱點而已。難道，妳是要我捏造外遇現場嗎？」
若眞是這樣打算，他也不是不能理解，但美冬接下來的話讓他汗毛直豎。
「捏造也沒用啊，一定要是眞正的弱點才行。」
「喂，妳的意思該不會……」
「我說，雅也。」美冬以低沉的聲音說：「之前我也說過，不是嗎？無論如何都必須抓住那女人的弱點，要是找不到，就只好製造出來。而且，雅也現在正處於一個絕佳的位置。」
「饒了我吧！」雅也握著電話搖頭：「千萬別叫我去做這種事，妳要我跟那種阿姨上床？」
「你辦不到？」
「這還用說嗎！我去做這種事，美冬妳都不在乎？」
美冬再次陷入沉默。雅也以爲她多少了解自己的心情了，然而，並非如此。她平靜地說：

「我也不想叫雅也去做這種事，可是沒有別的選擇，沒辦法啊！這一切都是爲了我們將來的幸福。我和不愛的男人結婚，雅也不是也默默承受了嗎？這次換我來承受了。我知道要雅也跟那種阿姨上床很爲難，但是，我也得跟那種男人上床。我們只能這樣苟活啊。」

聽到她語氣哀傷吐出的字字句句，雅也再也無法反駁了。但不表示他認同了這個提議。

「我說過好幾次了，她不見得喜歡我。所以，能不能跟她上床我沒辦法保證。」

「沒問題。雅也一定可以的。」美冬像平常一樣，最後以鼓勵做爲結語。

眞的只有這種辦法嗎？——雙手環住轆轤上旋轉的黏土，雅也自問。他們要得到幸福，眞的只有美冬所說的那種辦法嗎？不，姑且不論這些，幸福是什麼？應該不只是得到財富和權力而已。

他對美冬的愛情也產生了疑問。她的說法雖然是那樣，但雅也並不認同她的婚姻；不僅不認同，還痛苦得生不如死。無論基於什麼理由，心愛的人與其他人發生肉體關係是絕對無法忍受的，難道不是嗎？

一回過神來，四周的人都開始準備下課了。賴江來到他身邊，微微一笑。

「好認眞啊，不過差不多該停手了。你的茶碗也好像已經成形了。」

他嗯了一聲，點點頭，拿起一旁的線，稍微放慢轆轤的速度，雙手將線繃緊，朝相當於茶碗足臺的位置靠近。

「漂亮。」賴江故意取笑他。之前在這個階段，雅也經常施力不當將做好的作品甩了出去。

雅也笑了笑，小心翼翼地捧起碗。

將轆轤四周收拾好，在更衣室裡脫掉髒衣服。換好衣服一出來，賴江已經在教室外面等了，不見先前跟蹤賴江時看到的那群女子，或許是早早就到大眾餐廳去了。

「不跟朋友一起走沒關係嗎？」

賴江露出苦笑。

「以前常跟她們去喝茶，但說眞的，實在很無聊，都是聊一些沒營養的八卦，像是哪個藝人外遇、離婚什麼的。我是擔心在教室裡被孤立不太好，才勉爲其難應和她們的。」

兩人走進電梯。賴江穿著白色高領針織衫，身體曲線畢露。就看得見的部分而言，她的身材並沒太大走樣，以這個年紀的女性來說身型算是好的吧，但是，如果脫到只剩內衣就很難說；要是連內衣都脫了，雅也不知道自己能夠對她產生多少情慾。可能是化妝技巧好，單看她的臉，很難相信她已經年過五十。她的五官精緻端正，雅也甚至會想，如果她年輕個十歲，也許什麼問題都沒有。

一切都是爲了兩人將來的幸福。——美冬的聲音在耳邊響起。他再次在心中回答她：饒了我吧！

電梯抵達一樓，雅也與賴江並肩走出大樓。就在這時，雅也眼角餘光發現有個人影靠近過來，他往那邊一看，不由得輕輕叫了一聲「啊」。是有子。她穿著連帽粗呢大衣，右手提著一個大大的白色袋子。

「有子……」

「……你好。」她先看雅也，再將視線轉向賴江，接著又把視線轉回來。但那雙眼睛的焦點

卻是游移不定。

「妳怎麼會在這裡？」

「嗯，出來買東西。」她又瞄了賴江一眼。

「你朋友？」賴江問。

「嗯……，我家附近食堂老闆的女兒。」

「這樣啊，哦。」賴江張大眼睛，露出笑容。雅也看著她的視線迅速地將有子全身上下掃視過一遍。

「雅也先生呢？」有子問。

「啊，我剛好到這棟大樓有事。」他指指後面的建築物，不好意思說是陶藝教室。

這樣啊。——她說完垂下了頭，似乎在遲疑著什麼。

「要不要一起去喝點東西？」賴江說，接著問雅也：「怎麼樣？」徵求他的同意。

「要嗎？」雅也問有子。

有子搖搖頭，「我得趕緊回家了。」

「這樣啊。那，替我向大將和阿姨問好。」

她說聲嗯，點點頭笑了笑，然後朝賴江行了一禮，說聲再見便小跑著離開了。

「沒關係嗎？她不是找你有事？」

「不可能的。在這裡遇見只是碰巧。」

「會嗎？」

「嗯，是巧合。」

賴江露出不太相信的表情，唔了一聲，點點頭。

「那我們走吧！我招計程車嘍！」才說完，她的手就舉起來了。

上了計程車，雅也還是想著有子。有子的視線在自己和賴江之間來回，不知道她是怎麼想的？她應該也看得出兩人之間的年齡差距，所以不會以爲他們是一對吧。但是賴江外表很年輕，而且有子可能會認爲，如果交往的目的是爲了錢其實是無關年齡的。

想到這裡，他對自己竟然在思考這些事有些驚訝。有子怎麼想應該都不重要才是。

不想被有子討厭。——雅也發現自己竟有這種想法，內心很震撼，因爲他認爲這才是對眞心喜歡的對象會自然產生的反應。那麼他對美冬又是如何？他不希望美冬瞧不起他，希望可以成爲她的助力，希望能符合她的期待，希望身爲一個配得上她的男人。他總是懷著這種情感。但是，他曾經對她懷有「不想被她討厭」這種單純的想法嗎？

「她長得很漂亮呢。」賴江突然開口。

雅也「咦？」了一聲看著她。賴江的臉仍朝著前方。

「剛才那個女孩子。有那樣一個女孩子在，去食堂一定很愉快吧。」她的語氣平板，沒有抑揚頓挫。

「最近很少去了。」

「哎呀，是嗎。那麼，一定是因爲這個原因了。」

「什麼？」

「因為見面的機會變少了，她才會特地跑來呀。」

雅也呵的一聲笑出來。

「我剛才不是說在那兒遇到是偶然啊。」

聽了這話，賴江也笑了，轉過頭來看著雅也。

「她是在那裡等你的。」她說得很篤定。

「不可能。她不知道我去上那個教室。」

「這樣的話，大概是從別人那裡聽說的吧。要是你沒告訴任何人，那就可能是跟蹤你了。」

雅也笑著搖搖頭，「實在很難想像。」

「如果是在路上偶然遇到，就不是那種表情了。她看上去一點都不驚訝。」

「是嗎？」聽賴江這麼一說，他也這麼覺得。

「也好，都無所謂啦。」賴江的臉又轉回前方，「反正那個女孩子喜歡你。」

「請別開玩笑了。」

「你自己也心知肚明吧？你臉上的表情是這麼說的。」她斜斜瞄了雅也一眼。

「講不過妳。」他將視線朝向窗外。計程車正走在昭和路上。賴江吩咐司機的地點雅也其實沒概念，來東京好幾年了，但他的地理概念仍停留在老街的範圍內。

「你跟她說話的時候，會變成關西腔。」

「啊，會嗎？」

「和我在一起的時候雖然也帶著關西口音，可是關西腔沒那麼重。」

「因爲我一直改不過來。」

「我倒是覺得用不著改，跟我在一起的時候也一樣。」

「是嗎？」

雅也舔舔嘴唇，一種奇異的緊張感裹住他全身，因爲他從賴江的話裡，聽出嫉妒的意味。

5

雅也與比他年長了一輪有餘的女子的交往進行得很順利，只不過，他自己也不清楚這到底算不算是交往，他們只是在每週兩次的陶藝教室見面，下課後一起用餐而已。

他知道賴江對他有好感，但那是哪一類的好感，他卻沒有完全的把握。他在電話裡告訴美冬這件事，聽美冬的聲音是一派「那根本沒什麼好懷疑的」。

「雅也，經常和她見面的人是你，你怎麼能說這種話？像我和她只是偶爾才碰得上面，就覺得她的表情和態度跟以前完全不同了。還是因爲經常見面，反而看不出來？」

「我不知道她以前本來是什麼樣子啊。」

「你以前跟蹤她的時候，應該看得很仔細吧。反正，我的眼光不會錯的，賴江的心思都在雅也身上，否則怎麼會經常找你去約會呢？」

美冬說的道理他也懂，可是雅也無論如何都無法以那種角度來看賴江。那種角度，就是指把她當女人來看。然而美冬便是如此要求他。

「放心，時機已經完全成熟了，再來就等機會了。要是雅也主動邀她，她絕對無法拒絕的。

不需要搞什麼小把戲，你的態度是冷淡、是靦腆都沒關係，就找她上飯店如何？」

「那種事，我實在不相信她會答應。她那個人自尊心很強，我覺得她會生氣，認為我瞧不起人。」

「不會的。因爲她自信心強，才會相信自己還是個有魅力的女人，認爲自己的魅力能夠吸引年輕男子。要是雅也開口，她一定會志得意滿地認爲，我果然有魅力。」

「會這麼簡單嗎？」

「會，相信我。」

不管美冬再怎麼拍胸脯保證，雅也還是沒有自信。這是指兩方面。一是他不認爲賴江會答應，另一則是，他自己究竟有沒有辦法和賴江上床。

「美冬，我應該沒有跟她上床的必要吧？現在她的注意力已經不在妳身上了，目的不就已經達成了嗎？」

「那是現在。」美冬冷冷地說：「她現在的確因爲交了一個小男友開心得不得了，但是不久就會又開始胡思亂想。如果那個小男友到頭來只是個一起吃飯的飯友，她的注意力就會轉移到別的地方去。要避免那種情況發生，現在就是關鍵。」

聽雅也不吭聲，美冬撒嬌似地叫了一聲喏。

「跟她上床吧！」

雅也無法答應，說再讓我想想看，便掛了電話。

與美冬的對話結束之後，他腦子裡出現一張面孔——有子。自從前幾天在陶藝教室前遇見她，不知爲何心裡就一直掛念著。

他開始想見她。只要到「岡田」去便能見到她，但他的心緒還沒穩下來。見有子做什麼？連他自己也不明白。

「怎麼一臉嚴肅？因爲還找不到工作？」身旁的賴江對他說。一直眺望著計程車車窗外的雅也，視線回到她臉上。

「是啊，存款也快見底了，總不能一直學陶藝。」

「所以我之前不是說了嗎？陶藝教室的學費我幫你出。你不繼續學下去，不是很可惜嗎，老師也對你進步的速度很吃驚呢！不過你才剛開始學，就幾乎把所有的學員比下去，吃驚也是當然的。」

「可是，學陶藝又不能當飯吃，也沒道理讓倉田女士出錢。」

「你眞見外，我只是說我要當你的贊助人啊。」

「所謂的贊助人，是投資可以賺錢的人。現在的我，只是個沒工作的人，一個無業遊民。」

「有你這麼好的本事，不管做什麼都會成功的。現在只是沒有地方讓你發揮而已。——你笑什麼？」

「沒有啊，只是在想，妳又不知道我有什麼本事。」

「看你在陶藝上的技術就知道了。別看我這樣，我對自己看陶藝品的眼光可是很有自信的，雖然做我是做不來。」賴江說著微微一笑，然後似乎想起什麼，繼續說：「金工呢？」

「金工？怎麼？」

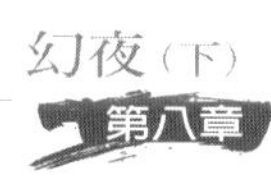

「你會不會?就是做戒指、項鍊首飾的。」

雅也繃緊了臉上表情，不讓她看出自己內心的激動。他猶豫著不知該如何回答，最後還是點點頭。

「這個啊，會一點，學了點皮毛做做樣子而已。」

「是嗎!」賴江眼睛更亮了，「那我下次跟我弟弟問問看好了。」

「妳弟弟?『華屋』的……」

「『華屋』有自己的工坊，也有對外發包。既然你會金工，也許可以幫你介紹。」

雅也搖搖手。

「我的程度還差得遠，做不出能賣的東西。」

「是嗎?經過練習之後也沒辦法?」賴江像少女般偏著頭問。

「那不是三天兩天的事。謝謝妳的好意，但是工作我還是想自己找。」

她「哦」了一聲，微微仰起鼻子，似乎有些掃興。

計程車抵達位於赤坂的一家飯店，兩人下了車，門房畢恭畢敬地上前迎接。經過充滿歷史感與威嚴的正面玄關時，雅也暗自深呼吸一口氣，擔心自己的一身打扮在旁人眼裡看起來會不會很奇怪。他穿著嶄新的西裝，是爲了來這裡而買的。出錢的是賴江。雅也說他沒有能穿來這種頂級飯店的衣服，她就說「那我送你」。除了西裝，還有襯衫、領帶，連皮鞋都買了。

這家飯店今天舉行和服展示會，前幾天賴江要他陪同前往。這是他們第一次在陶藝課以外的日子碰面。

二樓的宴會廳用來做爲展示會會場，入口有接待櫃檯，聚集了大群穿著和服的女性。賴江今天也是一身深色和服，據說是一種叫作「紬」的布料，但雅也不知道那是貴還是便宜。

一名胖胖的中年女子滿臉堆笑走近賴江，好像是賴江經常光顧店家的負責人。她誇張地歡迎了賴江一番，略過接待登記的手續，帶領賴江直接進入會場。她對雅也也是笑盈盈的，但並沒有追問他是什麼人，然而，從她明顯充滿好奇的眼光便不難了解，她其實很想知道。

展示會會場裡鋪滿了榻榻米，數家和服業者在各自的展區陳列著引以爲傲的商品。爲賴江帶路的中年女子將她帶到接近中央的地方，女子的店在那邊擁有寬敞的展區。雅也跟在她們身後。看著展示出來的和服上所標示的價格，他微微搖頭，心想，眞不明白把錢花在這些東西上頭的人的心理。

中年女子立刻向賴江推薦幾項商品，她們兩人對話中的用詞，雅也幾乎全聽不懂。

「這個怎麼樣？」賴江將一匹布攤開來問雅也。那是一匹有光澤、顏色素雅偏綠的布。

「什麼怎麼樣？」

「你覺得適不適合我？」

「我不知道啊。」雅也苦笑。

「把你看到的感覺說出來就好啊，就是爲了這樣才找你來的。」

「話是這麼說……」

很好看呢！——中年女子在旁邊說，似乎希望雅也附和。他覺得麻煩，便微微點頭：「我覺得不差啊。」

「這種說法眞是不上不下的。不差，但是也不好？」

「哎，我不是這個意思。」

就在雅也伸手摸頭的時候，背後響起一名男子的聲音：「那塊滿好的啊。」

賴江朝那人看去，露出吃驚的表情，「哎呀，你怎麼會……」

雅也回頭一看，瞪大了眼睛。身穿和服的美冬，和一位穿著雙排釦西裝、體格頗佳的男士站在一起。

美冬看了他一眼，但視線立刻回到賴江身上，表情完全沒變化。她將「只是見到一名陌生人」這幕戲演得入木三分。

「你們怎麼會在這裡？」賴江問他們兩人。

「美冬吵著要來的，叫我偶爾也要帶她來和服展示會看看。我想姊姊喜歡和服，一定也會來，果然被我料到了。」

「美冬，妳知道這裡有展示會？」

「聽朋友說的。我一直很想來這樣的展示會看看。」美冬環視四周，視線只有一瞬間接觸到雅也。

雅也心裡還是有些混亂，也因此沒立即察覺有人在叫自己。

「你怎麼了？怎麼在發呆。」賴江問。

「啊，沒有，沒什麼。」雅也搖搖頭。

賴江向他介紹秋村夫婦。這是我弟弟，和我弟媳美冬……

秋村隆治不懷好意地笑了。

「沒想到姊姊的陶藝班上有這麼年輕英俊的男子，當然不能放過了。」

「你在胡說什麼啊！我是因爲女人單獨來這種地方不像樣，才請他來陪我的，對不對？」

被徵求意見，雅也只是含糊地點點頭，然後看著秋村行了一禮，「久仰大名。」

秋村也正色點頭，「彼此彼此，以後家姊還請多關照。」

雅也嚥下一口口水。這個男人就是美冬正式的丈夫，他能堂而皇之地帶美冬走在大庭廣眾之下，夜裡能夠盡情地擁抱她的身體，而在那時候，也有權在她體內射精。雅也的雙手緊緊握著拳。

即使在這些思緒占據了他腦海的時候，美冬仍是故作不識，一副丈夫姊姊的朋友不干我事的模樣。

雅也思考著美冬出現在這種地方的原因。今天被賴江邀來這裡的事，他事先就告訴美冬了，所以她是在知道這件事之後，才與丈夫一起來的。她的目的何在？想炫耀她與丈夫鶼鰈情深嗎？

「喏，我們去那邊看看嘛！我想要腰帶。」美冬纖細的手臂挽住丈夫的手。

「啊？妳明明只說想看一下而已啊。」秋村隨即又得意地笑了，「好吧，今天就奉陪到底吧。姊，那我們先走了。」

目送手挽著手的兩人離去，賴江小小地嘆了一口氣。

「年紀老大不小了，還在這種公共場合……。眞不像話。」

「他太太好年輕。」雅也試探地說，同時觀察賴江的反應。

「他大概是因爲單身太久，覺得既然要結婚，就要讓人人稱羡吧。所以對象至少要挑年輕一點的……」可能是發現自己的話酸味太重，賴江遮羞似地微微一笑，「好了，我也得選我的東西。你也要幫我挑哦！」

好。——雅也點點頭說。

離開會場前，賴江訂購了幾樣東西，總額應該不下兩百萬。即使如此，到了飯店休息廳裡，她還是一臉遺憾地抱怨著沒多少東西可買。雅也隨口附和，腦子裡仍在想美冬的事。

「喏，你是關西人吧，」突然間賴江問道：「是神戶嗎？」

「西宮。不過，也差不多。」

「那麼，對京都熟不熟？」

「京都？算不上熟，去過幾次就是了。」

「不過，交通路線你大概都知道吧？」

「還好。」

「哦。」賴江在想事情。

「怎麼了嗎？」

然而賴江仍默默繼續喝紅茶。看她的表情，似乎在策劃些什麼，也像有所遲疑。終於，她看著雅也。

「我想拜託你一件事。」

「什麼事？」

「你願不願意……」說到這裡，她先是垂下視線，喝了一口茶，再次以認眞的眼神看著他，「你願不願意陪我去京都一趟？」

雅也登時愣住了，難掩驚訝之色。

種種思緒瞬間在他腦海裡交錯。這個邀約是什麼意思？到京都的話，要當天來回也是可行的，但她打算過夜嗎？過夜的話，是一人一個房間嗎？再說，她怎麼會想到京都去？

「冬天的京都啊，不錯啊。不過怎麼會突然想去？」他拚命讓神情恢復沉著，「京都那邊有什麼嗎？」

「京都有很多值得一看的地方呀！金閣寺、清水寺，還有嵯峨野等等的。」

「那倒是。」

賴江愉快地望著雅也困惑的模樣。

「其實，我是想調查一些事情，所以才想請你陪我一起去。」她恢復正色之後說。

「要調查什麼？」

「可以說是調查一個人吧。不過，可不是歷史上的人物哦。」

「是我不認識的人吧？」

「這個嘛……」賴江露出思考的表情，「說是幾乎不認識比較正確吧。我本來是想和她本人一起去的，後來還是算了。對不起，說得這麼不清不楚的。」

「不想說的話，不說也沒關係的。不過我的確是很好奇。」

「如果你肯陪我一起去，遲早也會知道。不過我現在不能說，因爲有點像是家醜外揚。」

「是妳的家人？」
「這個嘛，你說呢？」賴江拿起茶杯，微微一笑。
沒錯，賴江一定是想調查美冬。——雅也非常確定。
「妳要去京都哪一帶呢？」
「哎，問題就在這裡，不過我想先去三条那邊看看。」
「三条嗎？」
對了。——雅也回顧從前，他曾聽美冬說過她是京都人，但詳情卻什麼都不知道。這個話題出現過幾次，但因爲她不太想提，他也就沒追問下去。即使如此，他對三条這個地名仍有印象。
「怎麼？不想和我這種阿姨一起去？」賴江抬眼看著他說。
她的表情，讓雅也確實感到自己正面臨了一個重大的抉擇。她開始試探他的意思了。要是他婉拒，一定會傷害她的自尊，以後恐怕不會再這樣約他。不僅如此，就連陶藝課的小約會也到此爲止。
「要看時間。」猶豫一番之後，他說：「妳也知道我現在失業中，每天都得到職業介紹所碰運氣。要是有任何公司肯給我機會面試的話，無論如何我都必須趕過去。」
「如果遇到那種狀況，就改變我這邊的計畫。這樣還是不行？」
「不會啊，沒那回事。」
「那……」賴江窺探著雅也的表情。她嘴角雖然掛著笑，但眼神是認眞的，顯然她正爲這趟京都之旅探尋著調查美冬以外的目的。

已經無法縮手了。——雅也痛下決心。他笑著點點頭。

「那就去吧！到京都去。」

「太好了。」這時賴江才第一次連眼神也露出笑意。她的眼角出現了皺紋。

與她道別之後，雅也搭電車返家，在曳舟站下了車，回公寓的路上突然改變心意，腳步轉了個方向。

「岡田」的招牌就在眼前，他卻在入口前停了下來，因爲他發現自己的服裝和平常相去太遠。

先回家一趟再來吧。——正當他這麼想時，店門喀啦啦地打開，一身毛衣的有子出來了，她正打算更改店門前那張寫菜單的黑板，但還沒著手之前便發現雅也了，一雙大眼睛睜得更大，眨了起來。「雅也先生！」

他也回了一聲喔。

「怎麼了？這身打扮。好誇張，我都認不出來了。」有子跑到雅也身旁，再次從上到下打量他的裝扮，接著笑了出來，「不過，這樣穿很不像雅也先生。」

「完全不配吧？」

「沒那回事……，不過，還是平常的樣子比較好。」

「對吧。」他鬆開領帶。

「啊，我亂講的，很帥呀！不過說眞的，怎麼了？面試？」
「嗯，算是吧。」他把捲成一團的領帶塞進西裝外套口袋。
「喏，你是來店裡吃飯的吧？」有子抓住他的西裝袖子，「進來吧！」
雅也等於是被她拉著走進「岡田」。
店裡只有三桌客人，角落的桌位空著，他便在那裡坐下。有子到廚房去說了幾句話，她父親從裡面出來，朝雅也微微點了點頭，雅也也默默地回應。
有子端著托盤送擦手巾和小菜過來，雅也點了綜合滷蔬菜和啤酒。她點點頭一臉我就知道的表情，轉身回廚房去。望著她離開後，雅也拿起免洗筷一邊吃小菜，一邊環視店內。寫著菜單的黑板，上了年紀的餐桌，設置在角落的電視，一切都和以前一樣。有一名技工模樣的男人，大概是結束了一天的工作，正在自斟自飲。就連這番情景都令他感到懷念。
他覺得，這裡才是屬於他的落腳處。他沒有什麼龐大的野心，每天爲了小小的幸福，流著汗水辛勤工作，以一杯啤酒趕走一整天的疲憊——這樣的生活才適合自己。這身衣服算什麼？這種東西不是我的衣服，又不是小孩子過節，幹嘛老穿著這身不三不四的打扮。——雅也脫掉西裝外套，捲成一團放到旁邊椅子上。
有子端啤酒和料理上桌了。「哇啊，雅也先生，你不冷嗎？」
「不會，穿著外套肩膀太僵了。」
雅也拿起杯子，有子便幫他斟酒。他抬臉凝視著她。

「有什麼不對嗎？」她有些害羞地問。

「沒有啊，沒什麼。」

「對了，雅也先生……，你開始學陶藝了？」她拿著啤酒瓶問。

雅也嘴裡正含著啤酒，差一點沒嗆到。「陶藝？」

「因爲上次，你不是出現在那裡嗎？」

「哦……」

當時雅也完全沒提起陶藝的事，她似乎是看到那裡有陶藝教室，才知道他在那邊上課。果眞如賴江所說的，也許有子眞的是在那裡等雅也。

「算是消遣吧。」雅也笑著打混，「有人找我去的……」

「哦，跟你在一起的那位女士嗎？」有子的眼神帶著刺探的意味。

「嗯，是啊。」

「我沒想到雅也先生有那種類型的朋友。感覺就是有錢的貴婦。」她的語氣是開玩笑的，但雙頰卻顯得有些僵硬。

「也不怎麼熟。」

「看起來不像不熟啊！感覺挺不錯的。」

「別鬧了，人家可是上了年紀的阿姨。」

「可是，她很有魅力啊。」有子在他的杯裡倒滿了酒，說聲「反正也不關我的事」，就進廚房去了。

雅也伸筷夾菜，綜合滷蔬菜的味道依然不變，有家的味道。他一邊品味一邊喝啤酒，想著有子剛才的反應。也許她是在嫉妒。原來嫉不嫉妒和另一名女性的年齡大小無關，她嫉妒的是他和陌生女子狀甚親暱，而且兩人是在自己所不知道的世界碰面這件事。

雅也認爲有子的反應是很正常的。看到喜歡的人和別的異性親密的樣子，自然開心不起來，自然會心痛、會胡思亂想。然而美冬卻完全沒有這種反應。

付帳時，有子又過來了。雅也一邊付錢，一邊問她：

「有子是在這裡出生長大的吧？這麼說，小學、國中都是在這附近？」

「嗯。小學就在旁邊，國中走路也只要五分鐘。家裡沒錢，所以不肯讓我上私立的。」後面她母親突然冒出一句話：「妳自己考不上還敢說！」有子吐吐舌頭，繼續說：「怎麼想到要問這個？」

「沒有，只是想知道一下而已。」雅也付了錢，說聲謝謝很好吃，走出了店門。有子隨後追上來。

「雅也先生，以後也要常來哦！」

「我會的。」他又說了一次「謝謝很好吃」。

一回到公寓，雅也馬上脫掉西裝換回平常的運動服。打開電視，點起香菸。吐著煙呆呆地望著畫面，但節目內容完全沒看進眼裡。

有子什麼都肯告訴他……

雅也心想，也許和美冬比起來，我對有子的了解更多。她有什麼樣的父母、在什麼樣的家庭、什麼樣的地方長大，這些不必特地費心去問，他都知道。連她做菜的本事如何都猜想得到。而對美冬又如何？他所知道的，就是在震災裡受害，如此而已。她去世的雙親是什麼樣的人、她生長的地方是什麼樣子，她絕口不提。然而，他們倆卻過著休戚與共的人生。

我們是不正常的，我們瘋了。──雅也往菸灰缸裡按熄抽了一半的菸。

就在這時手機響了，液晶畫面沒有顯示來電號碼。

「妳回到家了？」雅也知道是誰打來的，劈頭就這麼問。

「嗯，剛到。」果然是美冬，「今天對不起，嚇到你了。」

「真的嚇死我了。妳到底在想什麼？」

電話那頭傳來美冬的低笑。

「我覺得差不多該出擊了，這是伏筆。」

「伏筆？什麼伏筆？」

「接下來，賴江要和年輕男子發展出更深的關係，而我在偶然間得知這件事。說得具體一點，就是要在你們倆走出飯店的時候遇個正著。到時候，如果我之前見過她的男伴，對她的威嚇效果更強吧？」

聽了美冬的話，雅也沉吟了一聲──原來如此。與此同時，也再次對美冬的冷靜透澈感到驚

訝。

「你那邊怎麼樣？有沒有什麼進展？」美冬問。

如果告訴她賴江找他去旅行，她一定會很高興，也一定會大力煽動他絕對不能錯過這個機會。但另一方面，要是她知道旅行的地點是京都，又會有什麼反應？她一定會猜到目的就是自己吧。也許她也會以她的方式有所戒備。

無論如何，雅也是應該把賴江找他去旅行的事告訴美冬的，這一點他十分清楚，美冬當然也是爲了得知最新狀況而打電話來。

對，美冬打電話來，不是因爲想和我說話……

「喏，怎麼了？沒有任何進展嗎？」美冬催他。

雅也調勻了呼吸，小心不讓自己的語氣有異，答道：

「和服展示會之後，到飯店的咖啡廳喝了咖啡，就這樣而已。」

「哦，下次的約會呢？」

「還沒決定。她說會跟我聯絡。」

「沒想到她那麼小心。都帶你去和服展示會了，我還以爲她膽子更大了。」

「應該是遇見妳們夫婦，就小心起來了吧。」

「有可能。不過，只是遲早的問題，她一定會來約你的。雅也，到時候絕對不能錯過機會。」

「等她眞的來約再說吧。」

「會的，相信我。那，我再打給你。」

美冬逕自掛斷電話。雅也對著不再出聲的手機看了好一會兒，用力把它扔到一旁。

第九章

1

路邊停車使得原本狹窄的道路更加擁擠，即使如此，卡車仍若無其事地與計程車錯車而過。不只如此，腳踏車車籃載了大批物品的中年婦女試圖從計程車左側超車，但計程車司機仍不以爲意地踩油門加速。

「路好窄啊。」加藤忍不住說。

「這很普通啊。」司機愛理不理地答道。加藤是在天王寺車站招計程車的，而且目的地只有電車兩站之遙，他以爲司機是因爲短程而不高興，但下車時才知道不是。

「都抄捷徑了還花這麼多時間，眞是不好意思了。」司機邊找錢邊說。

加藤應了一聲哪裡，下了計程車，不知怎的心情很好。看清楚駛離的計程車所屬的車行，接著苦笑了起來。都說大阪人會做生意，指的就是像這樣吧。

他邊看地圖走沒多久，便找到目的地的二樓公寓。一樓是便利商店，這幢公寓沒有停車場，店門口密密麻麻停滿了腳踏車，大概是在桃谷車站搭電車的人騎來停放的吧。

爬上二樓，按了二〇五號的門鈴。門上的漆多處剝落，鐵鏽裸露在外，門牌上寫的是長井。裡面傳來女性的回應聲，門開了。一名臉色很差、年約四十五歲的女子，透過門縫抬頭看加藤。她的臉孔下方的位置橫著一道鍊子鎖。

「我是昨天曾打電話過來的加藤。」他盡全力裝出討好的笑容，「不知您先生是否轉告您了？」

「從東京來的？」

「從警視廳來的。」他出示警察手冊。

「我聽說了，可是我們跟新海家不是很熟哦。」

「這一點您先生昨天也提過了，不過還是想向您請教一下……」臉上繼續保持笑容。

「哦，這樣啊……」長井家的主婦仍一臉狐疑一邊關上門，解開鍊子鎖之後再度開門，但似乎沒有請加藤進去坐的意思，只是站在玄關口看著他，「究竟有什麼事呢？」

加藤一進玄關，便反手拉上了門。一方面是不想讓別人聽到他們的談話，最重要的是外頭很冷。大阪的夏天比東京熱得多，但冬天卻一樣冷。

「您曾經住在朝日公寓裡吧？」

「你是說在西宮的時候？對啊。」

「您隔壁就住著新海先生夫婦，沒錯吧？」

「是沒錯，可是跟他們也沒說過什麼話，見了面會打招呼就是了。」

「在震災之前呢？您曾經和新海先生……他們夫婦倆的哪一位說過話嗎？」

「震災之前嗎……」她的臉暗了下來。也許是因為警察問了麻煩事，但這樣的反應想必絕大部分是由於震災這個字眼。因爲公寓全毀，她們一家人也失去了遮風避雨的場所，現在雖然已經在這裡安定下來，但過程中一定吃了不少苦。

「很抱歉，讓您想起許多痛苦的回憶。」加藤誠懇地道歉。

「其實差不多都忘了。很多人的遭遇比我們還慘，而且我們家房子雖然全毀，也不是自己的，失去的東西並不多。」主婦露出憐憫的眼神，「你看像新海先生他們家，聽說夫妻倆都去世了。」

「是啊。」

「眞可憐……。那時候處在那種狀況，想上個香都沒辦法，光逃難就來不及了。」

「我想也是。」

「我想起來了，新海太太曾經和我聊過一下子，是不是地震前一天我不記得了，不過我還記得當我得知她過世的時候，心裡還想說『啊啊，那次是我最後一次和她說話』。」

「當時她向您說了什麼？」

「她女兒的事。好像是她女兒當天晚上要回來，說會暫時和他們一起住，請多指教之類的。我記得她還說明天叫女兒過來打招呼。」

「當天晚上回來？所以她來向您打招呼了嗎？」

「沒有……」主婦的眼睛望向遠方，然後大大地點了頭，「對了，第二天就發生地震了，所以後來我沒見到她女兒。」

「這麼說，您也不知道他們家女兒回來了沒有？」

「哦，我想是回來了。我先生說在避難所跟她打過招呼，而且我也記得前一天晚上，隔壁不時傳來說話聲，好像聊得很開心的樣子。談話的內容我就不清楚了。新海先生他們家夫婦倆都是很安靜的人，以前從沒聽到隔壁有說話聲傳過來。」

加藤的腦海裡，浮現親子三人和樂融融談笑的情景。

「前一晚還那麼開心，第二天就發生地震。這個世界眞是沒有神明啊。」主婦露出痛心的表情，「對他們家女兒來說，可是一個晚上就同時沒了雙親啊。」

「關於新海家的女兒，您還聽說了些什麼嗎？」

「其他好像沒有……」說到這裡，她似乎想起了什麼，「對了，新海太太好像說過她是從國外回來的。」

「國外？哪裡呢？」

「這就沒聽說了，不過好像是旅行了很長一段時間。」

「旅行啊。」

「請問，刑警先生，」主婦微微斂起下巴，抬眼看他，「新海先生家出了什麼事嗎？」眼神已轉爲很想聽流言蜚語的模樣。

「不是什麼大事。我在調查的案子，與新海先生沒有直接關聯。不好意思，百忙之中還來打擾。」爲了怕她繼續追問，他反手開了門，這時反而慶幸主婦沒有請他進客廳。

離開公寓，正要從大衣口袋拿出香菸，放在同一個口袋裡的手機響了。加藤嘖了一聲拿起手機，果然是西崎打來的。加藤有氣無力地回了他一聲喂。

「你在哪裡？」後輩刑警的語氣顯然很焦躁。

「你先回去不用等我啊。」

「那怎麼行！得先跟府警本部和曾根崎署打過招呼才行。」

「我不去也沒關係吧。」

「要是加藤先生人沒到，事後被發現肯定會被上面修理。光是我們得來拜託大阪這邊，那些大人物就已經很不爽了。」

「那也沒辦法啊，誰教嫌犯偏偏要死在大阪啊。」

「反正，請你立刻回梅田來。你知道在哪裡會合吧？」

「知道啦。」

西崎說了聲「麻煩了」便掛了電話。這後進平常很聽加藤的話的，加藤心想，最好別再惹毛他了。

這次他是爲工作來到大阪的。在江戶川區犯下搶劫殺人案的男子凍死在大阪，由於隨身物品中有被搶的物品，男子的身分很快就被查出來了。據推測嫌犯之所以到大阪，應該是因爲被害人持有前往大阪的新幹線車票，恐怕嫌犯沒有什麼計畫，只是想逃得越遠越好吧。

加藤所屬的小組正好負責這個案子，他便自願到大阪來出差。當然，他心裡別有目的。

去年一年他就來了關西兩次，兩次都是利用休假來的。

加藤首先從尋找新海夫婦曾住過的朝日公寓的前房客下手。向房屋仲介詢問的結果，這些人幾乎都搬到大阪。房客的機動性比擁有屋子的房東高得多，與其留在沒有工作的西宮和神戶，會選擇到幾乎沒受震災影響的大阪來找工作與住處或許是理所當然的。

和其中幾人談過之後，他發現新海夫婦兩人都不是特別出風頭的人，至少在同一幢公寓裡，並沒有與他們往來密切的人物。即使如此，每位房客都表示每次見面他們必定會有禮地打招呼，但卻沒聽他們提起過女兒。

加藤也試著拜訪新海服務過的大阪總公司。雖然想問的是新海的事，突然有警視廳的人來拜訪，對方一定會心生提防，於是他決定把曾我孝道的失蹤案搬出來，因為曾我也曾待過大阪總公司。

前來會加藤的是曾我之前所屬部門的一位名叫神崎的人，神崎是早曾我兩年進公司的前輩。神崎也曉得曾我失蹤了，但沒能提供任何線索。加藤面露失望的表情，但其實這早在他預料之中，內心並沒有那麼失望。

第二次休假，加藤前往京都，目的是尋找新海家住過的地方。然而京都也變了，加藤雖在西宮市區公所查出他們的住處，卻花了好大一番工夫才找到那個地點，因為距離新海一家人居住的時間，已經過了十幾年。

不過，加藤在京都有了驚人的發現。

2

在東京車站的「銀鈴」等了十分鐘，雅也正想來根菸的時候，提著路易威登大包包的賴江從柱子的另一側出現了。

「對不起，臨出門的時候突然想起一些事要處理。」

「要出來旅行的事，妳告訴誰了嗎？」

賴江搖搖頭。

「我一個人住，沒那個必要，就算我兩、三天不在東京也不會有人發現的。反正這樣也樂得

輕鬆。」

聽起來像是在暗示她與丈夫之間幾乎沒有聯繫。她看看手表，「糟糕，得趕快了。」新幹線發車的時間就要到了。

走進已到站的「光」號，兩人並肩坐下。坐對號車，是雅也有生以來頭一遭，本來他對旅行這件事就沒什麼經驗。

賴江似乎相當習慣旅行，她雖然來遲了，但在車內食用的便當、飲料等等，她都準備好了，還替雅也買了罐裝啤酒。

「人滿多的。」列車開動不久，雅也看著四周低聲說。車廂內的座位大約八成有人。

「早上上班族很多，到了下午不早不晚的時間，就沒什麼人了。」

「現在這麼不景氣，沒想到搭對號座的人這麼多。」

「花不了多少錢的。算是一點小小的奢侈吧！」賴江幫雅也固定好餐桌，擺上食物和飲料。

別人是怎麼看待他們兩人的呢？雅也內心暗自想像。年長的女性與年輕男子，男方沒打領帶也沒穿西裝，而且一大早就買了罐裝啤酒；女方一看就知道家境富裕。富婆與小白臉——他腦袋裡浮現這個老掉牙的說法。只不過四周的上班族對別人的事似乎毫無興趣，隔著通道與他爲鄰的兩個男人，一個正在看工作資料，另一個放下了椅背正在閉目養神。

這讓他想起國、高中時班上成績好的幾個同學，他們現在可能也成了這樣的上班族，一定有很多已經結婚成家了吧。裁員、減薪——他們一定是被這些字眼包圍著，奮力在現代社會裡求生存。這麼一想，雅也覺得好像只有自己脫離了社會。儘管他是個失業的人，生活上卻沒有困難，因爲有美冬援助他。
「要喝啤酒嗎？」賴江偏起頭問。
「現在先不用。」雅也拒絕了。雖然想喝，但怕開啤酒的聲音會被四周的人聽到。
「你講話還是一樣客氣。」賴江突然說出風馬牛不相及的話。
「會嗎？」
「因爲你都講敬語呀。」
「呃，這是因爲……」他微微一笑，「倉田女士比我年長，而且又很照顧我。」
「不是年長，是年老吧？」她抬眼瞪過來，但似乎沒有不愉快，「到那邊之後，我希望你盡可能說關西腔。」
「噢……」
「在向別人探聽事情的時候，用當地的方言，對方也比較不會提防吧？」
「京都和西宮還是有點不一樣。」
「這樣啊，怎麼個不一樣法？」
「我也說不上來……，總之就是有點不同。」
「不過同樣都是關西人，應該會比對東京人好一點吧？」
「不知道呢。」雅也歪歪頭，他認爲沒這麼單純，但覺得麻煩便沒有反駁，「到了那邊，有很多事要問人嗎？」
「應該吧，因爲沒有別的調查方法了。」

「妳說要調查某個人物，那個人現在住在京都的三条嗎？」
「聽說以前住過，所以我想先去把她當時住的地方找出來。」
「妳知道那個人當時的住址嗎？」
「我只知道大概是在三条。」
「請等一下。這樣要去找一戶人家是找不到的，而且，那個人現在已經不住在那裡了吧？三条地方也不小啊。」
「我有線索。」她從包包裡拿出小小的記事本，視線落在上頭。她似乎把資料抄在裡面。
「昭和五十四年畢業於新三条小學，昭和五十七年畢業於三条第一中學……」
「這是那個人的經歷？」
「對。」她點點頭，「高中和大學我也知道，可是如果要縮小居住範圍，還是只能找國中和國小，而且從校名看起來都是公立的。」
「所以要從校區找？」
「我知道就算這樣要找也很難。」賴江輕輕合上記事本，放回包包裡，「可是沒別的線索了。」
「不知道那個人現在的住址嗎？如果知道的話，不是可以倒推回去？」
「現在的住址知道是知道，可是要倒推還是有限度，因爲中間經過好幾次遷居，已經查不出來了。我想戶籍上也只記載到上一個住處。」
雅也點點頭，美冬的確搬過好幾次家。和秋村結婚之前，她住在門前仲町的公寓大樓。在那之前，她曾一度返回西宮雙親的公寓，但雅也聽她說戶籍是在幡谷那一帶。著眼於小學和國中這一點，雅也感到很佩服。看來賴江應該是透過「華屋」拿到美冬的履歷表的。

「不能告訴我那個人的姓名嗎？既然到了那邊要去問人，我想無論如何都得說出名字才行。」

賴江對雅也的問題嘆了一口氣，「看來是不能不說了。」

「如果只是要我在飯店裡等的話，不用說也沒關係。」

「是一定免不了要你幫忙的。」她微笑，「那麼，我先告訴你姓氏——新海。嶄新的海的那兩個字，我要找的就是姓新海的人住過的地方。」

「新海……嗎？」

「這個姓很少見，我想應該比較好找。」

「是啊。」雅也點點頭，視線望向車窗外。會出現這個姓氏早在他的預期之中，但親耳聽到還是湧上一陣緊張。他不想讓賴江看出他表情的變化。

恐怕賴江並不知道美冬的雙親住在哪裡。她或許曉得她在西宮遇上了震災，但無法得知詳細的住址。她如果知道，也許這次的目的地就會是西宮了。

燒毀的公寓殘骸驟然間浮現眼前，而美冬就站在那旁邊。從那以來，已經快四年了。遇見她時，他完全無法想像會有那麼一天和她一起到東京。現在回想起來，他上一次搭新幹線就是那時候。

兩個半小時後，雅也與賴江走出京都車站。他們將行李寄放在投幣式置物櫃裡，走向計程車乘車處。

「上次來不知道是多少年前了，現在的樣子跟那時候差好多。」賴江望著車站周邊說：「你上次來是什麼時候？」

「沒辦法，我們就邊走邊商量吧！」賴江愉快地說。

「我十年沒來了，」他回答，「所以不可能當導遊了。」

搭上計程車，她拿出京都地圖讓司機看，雅也從他們的對話中得知她想到新三条小學去，她事先已查過小學的位置了。

「問題是校區，不知道是在哪個範圍。」計程車開動之後賴江說：「所以我想先以學校爲中心，把範圍拉開。」

「話是沒錯，但是要怎麼問呢？總不能在路上見人就問對方知道新海家在哪裡嗎？」

「那當然了，所以我想問開店的人。壽司店應該不錯，他們做外賣，應該會記得客人的姓氏吧？」

「這也得看時期。那位姓新海的人住在這裡，是多少年前的事？」

賴江微偏著頭想了想，「十年……，可能是十五年前了。」

「十五年啊……」

「到了我這樣的年紀，十五年一下子就過了。」她刻意聳聳肩，「年輕人大概覺得是很早以前的事吧。」

「沒那麼誇張啦。」

雅也覺得這件事很難。美冬的父親好像是上班族，和開店做生意的人比起來，與鄰居的聯繫比較少。更何況已經過了十幾年，還有沒有人記得也是問題。

雅也的心情很複雜。若爲美冬著想，或許他應該暗中阻止賴江的調查；然而他自己其實也想藉此多了解美冬，所以這次的事他並沒有告訴美冬。

計程車進入住宅區，遠離了熱鬧的市街。不久出現一個像是小學的地方，校舍小小的，操場看起來也不大。計程車在那前面停車。

「好像還在上課。」雅也從正門往裡頭看。校園裡，幾名大約三、四年級的小學生正在練習跳箱。

「學校裡不知道有沒有畢業紀念冊之類的？」

「有是一定有，但我想他們大概不肯給校外的人看。」

「說的也是，一定不會肯的。」賴江很乾脆地死心，「剛才，我們不是經過一條小小的商店街嗎？我們先回那邊看看吧！」

她拿著地圖邁開腳步，雅也跟在她身後。望著她纖細的背影，做好了心理準備——這將是漫長的一天。

第一個問的是一家肉販。可能是過了中午用餐時間，中年女店員似乎很清閒，即使如此，一看到雅也兩人接近，臉上便堆起笑容。

「歡迎光臨，要買什麼？」

「不是的，有點事想請教。」雅也操著關西口音說：「請問您曉不曉得這附近有沒有人姓新海？」

「新海？」

「十五年前應該還住在這裡的。」

「十五年？那麼久以前的事，我記不得了。新藤的話，我倒是知道。」連認眞回想一下的意思都沒有。

雅也道了謝，離開肉販，忍不住嘆了口氣。

「要照這樣子到處問下去，相當累人哦。」

「我知道不會那麼容易找到的。」

結果他們走了大半天，沒找到知道新海家的人。

「我想，這家小學的學區我們應該都問過了。」賴江看著在桌上攤開來的地圖說。兩人在京都車站旁的餐廳裡，剛用過簡單的晚餐。

「開店的人不會知道客人姓名的。」

「壽司店我們也問過好幾家了。」

「才五家而已。就算新海家經常叫外賣，也不見得是叫小學學區裡的壽司店。」

聽到雅也的話，賴江露出苦笑。他問她怎麼了。

「我是想，怎麼都沒聽到肯定一點的意見呢？」

「啊，對不起。」

「沒關係。我們到飯店去，重新擬定作戰計畫吧！」賴江拿起餐廳的帳單站起身。

他們取出寄放的行李，進入位於車站旁的飯店。賴江在辦理住房手續時，雅也靠抽菸來平靜七上八下的心情。要是美冬看到他這樣，一定會這麼鼓勵他：雅也，今晚就是好機會，千萬別錯過……

賴江回來了。「來，房間鑰匙。」她把一張卡片型鑰匙遞給他。

不好意思。——說完雅也把鑰匙接過來，正當他想著該不會是同一個房間吧？她拿出另一張卡。

「我在隔壁。」

「啊，好……」

他彷彿聽見了美冬的耳語——這是好機會哦！

在進房前，賴江問：「要在哪裡討論？」

「啊，喔，都可以。」

「可以到我房間，要我過去你那裡也可以。還是到酒吧去？」

「這樣啊，」雅也覺得遇到救星了，「難得出來一次，就到酒吧去吧？」

「好。那等一下我過來叫你。」她先行進了自己的房間。

雅也也打開房間。那是間單人房，看到之後，他稍微鬆了一口氣，因爲他發現賴江好像沒那個意思。只是，當他躺在床上望著天花板的時候，又想到她的房間不一定是單人房。

雅也舉棋不定，不知該不該到賴江房間去。他既不想這麼做，也不相信賴江期待他這麼做。

美冬的確擁有異於常人的洞察力，但是他感覺得出來，這一次她猜錯了。

敲門聲響起，雅也抬起頭來。「來了。」

「我這邊好了，你呢？」是賴江的聲音。

「好了。」說著雅也下了床。

酒吧位於飯店頂樓，他們被安排到靠窗的座位，兩人面對面。賴江點了馬丁尼，雅也稍微看了一下酒單之後，點了琴蕾。他對雞尾酒的名稱幾乎一無所知。

「幸好天氣很好，夜景這麼漂亮。」賴江望著外面說。

她穿著一件白色連身洋裝，裙子很短，細瘦的膝蓋朝向雅也，妝好像也補過了，五官看起來比晚餐時更立體。

雅也抬起視線，剛好和賴江四目相對，他連忙點起菸。

「眞遺憾，沒有收穫。」他把火柴放進菸灰缸裡一邊說。

「我本來就知道事情不會這麼簡單，畢竟線索太少了。」

「而且也還有明天。」

賴江點點頭，這時飲料送來了。她舉起玻璃杯，雅也也舉起自己的酒杯碰了一下，發出玻璃撞擊的聲響。

「你什麼都沒問呢。」她喝了一口之後說。

「問什麼？」

「我調查的人，你只問了姓氏。那個人和我有什麼關係，你卻完全沒問。」

「問了比較好嗎？」

「也不是這樣。」她將酒杯擱在杯墊上，「這種事，一般人不太願意無條件地幫忙，可是你卻什麼都沒說只是默默地幫我。」

「因爲倉田女士很照顧我。」

聽雅也這麼回答，她微微一笑，「好客套的說法。不過，也難怪啦。」

雅也第一個感想是「照顧」這個字眼惹她不高興嗎？但他立刻又想到，也許她不高興的是「倉田女士」這個稱呼。這名女子是不是希望他以名字來稱呼她呢……

「是我妹妹。」賴江頭也不抬，突然這麼說。

「咦？」

「我妹妹。不過是弟妹，我弟弟的太太。上次在和服展示會你也見過吧！她娘家姓新海。我爲了調查我這個弟妹的事，特地跑來京都。」

雅也大吃一驚，沒想到她會在這裡提起這些。

「爲什麼？」

她微笑。

「這也算是一些老派人家不太好的習慣啦，長男要結婚的時候，必須對他的結婚對象進行各種調查，可是我弟弟卻在我們採取行動之前就入了籍。我也曾一度放棄，想說那就算了，可是後來還是覺得很多地方不太對勁，才會想自己著手調查。這件事我當然沒跟任何人說，要是被我弟弟知道，他一定會氣得七竅生煙。」

「妳說很多地方不對勁，例如什麼？」
「很多地方都很怪，可是總結一句話，就是她沒有過去吧。」
「沒有過去？」
「對。她曾經遭遇過阪神大地震，但是在那之前的事情卻完全不詳，就連我弟弟好像也不清楚，再加上她的父母又在那次震災中去世。」說到這裡，賴江似乎想起什麼似地凝視著雅也，「震災那時候，你在哪裡？」
「我……」雅也頓了頓，繼續說道：「那時候我人在大阪，所以完全沒受到影響。」
「是嗎，那就好。」
「有很多人因爲震災而失去一切。」他說：「不光是財產和家人，還包括過去。因爲說穿了，過去就是人與人之間的聯繫。」
「就算這樣，會連半個從前的朋友都沒有嗎？她竟然連一張賀年明信片都沒收到。」賴江似乎有些激動。
雅也心裡也在想，的確，從沒聽美冬提起過去的朋友。
賴江喝了一口馬丁尼，望著他苦笑。
「話是這麼說，可是你大概沒辦法理解吧。因爲說來說去，就是一種直覺。打從我第一次見到她，就覺得她給人一種來路不明的感覺。其中的原因我也不曉得該怎麼說，如果用最通俗的字眼來講，就是女人的直覺了。」
雅也附和她而擠出笑容，內心卻爲她的慧眼感到又驚又佩。

「可是啊，剛才我在房間裡一邊補妝一邊想，我跑到這種地方來做什麼。」賴江拿起馬丁尼的酒杯，好像要擋住光似地舉得高高的，「都已經來到這麼棒的地方，吃了好吃的東西，又被美麗的夜景環繞，怎麼我卻在做些偵探般的勾當啊？」

「可是，妳就是為了這件事才來的，不是嗎？」

「是沒錯啦……，只是突然覺得空虛了起來。我何必管別人那麼多？應該要為自己想想才對，而且也給你添麻煩了。」

當賴江一邊抬眼望著雅也，說到「你」這個字的時候，他不禁覺得她的雙眸似乎發出妖豔的光芒。他連忙大口喝起琴蕾。

「這樣的話，明天就不要調查了？」

「不，明天還是要繼續。不過後天就再看看，也許就直接回家了。」

「我也覺得這樣比較好。」

他們各自續了一杯同樣的雞尾酒，之後便離開了酒吧。賴江的臉頰變得比進酒吧之前紅，但腳步仍然很穩。

兩人在賴江的房門前站定。她拿著卡片鑰匙，抬頭看他。

「要不要到房間繼續喝？」

她的語氣是不經意的，但話裡卻隱含著重大的決心。

美冬的面容在雅也腦海裡掠過。

「不了，」他微微一笑，搖搖頭，「今晚就到此為止吧。還有明天呢。」

賴江的表情沒有太大變化，她笑了笑，輕輕點頭。

「也對。那麼明天見。」她將卡片插進門上的鑰匙孔，「晚安。」

雅也也道聲晚安，從口袋裡拿出鑰匙。

3

第二天早上，雅也正在浴室刮鬍子時，電話響了。一接起來，傳來賴江的聲音，「早，是我。」

「要去吃早餐嗎？」

「嗯……，我覺得不太舒服。」她的聲音聽起來很沒精神。

「妳還好嗎？」

「好像感冒了。我想是這裡空氣太乾的關係。」

「有沒有發燒？」

「可能有。不好意思，早餐你可以自己去吃嗎？」

「當然可以……，可是妳不要緊嗎？」

「我沒什麼，休息一下就會好了。」

「是嗎。那，今天要怎麼辦？」

「你先去吃早餐，然後再來找我好不好？敲了門要是我沒應的話，就打電話。」

「我知道了。」

了。

他們預約了兩晚的住宿，所以不必擔心退房的問題。雅也心想，這下今天的調查可能得作罷了。

在飯店內的咖啡廳吃過早餐套餐之後，他問服務臺附近有沒有藥局，結果飯店地下樓就有。雅也在藥局買了綜合感冒藥、營養補充劑以及溫度計。敲了敲賴江的房門，聽到輕聲回答，接著門開了。她穿著T恤，外面套著飯店準備的睡衣，臉色不太好，但似乎化了淡妝。

「覺得怎麼樣？」

「有點懶懶的。」賴江伸手摸額頭。

「我買了藥，還有溫度計。」

「啊……謝謝。我得給你錢。」

「不用了。妳還是躺下來比較好，不過，先把藥吃了吧？」雅也從冰箱取出礦泉水。

賴江在床上坐下。那是一張單人床。她接過他遞來的水，吃了感冒藥，再喝下營養補充劑。躺到床上，拉毛毯蓋到肩膀。

「體溫最好也量一下。」雅也把溫度計從盒子裡拿出來，遞給賴江。

「對不起喔，不但要你陪我做這些莫名其妙的事，我還生病動不了，眞是糟透了。」

「請別放在心上，妳一定是累了，昨天走了不少路呀。」

「才那種程度而已……」賴江嘆了口氣，「畢竟是上了年紀了。」

雅也假裝沒聽到這句話，伸手進口袋，但又立刻抽出來。

「沒關係，你抽吧。」賴江注意到了。

「不用了，其實也沒那麼想抽。不過今天妳還是躺著休息比較好，要是逞強讓感冒惡化，明天還要回去就很辛苦了。」

「可是，今天我無論如何都想見一個人，見不到也至少要聯絡一下。」

溫度計發出電子聲響。賴江在毛毯下挪了挪身子，拿出溫度計。

「三十七度三……。還好不太嚴重。」

「妳應該也知道，人的體溫在早上是最低的，晚一點可能會上升。」

「可是，都已經來到這裡了。」賴江的頭仍靠在枕上搖了搖。

「昨晚妳不是說今天是最後一天了嗎？只是比預定早一天而已。」

「可是……」她似乎很遺憾。

「好吧。那我去調查，請妳好好休息。這樣如何？」

賴江猶豫不決地看著雅也。終於，她的眼睛望向窗口。

「可以幫我拿我的包包嗎？」

「這個嗎？」

她打開包包，從裡面拿出便條紙。

「我想跟這個人聯絡。」

「中越先生……是嗎？」

那張紙上，寫著「三津屋工藝　中越眞太郎」，還寫了電話號碼、住址，以及網址。

「我從網路搜尋新三条小學，結果找到這個人做的網頁。看他的簡歷寫著新三条小學畢業，不過他是在昭和五十年畢業的。」
「原來如此……」雅也點點頭，原來還有這種辦法啊，「也就是說，要是能見到這個人，或許就能找到什麼線索是吧。」
「不能抱太大希望就是了。」賴江無力地瞇起眼睛。
「那麼，我就跟這個人聯絡看看。」
「你願意幫我跟他聯絡？」
「嗯。但是，就這樣而已。我不能這麼久的時間都丟著病人不管。」
聽雅也這麼說，賴江眨了幾次眼，從毛毯下伸出手來。
「謝謝你，你眞好。」
「請妳趕快好起來。」雅也輕輕握了握她的手。

「三津屋工藝」位於四条河原町，主要是販售清水燒，但賣場還擺了織染品與用來送人的小裝飾品等等，看來是因爲不景氣，只好打遠足學生的主意才撐得下去，眼前老闆中越就正在爲一名國中女生包裝一個看不出是仿製什麼東西的鑰匙圈。中越個子小、微胖，再加上臉也是圓的，與待客的笑容非常搭調。對一個消費區區幾百圓的少女一樣行禮不迭，客客氣氣地找錢給她。
「不好意思，讓你久等了。眞是的，平常清閒得很，偏偏這時候有客人上門，眞是怪了。」關上收銀機之後，中越對雅也說：「呃，你是水原先生吧，你說你在找人？」
「是。我在電話裡也提過，我在找一位以前就讀新三条小學的人，只不過她是五十四年畢業的，比中越先生晚了四年。」

「是啊。不過如果住在附近的話，我或多或少都知道。」

「是一位姓新海的女性，新海美冬小姐……。不知道您記不記得？」

「新海小姐啊，好像聽過這個名字。」中越環起雙臂沉吟著，「不知道你曉不曉得，我們那個學校學生不多，可是小了四歲眞的就有點難了……。呃，你問過學校那邊嗎？」

「關於這一點，因爲我不知道該去拜訪哪一位才好。我想當時的老師多半已經不在了，而且聽說學校不肯把畢業紀念冊給校外的人看。」

「因爲現在對個人情報管理得很嚴格啊！」中越搓了搓自己的臉頰，自言自語般喃喃地說：「搞不好那個老師會有點消息。」伸手拿起身旁的電話。

中越什麼都沒對雅也說便打起電話來。對於透過自己的網頁而特地從東京前來的這位陌生男子，他似乎決定卯足全力幫忙。

「啊，荒木老師嗎？我是中越，『三津屋工藝』的中越。好久沒向您問候了。」他講電話時，音調高了好幾度，「想請教您一件有點特別的事。請問昭和五十四年的時候，老師您在哪所學校？……咦，啊，是嗎，果然還是在新三条啊。哦，哦，原來如此。」他看著雅也，笑容滿面地點點頭，「其實是這樣的，有人來我這裡說要找五十四年從新三条畢業的人。……是看到那個找來的呢！就是我的那個網頁啊。……您這是什麼話，看的人還不少呢！所以我就想，不知道荒木老師有沒有那時候的畢業紀念冊，才撥這通電話給您。……咦？啊，就是啊，遇上阪神大地震失蹤了。」

電話那頭名叫荒木的老師似乎在問爲什麼要找人，中越把雅也所說的內容原封不動地轉告。

「他只知道那人是五十四年從新三条畢業，沒別的線索了，所以才特地找到我這裡來，從東京來的呢！老師您能不能幫幫忙？」中越仍不放棄。

雅也在他耳邊說：「可以麻煩您請問一下，老師還記得新海美冬這個學生嗎？」

中越點點頭，問了這個問題，但荒木似乎想不起來。

「您之前不是才很得意地炫耀說，不管過多少年您都不會忘記學生的名字嗎？……什麼啊，原來只限您教過的班級啊？……雖然不同年，可是我們那間學校又沒有多少學生，吶，老師，幫幫忙吧？人家大老遠跑來這裡，讓人家空手回去太不夠意思了。您能不能弄到五十四年的畢業紀念冊啊？……咦？什麼？」

連珠砲般說個不停的中越，這時候露出專心聽對方說話的神色，不久便按住話筒朝雅也轉過身來，「老師說要幫忙問以前的老師。呃，水原先生你會在這裡待到什麼時候？」

「預定明天回東京。」

中越在電話裡說了這件事，再三拜託老師盡快調查才掛了電話。

「那位荒木老師是？」雅也問。

「我們以前的級任老師，已經是個老爺爺了，退休也超過十年了吧？是個很有意思的人。現在開起同學會，他都變成我們的玩具了。」說著，中越好像發現了什麼，「對呀，打電話一個個問參加同學會的那些人，搞不好會有人知道新海這個人。」

「呃，那怎麼好意思，您這麼忙……」

「看也知道，我哪裡忙呢！更何況，聽到震災這兩個字就無法袖手不管了。」中越正色說：「我堂弟啊，在尼崎那邊，那時候開開心心結了婚，正要展開新生活的時候，才剛買的公寓就倒了。可憐的新娘子，才兩個月就成了未亡人。」

雅也垂下眼睛。那場災難死了幾千人，其中想必也包括這樣的慘事。那不堪回首的情景活生生地出現在眼前，雅也不由得一陣顫抖。

「我來查一下。要是有什麼消息，我再通知你。」

「麻煩了。」雅也將手機號碼告訴了中越。

離開「三津屋工藝」後，雅也信步走在四条河原町，內心考慮著應不應該將這段經過告訴賴江，最後決定不告訴她了。中越雖然願意大力幫忙，但不見得會有好消息；再說，萬一查出了關於美冬的情報，他想先自己確認過。

正想進咖啡店的時候，手機響了，電話沒有顯示來電號碼。他心想如果是中越也未免太快了，一面想一面按下通話鍵。

「喂，是我。」

聽到聲音嚇了一跳。是美冬。他含糊地噢了一聲。

「我有點事想問你，現在方便說話嗎？」

「嗯……。什麼事？」

「是關於賴江的，她好像從昨天就不在家了。你有沒有聽說她去哪裡？」

「沒有，沒聽說。」他的心跳加速。

「是嗎？那你打個電話給她，問她人在哪裡。」

「可能只是出個門而已吧？也許是跟朋友去旅行了。」

「是去旅行沒錯，她兒子是這麼說的，但是她好像沒說要去哪裡。」

「那又怎麼樣？」

「我總覺得怪。她腦子裡現在應該只有你才對，可是她出去旅行卻連你也瞞著，實在很難置信。」

雅也朝電話發出低低的笑聲。

「這種說法太誇張了吧，她也有她自己的計畫啊。」

「就算有，沒跟你提起就絕對有問題。她應該每天都想見你的。」

美冬的話太過武斷了。然而，這種一廂情願的想法卻必定猜個正著，正是這女人可怕的地方。

「既然這麼在意，妳打電話給她不就得了。」

「我沒有打電話給她的理由呀！所以才來拜託你啊，而且她又不會對你說謊。」

「妳到底在怕些什麼？賴江才不過不在家而已，沒什麼大不了的吧？」

「這你不用管，反正你打電話給她就是了，然後一有消息就跟我聯絡，知道了嗎？」

「好，知道了。」

「那就麻煩了。」美冬說完自己的事，逕自掛了電話。

將手機放回口袋，雅也搔了搔頭。這下麻煩了。他覺得就算隱瞞自己同行的事，讓她知道賴江人在京都似乎不太妥。

他沒心情進咖啡店了。攔了計程車，報上飯店名。

一到飯店，他先回自己房間，抽了兩根菸之後，再打電話到賴江房間。響了兩聲她就接起來了。

「不好意思，妳在休息嗎？」

「沒關係，只是打盹而已。你從哪裡打的？」

他回答從隔壁房間，賴江便要雅也到她房間去，聲音聽起來有些撒嬌的感覺。

一敲門，門立刻開了。賴江的打扮和早上一樣。

「有沒有吃些東西？」

被雅也這麼問，她笑著搖搖頭，「沒食慾。」

「至少也要補充水分。燒退了嗎？」

「剛才量過，三十七度六。」

「果然又升高了一點。」

「躺一躺就會好了。這房間太乾燥了。」賴江皺起眉頭望向天花板，然後看著雅也，「怎麼，有沒有收穫？」

雅也搖搖頭。

「我去找中越先生，沒什麼太大的收穫。畢竟畢業年度不同……」

「是嗎……」可能是心裡早有準備，看她也沒太失望，「眞對不起，還要你專程跑一趟。」

「別這麼說。我倒是想到一件事。」

「什麼事?」

「這次的旅行，妳說妳沒告訴任何人吧?可是既然妳不在家，回去以後不會被問起嗎?」

「我一個人住，不在又不會對誰造成困擾。再說，要出來旅行我告訴過我兒子，只是沒告訴他我去哪裡。」

「可是萬一有人問起來……，好比說妳弟弟啊。」

「我想他不會問的……。不過要是眞的問了，嗯，我就說我到關西走了一趟好了。」

「關西嗎?」

「這樣就不算說謊了。要是他問關西哪裡，我就跟他說，這跟你有什麼關係。」說著賴江笑了。可能是發燒的關係，她的臉有些泛紅。

雅也也跟著露出笑容，一邊動腦筋，他也要這樣跟美冬說嗎?說她人好像在關西，可是沒告訴他詳細地點……

就在這時手機響了，雅也直覺認爲是中越打來的。他不能在這裡接這通電話。

「是我東京的朋友打來的。那我待會再過來。」他把手機拿在手上，匆匆離開賴江的房間。一邊打開自己的房門，一邊接起電話。果然是中越。

「荒木老師跟我聯絡了，他說找到一個教過五十四年畢業生的老師了，現在住在上京區。」

「上京區……」

「就是同志社大學那一帶，一位姓深澤的老師。深是深淺的深，澤是最常見的那個澤。聽說現在已經不當老師，回去繼承家裡的書店了。我已經問好聯絡電話和住址了。」

「太好了！眞是太感謝您了！」

雅也抄下中越所說的住址和電話號碼。

他沒有知會賴江便離開飯店，搭上了計程車。他想事後視取得的情報再看怎麼向她報告就好。

正如中越所言，「深澤書店」位在距離同志社大學正門不到兩百公尺的地方。書店並不大，裡面設有大學教科書專區，年輕人都聚在那邊；雜誌區的品項看來也很齊全；然而應該占營業額大宗的漫畫卻只有角落一小塊。這或許是前教師的信念使然吧。

裡面櫃檯有個女店員，雅也走上前去問她深澤先生在不在，女店員指了指通道。一名矮矮胖胖的男人正在拆卸雜誌。

「請問是深澤老師嗎？」雅也從男人背後說道。

男人仍蹲著轉過頭來。也許是因爲隔了多年又聽到有人喊他老師的關係，表情顯得溫和了些，「現在是書店老闆啦……，我是深澤沒錯。」

「敝姓水原，就是在找新三条小學的畢業生的人。」

「哦，剛才荒木老師打電話來過。就是你嗎？」深澤站起身，伸展了一下腰部，「沒想到你這麼快就來了。」

「不好意思，這麼倉促來打擾。其實是我明天就得回東京了。」

「是嗎。那麼，這邊請。」

深澤打開收銀櫃檯旁的門，門後是個小小的辦公室，擺著辦公桌和文件櫃，到處都堆著書。

「呃，你是想問五十四年畢業的學生嗎？」

「是的。是很久之前的事了，不曉得您還記不記得。」

「你想問哪個學生？」

「新海同學。她名字叫新海美冬。」

「哦，新海同學……」深澤原本溫和的臉，驟然間蒙上一層陰影，「她怎麼了？」

「她本來住在西宮，但是因爲震災失蹤了。」

「這荒木老師告訴我了，可是我也不知道她現在人在哪裡。」

「您還記得新海同學嗎？」

深澤遲疑了一下才微微點頭，「記得啊，有印象。」

「她是個什麼樣的人？」

「什麼樣啊……。印象中是很普通的女孩子，不特別突出，但也沒有任何問題，我記得成績也還不錯。」說到這裡，深澤抬眼看雅也，「呃，你是……水原先生沒錯吧？」

「是的。」

「你是警察嗎？」

雅也睜大了眼睛，身子微微後仰，「不是的。您怎麼會這麼問？」

「沒有，那個……」深澤雙眉深鎖，露出不解的表情說：「大概三個月前，也有人來問新海的事。那個人是東京的刑警先生。」

「刑警？姓什麼？」

「加藤……，好像是加藤吧。」

警視廳搜查一課的加藤——雅也想起來了。那個男的怎麼會跑來這種地方……

「你要問的該不是那位刑警先生在調查的事吧？」深澤問。

「不是的。怎麼會有刑警來，我完全沒頭緒。」

「是嗎。」但深澤仍是一副無法釋懷的樣子。

「請問，那位刑警先生問了什麼事呢？」

深澤搓了搓下巴，以充滿懷疑的視線看雅也。

「嗯，就是小學時代的事，沒什麼特別的。還有就是問我有沒有照片，臉拍得越清楚的越好。」

「然後呢？」

「我就說，我沒有當時的照片，不過倒是有後期一點的照片。同學們聽說我要辭掉教職，就幫我辦了一個同學會。那時候她已經是高中生了。」

「您把照片交給刑警了嗎？」

「沒有，那對我來說是很寶貴的照片，我只讓他看而已。」

「刑警看了之後有沒有說什麼？」

「什麼都沒說。」深澤的神色很明顯變得憂鬱了起來，可能是有種被捲進麻煩事的預感吧。

「現在那張照片在您手邊嗎？」雅也問。

深澤嘆了一口氣，打開旁邊辦公桌的抽屜。好像是加藤來的時候從家裡拿過來，之後就一直收在那裡。

就是這張了。──說著，深澤把照片遞給他。

雅也接過照片。比現在年輕許多的深澤坐在中央，身邊被一群年輕人圍繞著。

「這就是新海了。」說著，深澤指向最右邊的女孩。

雅也點點頭。他覺得他應該說點什麼，但找不出話。要保持平靜就已經很勉強了。

那個人不是美冬，根本是另一個完全不同的人。

4

濱中把幾枚戒指擺到展示櫃上，正拿著布一一擦拭。確認店內沒有客人之後，加藤走進店裡，只見濱中那瞬間堆起笑容的臉，馬上又沉了下來。

「你的臉也不必這麼臭吧！」加藤不懷好意地笑了。其實，看濱中這樣的反應已成一種快感。在擔任高級珠寶店樓層經理的時代，想必他一定是意氣風發，不可一世吧。而在那張假面具背後，卻是個貪得無厭地渴求年輕女子肉體的男人。受情慾蒙蔽而毀了自己的人生，加藤也認爲這種人一點都不值得同情。

「請問有何貴幹？已經夠了吧？」濱中移開視線，低頭繼續擦拭戒指。

「我是來問履歷表的。」加藤把客用椅子拉過來往上頭一坐，視角正好形成可抬眼窺視濱中表情的角度。

「履歷表……？」

「那個女人的，新海美冬的履歷表。你是看了她的履歷表，才知道那女人的經歷吧？」

「那又怎樣？」

「那張履歷表上，當然也貼了照片吧？」

「那當然了……，那是履歷表啊。」濱中一副「你到底想問什麼」的表情抬起頭來。

「看了那張照片，你有沒有注意到什麼？」

「注意？要注意什麼？」

「那是一般的照片嗎？是那女人的照片嗎？」

濱中無法理解加藤問題的重點。

「我不知道你在說什麼，但那張照片沒什麼特別的。」

「哦，是嗎。」

「加藤先生，請問……」

「新海美冬啊，」加藤打斷濱中的話繼續發問，「她進入『華屋』任職的經過，可以請你講一下嗎？你當時是樓層經理，應該很清楚吧？」

濱中嘴角一撇，就這麼歪著嘴舔了舔嘴唇。

「詳情我不知道。我見到她的時候，她已經被錄取了。再說，就像我之前講的，一開始她不是在我的賣場。」

「是你看上她，把她挖角過來的吧。」

加藤的話讓濱中的嘴唇緊緊抿成一直線，焦躁顯現在他整理戒指的舉止中。加藤一邊觀察他的一舉一動，一邊說：「不必多詳細，你一定聽她說過她是怎麼被錄取的吧。關於她的事什麼都想知道的濱中先生，竟然會對這件事一無所知？我實在很難相信。」

濱中將戒指放回展示櫃，瞪了加藤一眼，點起香菸。

「我沒聽她說過什麼啊，就是很一般的應徵錄取。」

「是沒錯，但是『華屋』會這麼頻繁徵人嗎？」

「那又不稀奇，看景氣狀況，有時候也會突然缺人手；而且像『華屋』那種等級的店，又不能光靠兼職或工讀生撐整個場面。」

「意思是不能讓店員的素質低落？」

「是要有相當經驗的人才可以的意思。」說到這裡，濱中突然露出望向遠方的眼神，「對了，她是有經驗的。」

「你是說？」

「錄取的原因好像是因為她熟悉飾品和珠寶。她好像說過以前曾在同樣的店待過，才會被錄取的。」

「以前待過的店？履歷表上也寫了吧？」

「店名我早就忘了。」

「為什麼？你連國小、國中都調查了，怎麼會對她之前工作的店沒興趣？」

濱中嘆了一口氣，「因為我聽說那家店倒了。」

「咦？」

「那家店倒了，所以有興趣也沒用。」

「倒了啊……」

「所以她才會再找工作啊。加藤先生，已經夠了吧！我說過好幾次了，我想把她給忘了，但每次我好不容易平靜下來的時候，你就跑來亂挖我的瘡疤。你也鬧夠了吧！」濱中以不客氣的語氣說，將香菸頭在菸灰缸裡按熄。

加藤露出淺笑，緩緩站起身。濱中仍瞪著他。加藤的手指在人中上擦了擦，那隻手才一離開臉，便一把揪住濱中襯衫衣襟，隔著展示櫃把他拉近過來。濱中的臉上露出怯色。

「語氣給我放尊敬點。被那女人玩弄、被她任意擺佈的，是誰？要是你精明一點，搞不好別人就不會倒楣了。」

「別人？」

加藤不答，將手放開，再次往椅子上一坐，翹起腳來，抬眼看著濱中整理凌亂的襯衫。

「能不能麻煩你想起那家店的名字啊？你應該不至於完全不記得吧？」

「真的，我沒有仔細去看。要是聽到那家店的名字，也許還能想起來……」

「哦，好吧。那麼，新海美冬被錄取是什麼時候的事？」

「什麼時候？當然是那年年初了。那是……唔，一九九五年吧。」

加藤搖搖頭。

「可以麻煩你說清楚一點嗎？好吧，是在阪神大地震之前還是之後，這你總該記得了吧？」

「地震?」說完濱中的嘴微微張開，「對了，美冬說她是在震災後到東京來找工作的。」

「震災後?果然。」

「有什麼不對嗎?跟震災又有什麼關係?」

他的話加藤充耳不聞。

「濱中先生，你能幫我介紹一下負責人事的人嗎?」

「啊?」

「負責『華屋』人事的人。我想見決定錄取新海美冬的人，不知道你能不能想辦法安排一下?」

「我不知道你有什麼目的，」濱中嘆了一口氣，又伸手去拿菸，「可是『華屋』的人怎麼可能買我的帳呢，討厭我、躲我都來不及了。」

「是喔，也對。」加藤搔搔頭。

「我說，加藤先生，」濱中壓抑住感情低聲說：「你爲什麼一直問履歷表、錄用時期這些事?以前你從沒問過這些的，到底是怎麼回事?向我透露一些也沒關係吧?我應該也有知道的權利啊。」

濱中的眉毛兩端下垂，形成八字眉，那張臉活脫就是被女人拋棄的男人。加藤驀地內心有些動搖，覺得告訴這個男人也無妨，然而他的動搖不消多久便平靜下來了。現在還不能告訴任何人。——他做出這樣的決定。

「新海美冬是哪所大學畢業的?」

濱中垂下雙肩，彷彿在說自己的問題又得不到回答了。

「西南女子大……吧，在大阪。我記得是文學院。」

「是嗎，西南女子大。你沒調查她大學那段時期嗎？」

「無從調查起啊！」濱中露出厭倦無力的表情，「畢業紀念冊又不是那麼簡單能弄到手的。」

「是嗎……」加藤緩緩站起身，「既然要幹跟蹤狂這種勾當，幹嘛不徹底一點啊？要是你把這些都查清楚，我就不必這麼累了。」

濱中不明白他這些話的意圖，不知所措地望著刑警。加藤回視他的傻相，問道：「吶，你愛上的那女人叫什麼名字來著？讓你淪落到這個地步的女人，叫什麼去了？」

濱中不安地歪著頭。

「把名字說出來啊！」加藤又說。

「美冬……不是嗎，新海美冬。」

「是嗎，是新海美冬沒錯吧。確實是這個名字。」加藤點點頭，「抱歉，打擾你工作了。好好擦你的戒指吧！」背著濱中的視線，加藤走出了店門。

不是的。——一邊邁向御徒町車站，加藤一邊在內心低語。不是的，濱中先生，把你的人生搞得一團糟的女人，不是叫這個名字。新海美冬根本就是另一個人……

加藤在三個月前去了京都一趟，首先拜訪的是美冬畢業的國中。他向學校詢問是否有昭和五十七年畢業生的相關資料，理由他隨便編了一個，只要說是爲了辦案，要求不太過分，一般都不會遭到拒絕。

接著他所看到的畢業紀念冊裡，除了團體照，還編排了運動會、文化祭與遠足的照片。加藤從畢業生名單中找到新海美冬這個名字，但她應該也在列的團體照裡，卻怎麼也找不到類似的少女。照片都太小了。

他想向美冬的級任導師或同班同學聯絡，但紀念冊裡沒有記載聯絡方式，學校裡也沒有了解當時狀況的人了。

於是加藤來到美冬畢業的小學。在這裡他問到了有位姓深澤的老師，是新海美冬所就讀的六年三班的級任老師。深澤辭去教職之後繼承家裡的書店，要找到他很容易。

深澤對美冬的印象不是很深，但加藤看到他所出示的照片時，心臟劇烈地跳動。照片是畢業數年後的同學會裡拍的，名叫新海美冬的女孩也出席了，但她並不是加藤所熟悉的那名女子。

那個女人是冒牌貨。——這是唯一的可能。她在某個狀況下頂替了眞正的新海美冬，並以美冬的身分活著。

那麼，究竟是何時頂替的？而眞正的美冬又消失到何方？

這個疑問的解答只有一個。加藤徹底調查阪神大地震的相關資料，發現了足以支持自己的假設的數據。

罹難者六千四百三十二人，其中身分不明者九人……

這些人都是在火災最嚴重的區域發現的。屍體或是嚴重受損、或是與其他屍體混雜，無法以

科學方式驗明身分。這九名死者的人數雖列入計算，卻沒有記載在罹難者名單當中。今年一月，位於神戶市北區的市立鵯越墓園的無名墓地建立了慰靈碑。據加藤的調查，身分不明的死者被發現的地點，時至今日已經無法追查了。

這九人當中……

是否包括了眞正的新海美冬？在西宮一幢名爲朝日公寓的舊公寓裡，是否發現了一具無名屍？而屍體若是新海美冬，爲何會無法指認？

理由只有一個——因爲有人自稱她是新海美冬，而且美冬的雙親都死了。

加藤想像一幢全倒、燒毀的建築物，裡面發現了三具屍體。會不會那才是眞正的雙親與其女兒？然而那裡卻出現了另一名人物，一個與女兒年紀相當的女人。這女人指著其中兩具屍體說：這兩人是我的父母，我的名字叫新海美冬。

而且，她看著剩下的那一具屍體說：這個人我不認識，是與我們無關的人……

加藤回到警視廳，等著他的工作是寫報告。看看西崎，他也在做些文書工作。要是告訴他新海美冬是冒牌貨，這位後輩臉上會出現什麼表情？

他想展開正式調查，然而他不認爲上司會同意。就算新海美冬不是新海美冬，只要她沒沾上任何案件，刑事警察就不可能插手。「華屋」的毒氣案尙未解決，曾我孝道的失蹤案也沒有眉目，但事到如今，他不認爲上司會對這些感興趣，更何況曾我的事連是不是刑事案件都還是未知數。

可是若能找到曾我的屍體，情況就不同了。警方一定會成立專案小組投入大批警力辦案，屆時加藤手上的情報才有價值。

當加藤得知新海美冬可能是冒牌貨時，他腦海裡的第一個想法，便是找到動機。先前他懷疑曾我遭到殺害而背後是美冬主使時，就是找不到動機。但如果她是冒牌貨，一切就說得通了。

就是那張照片。

曾我孝道有一張美冬與雙親合照的照片，想把照片交給她。這張照片裡拍到的，無疑是眞正的美冬。換句話說，對這個冒牌美冬來說，和曾我見面，或者說曾我這個人的存在本身，就是一個非常棘手的問題。

當然，還有其他必須解決的問題，因爲美冬有不在場證明。目前的狀況是，她和曾我相約卻空等一場。

屍體如何處理也是個疑問，那不是一介女子辦得到的。於是這又歸結到有共犯的推論。但說到有嫌疑的人物，加藤卻連一個都找不到。若發現曾我的屍體，動員警力辦案，便能公然對美冬進行調查。只不過到時候加藤本人能夠參與多深入，就又是另一回事了。

其實，加藤並不想將新海美冬的相關調查假他人之手。她的過去、她的目的，以及她背後是什麼模樣，這一切他都希望自己親眼確認。他既不想被任何人妨礙，進一步調查之後終將面臨的最終對決，他也不希望有自己以外的人涉入。

爲什麼會有這種想法呢？是自負使然？因爲當沒有任何人留意到新海美冬這女人時，只有自己盯上了她？然而，這不是唯一的原因。

也許我愛上這女人了……

面對毫無進展的報告，加藤微笑了。

5

新幹線車窗外，景色不斷流逝，然而看在雅也眼中，那些不過是圖案。種種思緒在他腦海中纏繞，良久無法整理出眉目，腦中一片混沌。

發覺有人在對他說話，他連忙回頭。賴江正露出苦笑。

「你又在發呆了。從昨天就怪怪的。」

「不是，只是想到回東京以後的事，有點憂鬱而已。」

「所以我說要幫你介紹去我弟弟公司啊。」

「金工的工作嗎？那我做不來的。剛才妳還說了什麼？」

「我是說，你特地陪我到京都，結果一趟下來卻得照顧我，什麼都沒玩到。」

「這點小事請不要放在心上，好久沒去京都了，能有機會走走我很高興。先別管那些，妳身子還好嗎？」

「已經沒事了，早餐我不也吃了不少嗎？」賴江笑眯眯地說。

昨天一整個白天，雅也都在京都四處奔走，試圖想找出認識美冬的人。然而時間太短，又沒有任何線索人脈，最後徒勞而返，回飯店時已經累癱了。即使如此，他怕賴江起疑，還是到隔壁房間去探病。可能因爲吃了藥的關係，賴江似乎一直睡到他來敲門，也沒問他上哪裡去。

「妳的弟妹……是美冬小姐，是嗎？妳還要繼續調查她嗎？前天晚上妳的意思好像是想算了。」

賴江偏著頭。

「我也不知道。這次準備太倉促，而且我又病倒了，根本算不上眞的調查了什麼吧。」

「我這樣說可能太自以爲是，不過我認爲最好還是到此爲止。現在妳弟妹也沒發生什麼問題，對吧？既然這樣，我想妳應該相信妳弟弟的眼光。而且最重要的是……」雅也勻了勻呼吸才繼續，「把時間花在這種事情上太可惜了，妳也有妳自己的人生。」

賴江低垂的睫毛微微一震，抬起眼來看他，雙眼眨了眨。

「謝謝你，你眞好。」

哪裡。——說著，雅也搖了搖頭，再度望向車窗外。

深澤給他看的那張照片，仍支配著他的思緒。那張照片裡的女孩不是美冬，但，那女孩才是眞正的新海美冬。

那麼她究竟是誰？從那個震災的早晨以來，與我一起共患難的女人……

雅也仍無法接受她是個冒牌貨的事實。對雅也而言，她就是新海美冬，不是其他的任何人。

昨晚他幾乎無法成眠，好幾次他都想打電話給美冬，問她：妳究竟是誰？但他終究沒伸手去拿電話。「等到再確定一點」——這不過是說服自己的藉口。其實，他是害怕問了這個問題之後她的反應。

雅也第一次遇見她，是在那個震災的早晨；而得知她的名字，是在屍體接二連三被送進避難所的時候，她當著雙親屍體的面接受警方的詢問。當時警察曾經要她出示任何身分證明嗎？雅也猜想恐怕沒有。至少，沒有出示的必要。好不容易在那場空前災難中逃過一死的人，就算身上沒有任何身分證件也不會有人起疑吧。實際上，雅也本身也沒有被警察要求出示身分證明，即使要求了他也拿不出來。

如果要冒名頂替，就是那時候了……

雅也仍清清楚楚記得美冬在避難所的模樣。她孑然一身，沒有任何行李，冷得抱著膝蓋；在黑暗中差點被強暴，是雅也救了她。她的模樣，就是一個一夕之間遭遇不幸的災民，和四周的人一模一樣。

然而即使冷得發抖，她的腦袋裡卻滿是求生之外的念頭，思考著一場危險的賭注——如何利用這場災難盜用別人的姓名、成功化身爲那個人物。

但是她爲何要這麼做？冒充新海美冬有什麼好處？可以得到新海夫婦的財產嗎？他們應該沒有什麼財產，那麼，是保險金嗎？

雅也還有另一個疑問。就算她冒充別人，她爲什麼不肯將這件事告訴自己？這四年多來，兩人克服了種種苦難，爲此，他們不擇手段；兩人各自有另一張面孔，唯有在兩人獨處時才會露出眞正的面貌。當兩人獨自處在暗夜中，應該是彼此揭露本性坦誠相見的才對。

但她連對我都不肯露出真面目。難道我與她度過的夜晚，全都是幻影嗎……

一回神，鄰座的賴江已經睡著了，大概發燒還沒全退吧。還要將近一小時才會抵達東京。

之後賴江打算繼續調查美冬嗎？這次的京都行，她的心境似乎產生了一些變化，但疑慮並未完全拋開。要是一有什麼狀況，她極有可能再度懷疑美冬。

這次是由於賴江突然發燒，才沒有碰觸到美冬的祕密，但他不認爲下次也會這麼幸運。誰也不能保證到時候雅也會不會同行。

雅也凝望著賴江的睡臉，然後也閉上了眼。他一步步地堅定某個決心。

下午五時許，他們抵達東京車站。

「怎麼辦？要吃晚餐時間早了點。」出了東京車站後，賴江看看手表說。

「今天還是早點回去吧，要是又發起燒來就不好了。」

「我已經沒事了。」

「就是這種大意要不得。上計程車吧，我送妳。」

雅也這麼一說，賴江顯得又驚又喜。

「你要送我？」

「嗯。」

「可是方向完全相反呀？這樣你很麻煩，不用了啦。」

「不這樣我放心不下。」雅也搶過她手裡的包包，朝計程車招呼站走去。

「等等！那還是找個地方先吃飯吧？直接回去，家裡什麼吃的都沒有。」

「那我會安排。」

「安排？」

雅也沒回答這個問題，再度邁開腳步。

賴江的家位於品川，是一幢建在狹窄坡道中段的獨棟洋房，以前雅也曾跟蹤她來到這附近。光是從外觀看，就覺得這裡讓一個女人單獨住也未免太大了。

「好氣派的豪宅啊。」下了計程車後，雅也抬頭望著她家說，但才說完就捏了把冷汗，因爲怕她起疑爲什麼雅也立刻就知道哪一幢房子是她家。然而她似乎沒有任何反應。

「全都是依照建商的規劃蓋的，住起來其實很不方便。」賴江一邊露出苦笑，一邊自手提包裡拿出鑰匙。

雅也提著行李，跟在她身後。猶豫、遲疑，以及自責，這些情緒在他腦海裡翻騰。賴江將鑰匙插入鑰匙孔裡。他告訴自己：是做出決定的時候了。

開了門之後，他就站在賴江身後。室內一片漆黑，路燈的光照亮了她的背。

「快遞好像來過。」賴江撿起原本似乎夾在門上的快遞單。

雅也仍提著行李，半推著她似地進入屋內。門在身後碰的一聲關起來。

「哎呀，什麼都看不見了。」賴江似乎在摸索牆上的開關。

雅也放開行李，接著以閃電般的速度伸出雙手，將賴江纖細的身體整個抱進懷裡。

她似乎發出什麼聲音，也許是說了什麼，但雅也沒有多餘的心力去分辨。他一抱緊她，立刻以自己的嘴封住她的雙唇。

這一切應該完全出乎賴江的預料之外，然而她沒有抵抗。雅也聞著香水味，對自己發誓——

無論發生什麼事，我都要保護美冬。就算我和她共度的夜晚都是幻影……

第十章

1

「我從不認爲自己的定位已超越美髮師之上。的確，我現在也會上電視，但我只是希望大家能看到我的技術和品味，從沒想過要利用客人的頭髮來表現自我。最重要的是讓客人滿意，如此而已。老實說，我也不喜歡大師這個字眼，總覺得美髮師和廚師一樣，太出風頭並不是好事。」

青江一邊在意著左斜前方幫他拍照的攝影師，一邊以略快的速度說出這段話。照片得從這個角度拍是事前交代的，他本人雖不這麼想，但據美冬說，這是他最上相的角度。

採訪的女記者邊做筆記邊點頭。這篇採訪預定刊登在兩個月後出刊的女性雜誌上，標題好像是當前人氣美髮大師直擊報導。

青江不擅長說話。如果對象是客人還好，但要他針對某個主題發表談話，他就頭痛了。偏偏美冬交代這類工作一概不得拒絕，電視的工作也一樣。

「現在這個時代，只有已經暢銷的東西才賣得出去，只有人多的地方才能聚集人潮。反正，一定要成爲頂尖的才行。爲了達成這個目的，要不擇手段打響名號。現在可不是少數專門品味的店會流行的時代，那種東西只有在庶民也有能力奢侈的泡沫經濟時代才行得通。」這是美冬的理論。

然而，她又說不能太出風頭，否則神祕感會變淡。要表現出其實不太想露臉，但情勢所逼不得不然，還指示他在接受訪問時的發言也必須帶有這種含意。

口才不好的青江當然無法將其中微妙的輕重拿捏得當，所以大多是由美冬幫他準備腳本。剛才他所說的那些內容，只是將她事先給他的內容背誦出來而已。

「謝謝您在百忙之中抽空接受我們的訪問。」女記者很滿意地說道：「我看過您其他的訪問報導，青江先生真的是立場很堅定的一個人。今天又讓我再次見識到了。」

「哪裡。」青江在心裡偷偷吐了吐舌頭，簡短地回答。不知道該怎麼回答的時候便盡量簡短，而且要曖昧模糊，這也是美冬交代的。

記者和攝影師離開之後，青江在休息室抽菸，這時，一名實習的小男生一臉困惑地進來了。

「老師，那個……，有警方的人來了。」

「警方？」青江皺起眉頭，「有什麼事？」

「呃，這就不太清楚了。」實習小男生臉上寫著倉皇與不解。

青江的腦海裡不禁浮起不愉快的回憶——中野亞實遇襲案，難道又有什麼關於那個事件的事要問嗎？

一回到店的前場，一名與店裡氣氛極不相稱的男人坐在等候區。男人年紀大約三十五歲左右吧，頭髮和鬍子都沒用心整理，深色西裝看起來也髒髒的，沒繫領帶，襯衫敞開到胸口，只見他半閉著眼，但即使遠遠看去，也曉得他的黑眼珠不停轉動著。其他還有兩名年輕女客在等，可能是覺得不舒服，兩人都拘謹地坐得離那名男子遠遠的。

青江心想，這樣會破壞店的形象。

男子看到青江，起身走了過來，臉上露出令人發毛的笑容。

「你就是青江先生吧。很抱歉，百忙之中前來打擾。」

「有什麼事嗎？」

「有點事情想請教。可以耽誤你一點時間嗎？十分鐘就好。五分鐘也可以。」

「現在馬上嗎？」青江沒有掩飾他的不愉快。

「不花你多少時間的。」男子仍舊笑容滿面，一副盯著獵物舔嘴唇的模樣。

青江看了看四周，同仁顯然都因爲這名令人不悅的男子而心神不寧。他嘆了口氣說：「那就十分鐘。」

非常感謝。——男子說著鞠了一躬。連這過度謙恭的態度也令人不舒服。

「MON AMI 2」位於表參道上，去年十二月才開幕，現在青江每星期有兩天會在這家二號店。這表示這名刑警事先知道青江的工作行程，才會到表參道這邊來的。

「進那種店眞教人緊張啊！身邊全是年輕女孩。」兩人在附近的咖啡店，點了咖啡之後，這名自稱姓加藤的警視廳刑警笑著這麼說。

「請問找我有什麼事？」青江覺得自己的臉頰有點僵。

「去年底就開了二號店啊，這麼年輕，眞了不起，不愧是美髮大師。」

「不好意思……」青江看看手表，表示他沒太多時間。

「在這個地方開店，也是新海小姐的構想嗎？」

青江難掩驚訝地張開了嘴，沒想到刑警會提起美冬的名字。

「抱歉，現在不能叫新海，得稱她秋村夫人了，是吧？」

「也沒有，那個……，我們這邊都還是叫她新海。」

「是嗎。關於貴店的經營層面，她的影響力還是最強的吧？」

「這個嘛……」

既然他知道美冬的名字，就代表他也知道「ＭＯＮ　ＡＭＩ」的經營形態了。

「你是想打聽新海的事？」

「嗯，要問的事很多啊。」加藤拿出 Marlboro 的紅色菸盒，「你和新海小姐常碰面開會嗎？」

「呃，偶爾會開會。請問這是在調查什麼案子嗎？和新海有關？」

對於青江的問題，加藤似乎別有含意地點點頭，叼起香菸點了火，緩緩地將煙吐出來。

「我只能說，這件事目前還無可奉告。這是調查上的祕密，要是隨便說出去，造成其他人的困擾也不太好吧。」

「可是，這樣總讓人覺得很不舒服。」

「青江先生你和新海小姐是在什麼機緣下認識的呢？」加藤一副沒聽見青江的低語一般，繼續發問。

「是她來找我的。她說她考慮要在這行創業，問我要不要一起做。」

「在那之前你們不認識？」

「她是我之前工作的店裡的客人。她說她爲了挖掘美髮師，去過很多店。」

「那是什麼時候的事？」

「開『ＭＯＮ　ＡＭＩ』之前，所以是三、四年前吧。」

「原來如此。」加藤吸了一口菸，又在抽菸的空檔喝了咖啡。「有交往的對象嗎？」

「咦？什麼？」

「女朋友啊。你長得不錯，人又紅，一定很有女人緣吧？」

這時候青江才明白他問的是自己，但他不明白刑警爲何要問這些，只能採取守勢回答道：

「現在沒有。」

「那就是以前有了。你們分手，是在開店之後嗎？」

「爲什麼要問這些？這會有什麼關係嗎？」

聽到青江的聲音變得有些尖銳，加藤手指仍夾著菸，搖了搖手說不是。

「純粹好奇而已。你也知道，像明星藝人啊，聽說出道之前都會被迫和男女朋友分手，不是嗎？我在想，新海小姐會不會也對你做出同樣的指示。」

「我不會連這種事都需要別人的指示。」

「說的也是。對了，不曉得你知不知道新海小姐的經歷？」

「經歷？」青江皺起眉頭。這個刑警的問題完全沒有脈絡可尋。「這方面，是知道一點。她之前是在『華屋』工作。」

刑警搖搖頭，「再之前。」

「再之前？」

「在『華屋』工作之前。你有沒有聽說過什麼？」

青江聳聳肩，「那麼久以前的事我不知道。」

「換句話說，你對新海小姐的過去不太了解了？」

「這種說法眞奇怪。她的過去怎麼了嗎？」

加藤不答，往菸灰缸裡按熄變短的香菸。

「不好意思，在百忙之中來打擾。對了，」刑警目光望向青江的胸口，「今天沒戴嗎？」

「啊？」

「墜子，是這麼稱呼的吧？那個刻了骷髏和薔薇的。之前聽說你常戴，不是嗎？」

青江一時心驚，下意識伸手摸領口。

「事情我聽說了。那時候眞是一場災難啊！聽說你差點就被當成嫌犯了。」

青江想吞口口水，但嘴裡卻又乾又渴。

「還聽說最後竟然是讓你陷入絕境的墜子反過來救了你。玉川署的刑警一直很納悶，說天底下怎麼會有這麼巧的事。」

「怎麼說是巧……」

「因爲，掉落在現場的墜子竟然和你愛用的一模一樣，不是這樣嗎？而且根據玉川署的調查，那種東西市面上並不多，好像是要到葡萄牙還是西班牙才有。這樣一個東西竟然剛好掉在現場，只能說是巧合了。」

「你跟我說這個，我也……」

青江總算明白了，這名刑警眞正的目的在於引出這個話題。他不明白爲什麼事到如今還要舊事重提，他唯一能夠確定的是，刑警正在觀察他的反應。青江告訴自己絕不能慌張，即使如此，

身體還是無法控制地發燙。

「玉川署的刑警當中，甚至有人眞的懷疑你是不是本來就有兩個一模一樣的墜子。一個故意弄丟，以做爲不在場證明，而另一個就掉在現場。」

「眞是異想天開！我爲什麼要這麼做？」

「對，你沒有理由這麼做。要是不想被懷疑，一開始不要把墜子搞丟就好了。也就是說，事情就是巧合得讓刑警連這種異想天開的話都說出來了。」

那是工作上的對手爲了陷害我而設計的。——青江很想對加藤這麼說，但他不能這麼做，因爲要解釋清楚這件事，就必須向刑警表明掉落在現場的那個墜子的確就是自己的。

「至於你把墜子掉在餐廳裡的事，玉川署也徹底調查過了，因爲懷疑你們串供，結果沒查出任何疑點，餐廳也看不出有被收買的樣子。」

「我才不會做那種事。」青江向刑警瞪了一眼。美冬也說她沒有收買餐廳，直到如今，青江仍然不知道她到底是用了什麼手法，但既然她說得斬釘截鐵，就一定是那樣沒錯。

「多神奇的一件事啊。」加藤總算站起身了，「墜子還在家裡嗎？」

聽他的語氣，像在說東西在的話想借看一下。

青江搖搖頭，「處理掉了。」

「哦，這又是爲什麼？」

「因爲它帶給我不好的回憶。再說，我也戴膩了。」

「是嗎，我倒認爲那對你來說是個幸運物。」加藤毫不客氣地打量著青江，「難不成，那也是新海小姐的指示嗎？」

「咦……」

「沒事，開玩笑的。」加藤笑著走向收銀臺。

2

果然不是他。——和青江分開後，加藤一邊走向表參道的紅綠燈一邊思考。那種軟弱的男人，不可能承擔得起新海美冬的共犯這麼吃重的任務。

要把新海美冬逼到絕境，單單指出她趁阪神大地震冒名頂替眞正的美冬是沒有用的，必須證明與她相關的種種案件背後，還存在著一名不爲人知的幫手。

於是，加藤盯上了青江。

青江與美冬是工作上的搭擋，這是公開的事實，因此他們的利害關係一致。他們不僅在公開的事業上合作，也極有可能在背地裡合力圖謀策劃。

他在剛才見到青江本人之前，做了幾項調查。青江的成功，始於與美冬聯手經營「MONAMI」，現在已經是一名炙手可熱的美髮大師了。

然而，在他身上發生的也不盡然是好事。關於他的傳聞之一，便是在店裡女員工遭遇暴行的案件中差點被當作嫌犯。

加藤對這個案子進行了詳細的調查。玉川署的刑警儘管態度冷淡，仍爽快出示當時的資料。

案情與調查始末引起加藤的興趣。從客觀狀況來看，青江遭到懷疑可說是理所當然。

然而，接下來卻情況大逆轉，因爲青江堅稱遺失的墜子在另一個毫不相干的地點找到了。當一被查明墜子確實是在案發前遺失，他的嫌疑登時洗清。

是否有人蓄意陷害青江？玉川署刑警如此推測。加藤也這麼認爲，但是他的推測與玉川署刑警有所不同，因爲他認爲陷害青江的不是敵人，而是他的盟友。

讓他產生這個想法的，便是那個骷髏與薔薇的墜子。

正如他對青江所言，一個案子裡竟然會剛好出現兩個一模一樣的特別墜子，委實令人難以相信。應該假設陷害青江的嫌犯事先準備了另一個，才是合理的。

然而特別的墜子有這麼容易找嗎？

加藤的作法是前去請教金工業者。他出示向玉川署借來的照片，詢問業者要製作相同東西的難易程度。

他得到的答案是：熟練的技工一天就能做好，但如果要做得一模一樣，必須要有相當的技巧。

金屬加工的行家——這個關鍵詞已經是第三次出現了。第一次不用說，是「華屋」的毒氣案，當時毒氣裝置的零件是出自於熟練的技師之手。第二次是他到「ＢＬＵＥ　ＳＮＯＷ」時，看到展示櫃裡陳列的試作品，該公司的員工也是這麼介紹的。

陷害青江的就是美冬。除了她不作他人想。

加藤將故事重新整理之後，情節如下：

首先，美冬命共犯自青江住處偷出骷髏與薔薇的墜子，並且要他複製一個。接著，美冬帶著這個酷似的複製品前往該餐廳，此時共犯理應與她同行，因爲餐廳的訂位紀錄會留下預約者姓名與人數。安分地用過餐之後，美冬將複製的墜子留在餐廳裡，於是餐廳將墜子視爲遺失物品加以保管。

上述準備工作結束之後，便著手犯案。話雖如此，實際行動的只有共犯。他依照美冬的指示，攻擊「MON AMI」的店員中野亞實。犯案時，當然在身上搽了青江所使用的香水，確定亞實昏倒之後，嫌犯再將骷髏與薔薇的墜子遺留在現場然後離去……

細節或許有些出入，但大致是這麼進行的，如此一來，就能解釋爲何青江會在那絕妙的時點前往餐廳尋找墜子了。他對玉川署刑警的供述是「我拚命回想遺失那個墜子的地方，後來才想到就是那個餐廳」，但遺失如此愛用的物品，平常不是應該更早發現嗎？

恐怕是美冬說東西就掉在那家餐廳，指示他去拿回來，所以青江才會認定是她暗中設法把事情壓了下來。

問題是，美冬爲何要陷害她的工作搭檔青江？關於這點，細節方面加藤也無從推測，但他不難想像。

故意陷害青江，在他走投無路時加以搭救——這種可說是高壓懷柔的策略，會產什麼樣的效果？

得到青江的絕對服從。

站在青江的角度，他現在多半覺得美冬手裡握有他的致命弱點吧，而且又親身體驗到她具有多麼強大的力量，現在的青江鐵定是打從心底認爲絕不能違抗美冬。

加藤認爲，在案發前後那段時期，青江可能起了另起爐灶的念頭，而美冬知道他心意已決，便以施恩取代威脅，讓他深深感受到自己對他是多麼重要……

對那個女人來說，這種程度的事根本不算什麼。——這是加藤的想法。

依照這個推理，美冬背後的共犯就不會是青江。而實際見過青江之後，加藤對自己的想法更加有自信。青江或許是美冬的傀儡，但這僅限於工作。就算撇開金屬加工技師這個條件不談，青江也不是協助犯罪的料。

不過這不是他去見青江的唯一目的，他還有另一個更大的意圖。

他向青江詢問新海美冬的過去，但他本來就不期待會有什麼收穫，加藤的目的是讓青江把今天的事告訴美冬。如此一來，她便會知道有一個姓加藤的刑警正在四處打探自己的過去，接下來，她會採取什麼行動？

要讓美冬的眞實身分曝光，最快最有效的辦法便是逼出共犯。那麼，這名幕後的幫手何時會採取行動？

回顧目前爲止的狀況，很快就能找出答案，那就是——只要出現對美冬不利的人的時候。濱中、曾我，甚至是遇到青江這種情況，美冬也會祭出這手暗藏的伎倆。

好了，那女人準備怎麼料理這個麻煩的刑警呢……

一想像到那一刻的到臨，加藤的身體便不由自主地顫抖。不是因爲恐懼，而是因爲他打從心底期待見到那魔性女子的眞面目。

3

照片裡的賴江戴著太陽眼鏡，鏡片是淺紫色的，一身淺駝色褲裝；她身邊的雅也則是灰色套頭衫外罩白色襯衫。

背景是東京都內某知名大飯店的大廳。其他照片則是拍到賴江登記住房時的背影，還有兩人進電梯的時候。

「雖然是偷拍，不過拍得很清楚吧！」美冬滿意地微笑。

他們老樣子約在大眾餐廳見面，但雖然如此，美冬似乎不想讓店員看見，故意選擇背對餐廳員工的桌位。

「我完全不知道有人在偷拍。」雅也說。

「要是事先告訴你，你一定會在意鏡頭吧！照片拍得不自然就沒意義了。」

「這是美冬拍的嗎？」

「當然。我又不能去找偵探調查賴江的行動。」

上星期一，美冬來問雅也下次何時約會。雅也到現在才明白，原來她的目的在此。

「這樣就算順利抓到那個人的弱點了。」雅也拿起美式咖啡的咖啡杯，「丈夫長期出差時與年輕男子外遇的照片——就算是那個人也會慌了手腳吧。」

「我是很想說這下就是如虎添翼了，但很遺憾，還差那麼一步吧。」

美冬這句話，讓雅也把咖啡杯從嘴邊放下，「怎麼說？」

「這樣很難說是鐵證。」

「還缺什麼？兩個人正要進飯店，連辦住房手續的照片都有了。」

但她搖搖頭。

「光是拍到這樣，要辯解的方法多的是。她可以說入住的只有她自己，雅也只是幫忙搬行李而已；甚至連住房手續都可以否認，說那只是在櫃檯問事情，不是在辦理住房。」

「那也太不自然了吧！」

「不管自不自然，只要還編得出藉口就不能算是鐵證。我還是想要讓她不得不承認外遇的證據。」

「妳還要我怎麼樣？難不成要我拍辦事的樣子？」

雅也是瞪著美冬說的，但她似乎認爲他在開玩笑，微微晃著肩膀笑了。

「要是放到網路上去，那些色情狂一定很高興。」

「我是說認眞的。」

「雅也什麼都不必做，現在你只要跟那個人約會就好了。去賓館應該不錯。」

「所以我不是去了嗎？」

「這種的不行。」美冬指尖戳著照片，「在家事法庭上，出入一般飯店的照片是不能當作外遇證據的。」

「妳是說……」

「對，」美冬看了看四周才說，「要m開頭的。」

雅也皺起眉頭，搖搖頭，「那是不可能的。」

「爲什麼？」

「那個人，」說著，他壓低聲音，「不可能會去汽車旅館。」

「所以雅也要使出本事讓她肯去。」

「我沒有那種本事，不要亂捧我。」

「我不是捧你。你不是一如我的期待完全抓住那個人的心了嗎？我覺得你很了不起，雅也要是當牛郎應該也會很成功。」

美冬的語氣聽不出是說正經的還是開玩笑，雅也回看她。

「我已經受夠了，這件事我不想再繼續了。有那些照片不就夠了嗎？去打官司或許不見得會贏，可是要讓賴江閉嘴已經綽綽有餘了。」

「還是要小心再小心呀。」

雅也搖頭。

「之前之所以要抓出賴江的弱點，美冬，妳說是因爲她到處查妳和濱中的關係，又懷疑妳有其他的男人，對吧。可是就我所看到的，她並沒在做那些事，日後應該也沒問題啊。」

「這就難講了，我們不能掉以輕心。」

「不會有事的。還是怎麼？有別的原因？」

「別的原因？」

「除了濱中以外的原因。我是問，妳除了跟濱中的事之外，其他還有什麼不好被賴江查到的

事嗎？」

好比說妳的眞實身分，妳不是眞正的新海美冬。——雅也按捺住這個問題，凝視著她。

美冬迎著他的視線。

「反正，她就是想把我趕出秋村家，爲了達到這個目的，也許會不擇手段。我也是爲了防範她這麼做。」

「眞的只有這樣？」

「不然你說還有什麼？」美冬睜大眼睛。

雅也把臉別開。他無法正視她。

妳到底是誰？——這個問題都已經爬到喉嚨了，他硬是吞了下去。

「你跟那個人都怎麼做的？」美冬問。

雅也不明白她話裡的意思，回過頭來看著她，「妳指什麼？」

「我是說，」她很快回頭看了四周一眼，把臉湊過來說：「你做的時候都戴著保險套嗎？」

雅也嚇了一跳，身子往後縮，「我還以爲妳要問什麼……」

「我是認眞的。到底怎麼樣？」

「當然是戴著啊！」雅也別過頭去。

「哦，這麼說，她還有生理期了。」

這種話連要點頭附和都令人感到不快。雅也沒作聲。

「每次都會戴？」

他仍望著別的方向，支起手肘托腮，「又沒有做過多少次。」

「是嗎。既然這樣，要不要偶爾試試不要戴？」

聽到這句以輕快語氣說出來的話，雅也不禁手離開了臉頰，朝她看過去，只見美冬正對他投來那妖豔的眼神。

「偶爾不妨直接上，如何？」

「妳是說不戴套子，然後射在外面嗎？」

聽他這麼問，美冬微微一笑，眼睛緩緩地眨了一次。

「之前我曾經拜託雅也，不是嗎？要你做愛的時候答應我的那件事，還記得嗎？」

「從來沒忘過。」

她要他答應的是，跟誰做愛都可以，但是不可以直接在對方體內射精，即使戴著保險套也一樣。

「你答應我的那件事，這次可以破戒沒關係。」

雅也吃了一驚，甚至有一瞬忘了呼吸，「妳說什麼？」

「我說，直接做，直接射在裡面也沒關係。如果對象是那個人的話。」

「妳在說什麼！做這種事，要是……」說到這裡，雅也張大了眼睛，突然間明白了美冬的用意，「妳是叫我……讓她懷孕？」

「只是她都已經五十幾了，可能有點難吧。」

「妳瘋了嗎？」

「我是認眞的。」她的表情冷得令人打寒顫。

雅也搖搖頭。

「虧妳想得出來。」

他伸手去拿放在桌上的菸，但在他的手碰到菸盒之前，美冬的手伸過來疊在他的手上。她的手心很溫暖。

「我也知道我講的話很過分，可是，沒有絕對的保證我是沒辦法放心的。我什麼都不相信，這個世界上的任何人我都不相信，除了雅也，我誰都不相信。所以，我能依靠的就只有雅也了。」

「既然這樣……」

爲什麼不把實情告訴我？——他想這麼說。告訴我妳不是新海美冬，告訴我妳其實是誰。然而他無法問出口，總覺得一說出口，就會毀了他和美冬的關係。

「什麼？」美冬微偏著頭問。

「沒事。沒什麼。」雅也搖搖頭，「只是覺得有點噁心。坦白說，我實在不想去想像那個人懷孕的模樣。」

「我的要求大概有點太過分了吧！」美冬拿起桌上的帳單。「去辦事，轉換一下心情。」

幾十分鐘後，兩人已在台場一家飯店的房間裡，美冬似乎事先便以雅也的名字預約了。一進房間，兩人便抱在一起。雅也貪婪地享受美冬年輕水嫩的肉體，用自己的全身來品味她肌膚的觸感。興奮的象徵獲准進入她的體內，但最後是在她嘴裡射精的。當然，依然是伴隨著飄飄欲仙的快感。

雅也撫著美冬柔軟的秀髮，想著他與賴江的事。他們已經發生過四次肉體關係，當然，以第一次的印象最深刻。

進入賴江的寢室時，她一開始就要求他不要開燈，她說自己的身體實在見不得人。雅也答應了她的要求。他自己也認爲要是看到她的裸體，可能沒辦法和她做愛。

然而，在黑暗中交歡的觸感並沒有他預期的差。賴江的身體很有彈性，而且接納他的那部分雖說不上十分潤澤，但已有足夠的濕度。手伸到她的腋下時，也發現那裡處理得很乾淨。這時雅也才初次察覺，或許她在去京都之前，眞的是下了某種程度的決心。

第一次結束之後，雅也以適應了黑暗的眼睛再次看著賴江的裸體。若說身體線條沒有變形是騙人的，乳房也縮得小小的，但他並不覺得難看。

賴江似乎發覺他在看她，連忙蓋上棉被，小聲說「不要看我」便轉身過去。那模樣就像一個沒什麼經驗的少女，實際上她在過程中也幾乎沒出聲，身體很僵硬。

「和我這種人上床……開心嗎？」賴江問。

她選了「開心嗎？」而不是「舒服嗎？」或「有感覺嗎？」讓雅也感受到她的嬌羞。

「我很高興。」

一聽雅也這麼說，賴江便翻過身來，雙臂環上他的脖子。

「你在想什麼？」雅也懷裡的美冬問。

「沒有……」

他含混其詞，但美冬卻哼哼輕笑了兩聲。

「我知道，你在想那個人吧！」她把手放在他胸口，「在想賴江的事。說得明確一點，是你和賴江之間做愛的事。」

雅也皺起眉頭，「少胡說了。」

「這沒什麼好生氣的吧。是我不好，我自己知道，是我要你去和不喜歡的人上床，而且對象年紀還那麼大，我也覺得很過意不去。」

「我都說我沒在想了，妳很煩欸。」雅也推開她的手，扭身面向床頭櫃，從香菸盒裡抽出一根點起火。他雖故作生氣，其實內心對於美冬的感覺之敏銳，甚至感到一陣寒意。

她緩緩坐起上半身，拉過毛毯裹在身上，裸露的雙肩光豔照人。

「昨天，青江跟我說了一件奇怪的事。」

雅也把吸進肺部的煙吐出來。

「他說刑警來過了。你記得嗎？警視廳的加藤。」

「他？」雅也心頭一凜，「他來幹嘛？」

「聽青江說，他好像是來翻舊帳的，就是那個小美容師被攻擊的事。很怪吧？都事隔這麼久了。」

雅也把沒抽上幾口的菸按熄，「他發現什麼了嗎？」

「好像在懷疑骷髏和薔薇墜子那部分。我想，他是在我身邊查來查去的時候知道有那個案子的。他到現在好像還是對『華屋』的毒氣案有疑問，而且最重要的是……」美冬斂起下巴凝視雅也，「他也懷疑曾我的失蹤案……」

雅也轉過頭，叼起香菸。他不想讓美冬看到他的表情。在京都查到的事掠過腦海。加藤曉得美冬是冒牌貨，他是知情之下才去刺探青江的。

「無論如何，要是放任那個刑警不管，對我們可能不是好事。」

雅也手裡仍夾著香菸轉過頭來，「妳說怎麼辦？」

「所以我才想跟雅也商量。」

「美冬，妳該不會……」

「那個刑警啊，」美冬打斷雅也的話繼續說：「已經看出我背後有男人了，就是有個男的共犯存在。我想『華屋』那件案子他也是靠這條線索解出來了，但那件事他沒那麼在意，我看加藤他對沒有死人的案子沒興趣，問題是曾我的案子。」

雅也吸了一口氣，注視自己的手。菸灰變長了，他連忙抖落在菸灰缸裡。

「他推測出曾我被殺了，當然，我想他沒有證據，但是他不但做出這樣的推理，還四處追查我的共犯，這對我們來說就很危險了。」

「就算眞的是這樣……」

「現在還只有他一個人在行動。警方那邊，就只有他盯上我。現在的話，還有辦法。」

香菸的前端微微抖動著，雅也發現原來是自己的指尖在發抖。

加藤這個人很麻煩，這是事實。部分原因就像美冬所說的，但是另一方面，也是因爲他知道她的祕密。假使那個刑警揭露了那個祕密會如何？雅也不了解美冬眞實的模樣，接下來的發展他

完全無法想像。他能夠確定的是，自己和美冬兩人恐怕會就此毀滅。

那件事，要再來一次嗎……

一想到此，一團黑雲便從大腦深處擴散開來，轉眼覆蓋了他的思考，同時湧上一股猛烈的吐意。他咬緊牙關，壓抑蠢蠢欲動的胃痙攣。他按熄了變短的菸。

「怎麼了？」美冬的手放上他的肩。

雅也默默搖頭，放下菸的那隻手摀住嘴。

美冬大概看出他的狀況了，於是她像包住他似地抱緊他的背。他因冷汗而變冷的背，感覺到她肌膚的溫暖。

「不能再叫雅也做那種事了。」她在他耳邊細語，「我也不想看到雅也痛苦。」

雅也反覆呼吸，等待突然襲來的不適退去。

「我……」他發出喘息般的聲音，「爲了我們倆的幸福，我什麼都肯做。不管是什麼事，不管要做幾次，如果眞的能讓我們幸福的話……」

美冬伸手摸他的頭，「會的，我們一定會幸福的。」

雅也轉頭面向她，「眞的？」

「我相信一定會，所以雅也也要相信。」

美冬的眼睛滿是眞摯的光芒，雙瞳泛紅，水汪汪的。

「好，我也相信。但是妳要答應我，不要背叛我。絕對不行。」

「我答應你，我不會背叛的。」美冬看著他的眼睛點頭。

4

來賓簽名冊才第一天就幾乎寫滿了，雖覺得應該準備更厚一點的簽名冊，但要是留下太多空白又會讓人覺得似乎沒什麼名氣。要是得知還需要用到第二本簽名冊，御船孝三一定會心情大好吧。

賴江看看時間，已經過傍晚六點三十分了。會場開放到七點，御船正在會場中央談話區與畫廊老闆談笑。

賴江離開櫃檯走向會場角落。雖然是御船的個展，同時也展出了幾件學生的作品，御船的說法是「希望讓大家的作品也有機會讓人們欣賞」，但教室裡每個人都知道其實是因爲開個展的作品件數不夠。

學生的作品共有十七件，其中三件出於賴江之手。一件是以手捏成形做出的點心盤，另兩件是以轆轤成形做的茶碗。

她拿起自己做的茶碗。釉藥裡用了胡枝子，原本預期的顏色是更淡的，但出窯後褐色變得比想像的濃。即使如此，她很滿意形狀，雙手捧起，完全貼合手掌，她開始想像用這只茶碗泡茶會是什麼感覺。

將茶碗歸回原位時，她的視線轉向就在旁邊的酒瓶，那是雅也唯一展出的作品。明明才剛開始學陶藝不久，他的轆轤卻用得比誰都好。她很能了解御船從學生作品中第一個便選出這件作品的心情。酒瓶和茶碗茶杯不同，瓶口部分比瓶身窄，初學者很難做得出來。

「因爲我喜歡喝酒。」嘴裡這麼說的雅也微露羞赧之色的面容，在賴江眼底浮現。

一想到他，身體就有些發燙。這陣子他們每天見面，但她還是想再見見他，想再聽聽他的聲音。

連自己都覺得眞是老不羞，竟然愛上一個小自己不止一輪的青年。但她並不是無法控制自己的感情，也不覺得焦慮，明知處於一種非常危險而棘手的狀態，但她引以爲樂也是事實。

這件事不是「想起自己身爲女人」這麼單純。如果要從這個角度來看，其實身爲女人的那部分一直存在她內心深處，一直等著有人來敲她的門。然而她心裡同時也已做好準備，認爲這一天或許永遠不會來臨。期待與放棄，兩種心態維持著絕妙平衡，而她在其中逐漸老去。

遇見雅也時，她並沒想到他就是那個敲門的人。她認爲他是個很好的青年，但這種程度的感想在過去也曾出現過，不同的是，他發出了靠近那扇門的氣息。

賴江從未打算自行開啓那扇門，因爲她害怕會因此而失去許多。雖然她也認爲這恐怕是最後一次機會，但她仍選擇待在門後；明知也許最後雅也會過門而不入，她仍不敢靠近那扇門。

所以當那天他突然來敲門的時候，她內心連讓自制力萌芽的時間都沒有。她只是呆立在門後，眼睜睜地看著他長驅直入。

老大不小了，還迷上年輕男人。——她曾如此分析自己，藉著這麼做以確定自己的冷靜。明知這種事情不可能永遠持續下去，她還是告訴自己，我只是在享受夢醒之前的短暫歡愉。

然而這也讓不希望留下遺憾的念頭更加強烈，她希望與雅也共度的每一分每一秒都是充實的，爲了他，她願意做任何事……

「不好意思。」

突然有人搭話，賴江不由得一驚。有個男人站在她的右斜後方，那人鬍碴滿面，約莫三十幾歲，雖然穿著西裝也打了領帶，但仍給人粗野的印象，是因爲他個子明明不矮卻抬著眼看人的關係嗎？

「請問是倉田賴江女士嗎？」

「我是。」

男子取出名片，她看了之後皺起眉頭。她可沒做什麼會讓警視廳刑警找上門來的事。

「可以向您請教一些問題嗎？」這名姓加藤的刑警問。

「可以是可以，不過七點前我沒辦法離開這裡。」

「那麼，在這裡就可以了。」

加藤走近展覽作品，也許是想裝作閉展前進來參觀的客人。

「好棒啊，就連學生的作品看起來也十分具有商品價值。不好意思，請問倉田女士您陶藝學多久了？」

「一年。」

「哦，才一年就能做得這麼好啊。」加藤看完賴江做的點心盤之後，伸手拿起旁邊的酒瓶，「這個了不起，一定是老手做的吧？」

賴江微笑了。有人稱讚雅也的作品，讓她很高興。

「那個人是最近才剛開始學的。」

「這樣啊！」加藤似乎眞的很驚訝，認眞凝視了酒瓶好一會兒才放回原位，「世界上就是有手這麼巧的人啊。」

「那個人是技師。」

「技師？」

「本行是金屬加工，做一些精密零件的技師，所以也許不能說是完全的外行人吧。」

「哦，原來如此。」加藤點點頭，再一次注視酒瓶。他的側臉認眞莫名，賴江不禁感到奇怪。

「請問，你找我有什麼事？」

「啊，抱歉。」加藤彷彿回過神似地，說道：「其實，我正在調查九五年在『華屋』發生的毒氣案。」

「哦，那個案子。」她當然也知道，「還在繼續調查嗎？」

「或多或少。畢竟案子並沒偵破。」刑警仍看著酒瓶笑了。

「我還以爲已經被歸入懸案……」

「也難怪您會這麼想。事實上，專案小組早就解散了。雖然當時因爲同時發生了地下鐵沙林事件，高層也曾一度卯足了勁辦案。」

「關於那起案子，你想找我問什麼？」

「當時還有另一起案子，不知道您還記不記得？跟蹤騷擾案，嫌犯是當時擔任珠寶飾品賣場的樓層經理，姓濱中。」

「我聽說過這件事，但詳細情形我不清楚，再說那個案子不算是跟蹤狂案件吧？」

「這樣的意見的確占絕大多數，但還不能斷言。」

「那也不能……」

「濱中所跟蹤騷擾的女子當中，有一位名叫新海美冬。經調查，濱中似乎騷擾了好幾名女子，但他本人只承認對這名女子的行爲，而且他的說法是，新海美冬是他的情婦。」

賴江環顧四周，確定這番話沒有被其他人聽見。所幸旁邊沒半個人。

「我實在不明白爲什麼現在還要舊事重提。」

「我明白您不解的心情。再怎麼說，這位新海美冬小姐現在已經成爲您的弟媳，也就是秋村社長夫人了。但是，正因如此我才來向您請教。不僅是您，秋村家的人應該都知道那一連串的案子，但仍將她視爲社長夫人迎進門，所以我猜想，你們事前應該做過一番仔細的調查吧？」

「調查當然是調查了，但最後是由他們當事者自己決定的，旁人沒有插嘴的……」

她還沒說完，加藤便豎起手掌不讓她說下去。

「您說進行過調查吧？請問那次調查做到什麼程度呢？對於新海小姐的過去是否詳細調查過了？」

「爲什麼要這麼問？」

「因爲這很重要。就算是爲了脫罪而狗急跳牆，既然嫌犯都親口供稱有位女性是他的情婦了，我們當刑警的當然會去注意。」

「你……是加藤先生，是吧？」賴江深呼吸一口氣，重新面對刑警，她挺起胸縮起下巴，

「你知道自己在說什麼嗎？就算你有『調查』這個名目，也不能隨意誹謗『華屋』的社長夫人。只要我們有那個意思，要讓你的上司警告你也不是辦不到的事。」

雖然她怒視加藤，但他的臉上毫無懼色，不如說，他似乎是以冷靜的眼神觀察她的憤怒。眼看他這樣的態度，賴江不由得感到不安，擔心自己是不是上了這個男人的當。

「眞是失禮了。因爲這樣站著談話，不由得就失了分寸，請您千萬不要放心上。」加藤有禮地道歉，態度卻和他的表情相反。

「倉田姊，時間到了哦。」這時背後有人叫她，是一名一起負責接待工作的女子，名叫山本澄子。賴江和山本並不是多談得來的朋友，但這時賴江覺得她眞是個救星。

「好，我就來。」賴江回答她。

山本澄子看看加藤，又看看賴江。

「這位是倉田姊的朋友？」

「我跟『華屋』那邊有點交情。不過我馬上要告辭了。」加藤回答。

「有沒有看到什麼喜歡的作品？」

「很多呀，尤其是這個。」他拿起了酒瓶。

「哦，那個。」山本澄子臉上出現了「我就知道」的表情，「那是水原先生的作品。是倉田姊介紹來的人，一下子就比我們還厲害了。」

賴江心裡在說拜託妳不要多話，但山本澄子仍滿面笑容。

「是倉田女士介紹來的啊？」加藤問。

「因爲他好像對陶藝有興趣，我便問他要不要來，如此而已。」

「您說他的本行是技師吧。江戶師傅的手藝，原來就展現在這裡啊！」加藤看看手表，接著又看賴江，看來是準備要告辭了。

但山本澄子搶先說話了：「水原先生不是東京這邊的人，是關西吧。」

「關西？大阪嗎？」加藤問賴江。

「我聽說是神戶那邊。」賴江回答。

「神戶……。哦……」

加藤的視線再度回到展示的酒瓶，似乎一直注視著寫著水原雅也的名牌。看了一會兒之後，加藤說聲打擾了，行了一禮便往出口走去。

5

聽到有一名姓加藤的刑警在個展中現身，雅也手中的玻璃杯差點掉落。杯裡搖晃的紅酒有些潑灑出來，沾濕了他的手，他連忙舔掉這些紅酒，幸好沒讓紅酒在白色浴袍上留下顯眼的汙漬。

「刑警怎麼會跑來？」他故意問。

「我也不清楚，怎麼會到現在還在查那起毒氣案呢？」她也一臉不解。

「他問了些什麼？」

「就是關於毒氣案的事啊。不過……」她望著窗外，「其實是要問美冬的事吧。」

「……譬如什麼事？」

「簡單說，就是刑警也很在意我一直在意的事。」

據賴江說，加藤問她秋村家是否曾經調查美冬的周遭及過去。

「我說我們詳細調查過了，可是那個刑警一副懷疑的樣子。」賴江伸手去拿桌上的紅酒杯。

他們兩人正在距離六本木不遠的一家飯店房間裡，他們是第一次來這裡幽會。碰面地點都是由賴江決定。

「我本來是不想再管美冬的過去了，可是竟然有那種刑警跑來，害我又開始在意了，雖然可能會被雅也罵。」賴江喝了一口紅酒，微笑著抬眼看他。房裡燈光昏暗，但仍看得出她從浴袍衣襟開口露出來的胸口有些泛紅。

加藤出現在賴江面前的原因，雅也已經猜到了。那個刑警知道美冬是冒牌貨，但財大勢大的秋村家竟未發現這一點就迎回來當媳婦，對此那個人想必感到很不可思議。

不能放任那個刑警不管。——雅也心想。而且美冬說過，那個刑警跑去美容師青江那裡也問了同樣的話。這個加藤正在打探美冬的過去，想揭穿她的假面具。

雅也自己也不知道美冬的眞實身分，但即使如此，他還是決定要保護美冬。其實是有些自傲，因爲他覺得唯有自己有資格知道她的眞面目。

必須設法比加藤更早查明美冬的身分才行，但又不能去問她本人，因爲這麼做可能會導致兩人關係破滅。而且雅也本來就打算即使自己查出答案了，也會繼續保持沉默。他要等美冬主動親口告訴他。

然而，有辦法查明美冬的身分嗎？她身上裹了一層又一層的紗，他認爲要摘下任何一層都不是件容易的事。

「怎麼在發呆，我說的話讓你不高興了？」賴江不安地望著他。

雅也露出苦笑，把紅酒喝掉。

「美冬有沒有和誰私交比較好？」

賴江一臉意外，「怎麼這麼問？」

「我是想，要是有這樣的人，那個姓加藤的刑警可能會去找他。」

「哦，有可能。不過我不太清楚她跟哪些人有來往……」賴江右手貼上臉頰稍稍側起臉，維持這個姿勢一會兒之後，她彷彿想起什麼似地轉朝雅也，「有個『華屋』的員工好像跟她有私交，不過我不知道她們有多熟就是了。」

「哦……」

「是她還在『華屋』工作時的同事嗎？」

「我想應該不是。因爲我聽說是美冬幫忙介紹，她才能在『華屋』工作的。」

美冬沒向他提過這種事，雅也不知道她有交情如此深厚的朋友。

「之前聽我弟弟說的。現在那個人也還在『華屋』的一樓，聽說好像是丈夫失蹤了。」

「失蹤？」雅也的腦海裡閃過一絲警訊。

「對。應該算是從人間消失吧。」

「妳知道那個人的名字嗎？」雅也感覺自己的心臟跳動加速。

「我記得好像是姓……」賴江的手指抵住自己的嘴唇，「曾我吧。嗯，應該是曾我沒錯。」

「曾我……」

「那個人的名字怎麼了嗎？」

「沒有，叫什麼都不重要。」

雅也裝出笑容，自行往空了的葡萄酒杯裡倒紅酒。他知道自己的表情僵了，正設法掩飾。絕對錯不了，她就是那個曾我孝道的妻子。

美冬幫曾我的妻子找工作？這件事他完全沒聽說。美冬爲何要這麼做？曾我孝道是恐嚇雅也的人，手裡握有雅也絕對不能被人知道的祕密，正因如此他才會做出那令人毛骨悚然的決定。

「怎麼了？」

「沒有，沒什麼。」他伸手掩嘴好遮住臉上表情，「大概有點醉了吧。」

「眞稀奇，你也會醉呀！」賴江站起身，來到雅也身邊，手臂環住他的脖子，摸撫他的臉頰，「躺著吧！」

雅也仍穿著浴袍便直接往床上躺，賴江也把身體挨過來。像這樣相擁而眠直到天亮，是他們兩人約會收尾的形式，通常反而是沒有做愛。對此賴江似乎不以爲意。

「不知道能不能見見那個曾我太太？」雅也說。

「咦，爲什麼？」

「去問問她關於美冬的事啊，也許她會知道一些以前的事也說不定。」

「可是，你不是叫我最好不要在意美冬了呀！」

「話是沒錯，可是妳還是很在意吧？所以我想還是查一查，覺得滿意甘願了比較好。去京都是有點太過火，不過和美冬的朋友談一談應該還好吧，而且刑警跑來總是叫人在意。」

「說的也是……」賴江的手指像彈鋼琴似地在雅也的胸口移動，「好，我們明天就去一趟『華屋』吧！她應該都在店裡。我想只是見個面說幾句話，應該隨時都可以。」

「可要小心點，別讓人起疑。」

「對呀，要是她跑去跟美冬亂講就麻煩了。」賴江再度躺下，手指像剛才一樣在雅也胸口爬動，「謝謝你，願意出力幫我。」

「因爲我受到很多照顧啊。」

「都教你不要說這種話了！」賴江往他的胸口捏了一下。

雅也撫摸著她的頭髮，但腦子裡已經開始想要問曾我孝道的妻子什麼問題了。

第二天吃完早午餐，兩人搭計程車來到銀座。雅也頭有點痛，因爲昨晚沒睡好。從聽到曾我妻子的事那一刻起，不好的記憶便浮現意識表層，對美冬的懷疑也越來越濃。

兩人在晴海路下了計程車，「華屋」充滿古典風味的建築面向大路而立。雅也跟在賴江身後走進店內，一樓的飾品皮包部門擠滿了女客。

雅也發現自己的身體僵硬，當時的緊綳感又回來了。

四年前，他以一身不起眼的打扮來到這家店，手裡提著一個紙袋。那是印有「華屋」商標的紙袋，而裡面裝的是——

裝了次氯酸鈉與硫酸的氣球，以及運用了電磁鐵的裝置。那是雅也的得意之作。他利用福田工業的機器，極力使裝置簡化又能確實運作，當中運用了水平儀的原理。

事到如今，他對那件事也產生了疑問。眞的有必要引發那樣的事件嗎？

賴江走近皮包賣場，只見一名嬌小的中年女子慌慌張張地快步走來，臉上對賴江露出近似畏懼的表情。

「啊，倉田女士！」她的臉脹紅了，「今天大駕光臨是爲了……？」

看樣子，她知道賴江是什麼人。

「我只是來到附近，順便來看看而已。陶藝教室那邊有些事要討論。」賴江說著，向雅也看了一眼，「因爲上星期我們老師舉辦個展的畫廊就在這附近。」

「這樣子啊。」中年女子看了雅也一眼，視線又回到賴江身上，「如果您有要找的商品，可以讓我來服務嗎？」

「別這麼鄭重其事的，我有時候也想自己隨意看看。」

「我明白了。那麼，如果您有什麼需要，請招呼我一聲。」

「謝謝妳。對了，我來這裡的事，不要跟上面報告哦！不然我弟弟會來跟我抱怨，叫我沒事不要到店裡亂晃。」

「啊，好的，那個，我明白了。」中年女性畢恭畢敬地行了一禮。

賴江沒理會仍肅立原地的她，開始朝賣場內移動，雅也默默跟著她走。

「妳才一露面，店裡的氣氛就變了。」雅也小聲說。

賴江笑了笑。

「你就知道我弟弟在這裡有多跋扈了。」

不久，賴江停下腳步，視線望向不遠的前方。一名女店員正在替換架上的皮包，她看起來三十歲左右，是個瘦削的女子，染成栗色的頭髮綁在腦後。

「就是她？」雅也問。

「嗯，應該是。胸前別著名牌。」

聽賴江這麼說，雅也往女店員的胸口一看，四方形的名牌上寫著「曾我」。

賴江走近她，曾我的妻子停下手邊的工作，臉上露出待客的營業用笑容。

「妳是曾我小姐吧。」

聽到賴江的問題，她顯得有些困惑。「是的，我是。」

「我聽我弟妹提過妳。怎麼樣？工作都習慣了嗎？」

「請問，您是……」曾我的妻子似乎不知道眼前這名女子是誰。

「我是倉田，秋村的姊姊。」

聽到這句話，曾我的妻子眼睛張得斗大。

「別緊張，我跟『華屋』沒有關係。今天也是去陶藝教室順路來逛逛而已。這一位是我班上的朋友，水原先生。」賴江對她微笑。

雅也也跟著笑了笑。

「啊，原來是這樣啊。那個，我受到美冬……，不，受到秋村社長夫人非常多的照顧，真的不知道該怎麼道謝才好。」曾我的妻子有些語無倫次。

賴江緩緩點頭。

「那麼，後來怎麼樣了？妳先生有沒有消息？」

一聽這話，曾我的妻子表情立即轉爲悲戚，「都沒有……」

「警方那邊也沒有聯絡嗎？」

「偶爾要是發現無名屍時會通知我，可是每次都是別的人。」

「是嗎……。不過，是別人總比不是好。」

「可是……」她垂下眼睛，「其實我已經死心了。這麼久都沒找到，絕對有問題。」

「別說這種話，不要放棄希望。沒找到，就表示他可能在哪裡躲起來了。」

曾我的妻子沒有點頭，只是淒涼地微微一笑。也許這種口頭上的安慰她已經聽太多了。

看到她、聽到她的聲音，對雅也來說都是煎熬。她是無辜的，他並不想害她受苦。

他想，也許美冬也是抱著同樣的想法。也許她是爲了補償突然失去丈夫的她，才給了她這份工作。

但是，美冬是怎麼接近曾我妻子的？

正當他這麼想時，賴江彷彿要爲他解惑般問道：

「我沒聽美冬詳細提過，妳跟她是什麼關係呢？」

曾我的妻子微微露出整理思路的表情，然後才開口；

「美冬小姐的父親，是我先生以前的上司。」

她的回答讓站在一旁聽的雅也倒抽了一口氣，差點沒叫出聲來。

「原來是她父親那邊的關係呀。這麼說，妳和她從以前就很熟了？」

「沒有。我是因爲我先生失蹤，才有機會見到美冬小姐的。那天，我先生和美冬小姐約好碰面，但是我先生卻沒有在約好的地點出現，就這麼一去不回了。」

「哦。」賴江驚訝的聲音聽起來很眞誠，想必是沒料到美冬與曾我的失蹤案有這麼深的關係吧。

然而賴江的驚訝，完全不能與雅也所受到的衝擊相比。

「請問，他們是爲了什麼事情約好要碰面的？」他忍不住問道。明知自己插嘴會顯得很不自然，他卻無法保持沉默。

果如所料，曾我的妻子露出困惑的眼神，於是賴江說：

「我也正想這麼問呢。是爲了什麼事呢？」

「我先生說，有一張以前的照片要交給美冬小姐。」

「照片？」

「我先生碰巧在公司裡找到美冬小姐和她父母的合照，他很希望能把照片交給美冬小姐。我先生說，美冬小姐在阪神大地震裡失去雙親，相簿可能都燒光了。」

「原來是這麼回事。」賴江似乎大感同意，深深點頭，「所以妳剛才才會說，妳們是因爲妳先生的失蹤才認識的。」

「是的。雖然只是這樣，卻承蒙美冬小姐爲我介紹工作，我眞的很感激。」

「妳和美冬常碰面嗎？」

「最近幾乎沒有。我想她工作一定很忙，再說我和她的立場也大不相同……」

「而且她還得分神照顧我那任性的弟弟嘍。」賴江轉過頭看雅也，臉上的表情寫著看樣子，從曾我妻子這裡大概問不出什麼來了。

雅也默默點頭，也只能做到這樣了。雅也的內心颳起了風暴，他有數不清的問題想抓住曾我的妻子質問。

「對不起，工作中打擾妳。妳心裡一定很難受，但是妳要加油！」賴江對曾我的妻子說。

「謝謝您。請代我問候美冬小姐。」她鞠了一躬。

「白跑了一趟。」兩人一邊離開賣場，賴江一邊小聲說：「不過，我不知道原來有過那麼一段經過，光是得知這個也算是有收穫了吧。」

「是啊。」

「怎麼了？一臉不高興的樣子？」

「沒有，沒什麼。我只是想起阪神大地震的事。」

「對喔，和你多少也有關。」

一離開「華屋」，賴江便往中央路走。

「肚子還不怎麼餓吧？要不要找個地方喝點東西？」

「嗯……。不過，」雅也看看時間，「我得去一個地方，不好意思，今天我要先走了。」

「哎呀，是什麼事？」她露出責備的神情。

「不是什麼大不了的事，只是我想今天先處理掉。」

「是嗎，那我再跟你聯絡哦！」

雅也微笑著對賴江輕輕揮手，便離開了。在第一個轉角轉彎之後，回過身來窺看她的情況。賴江攔了一輛計程車，雅也確認她搭上的計程車駛離之後，才依原路走回去，目的地當然是「華屋」。

他走進剛剛才來過的店，尋找曾我的妻子。她正在向女客介紹皮包，雅也在不遠處觀察她的狀況。

這件事也許會被賴江知道，然後她就會問他為什麼要說謊，為什麼折回店裡問這些問題。他還沒想好到時候該怎麼搪塞，但無論如何，此刻他非得向曾我妻子確認一件事，那件事遠比他與賴江的關係更重要。不，視情況，或許連與賴江見面都不再有意義。

等女客走了，雅也才走近曾我的妻子。她也發現到他，驚訝地睜大了眼。

「您忘了東西嗎？」

「沒有，是有幾件事想請問。」他看著她的眼睛說。

「噢……」

「妳先生在失蹤前，曾經到神戶或西宮去嗎？」

「啊……」她雖然一臉不解，仍點點頭，「他在震災滿一年的時候去過西宮一趟。我剛才也說過，我先生說他想把那張照片交給新海先生的女兒，所以我想他是去找美冬小姐人在哪裡。」

「這麼說，他在西宮找到了嗎？」明知不可能，他還是問了。

曾我的妻子搖搖頭。

「在西宮沒找到。不過，回這邊之後找了很久，他說總算聯絡上了。」

「所以馬上約了碰面……，然後就這樣失蹤了嗎？」

「是的。在那之前好像也約了一次，可是我聽他說，美冬小姐突然打電話到約定的地點去，說突然有急事沒辦法去，所以才又改在日後碰面。」

打電話到約定的地點去……

那時的情景，雅也仍能清晰地回想起來。那家叫「桂花堂」的咖啡店，雅也當時人在對街的店監視，想找出恐嚇者是誰。電話是美冬打的。

「那麼，最後再請教一個問題。妳先生在失蹤之前，是否曾經寫信給什麼人呢？」雅也一面回想恐嚇信的內容一面問。

「信？沒有，就我所知是沒有的……」

「好的。眞對不起，打擾妳工作。」

「請問，我之前說的話有什麼問題嗎？倉田夫人覺得很奇怪嗎？」她以爲是賴江叫雅也來問的。

「沒什麼，請忘了吧。」說完，雅也轉身離去。

離開「華屋」之後，雅也走在中央路上，努力讓自己混亂的心情平靜下來，對四周的景象幾乎視而不見。

一回過神，他已經走到「桂花堂」前方。他往對街的咖啡店看了一眼，便穿越馬路走了進去。那天他和美冬一起坐的桌位空著，他在那裡坐了下來，和那天一樣望著對面的「桂花堂」。

曾我妻子說的話合情合理，他相信她沒有說謊。

此時，雅也正面對令人難以接受的事實，但要抗拒已經是不可能的了。

恐嚇信也是美冬寫的嗎？她的確很可能這麼做。那恐嚇的照片又如何呢？那張拍到雅也正要打死舅舅俊郎的照片……

那似乎是從影帶上截取影像列印出來的，就是表姊佐貴子想弄到手的那一卷影帶。帶子一路拍到雅也打死俊郎之前，但並沒有拍到他下手的那一幕。

但是，只要透過電腦便能對影像加工，所以有可能是將雅也原本只是佇立廢墟中的影像，修改成他的手正揚起凶器的畫面。他所收到的照片畫質很差，應該不需要多專業的加工技巧。而且美冬很懂電腦，雖然不知道是跟誰學的，但雅也知道她其實是個高手。

影像來源的那卷影帶已經被雅也處理掉了，但是當初拿到那卷帶子的人就是美冬，難保她在交給雅也之前沒有另行拷貝。

他想起第二封恐嚇信。恐嚇者在信裡要求直接碰面，指定的地點便是「桂花堂」。但仔細想想，這很不自然。爲何不像第一次那樣，要求匯入銀行帳戶？

若這一切都是美冬一手導演的，便說得通了。她的目的是要讓雅也認定曾我孝道這個人就是恐嚇者。

爲什麼她要這麼做？原因顯而易見。

爲了要讓雅也動手殺死曾我孝道。

點的咖啡沒喝上幾口，雅也便離開了咖啡店。漫無目地地走在銀座街頭，他的眼睛對任何東西都視而不見，意識已飄到遙遠的過去。

美冬爲什麼會選我？——這個疑問位於意識的最上層。他回想起第一次遇見她的時候，那個前所未有的大災難發生的早晨。

他殺死俊郎的下一秒，便發現眼前站著一個年輕女子。她當時的表情，雅也恐怕一輩子也不會忘記。那是親眼看見地獄景象的表情。

雅也已做好她會去報警的心理準備，她卻沒有這麼做。她應該確實目擊了現場，但她沒有告訴任何人。一開始，雅也還以爲她是因失去雙親的打擊而喪失部分記憶，不然就是意識混亂。

其實不是的。她外表看似落魄落難，內心卻進行著周密的計畫。

計畫之一，便是利用震災，冒名頂替成爲另一個人。

她成爲新海美冬的那一剎那，雅也仍歷歷在目。昏暗的體育館裡，屍體接二連三被運進來，其中包括一對年長夫婦的屍體，當時她就跟在旁邊。對於警察的問題，她是這樣回答的：我叫新海美冬——

那就是她身爲新海美冬的起點。從那一刻，無法重來、賭上性命的故事於焉上演。

但她並不想獨自完成這個故事。爲了實現自己遠大的野心，她認爲自己必須有一個同伴，她得培養一個爲了自己連命都可以不要的人。

她在災民當中找到一名適合的人選，那就是雅也。

震災後發生的種種在雅也的腦海中一一甦醒，包括她被歹徒襲擊的事，當時是雅也救了她。那場意外應該不至於也出自她的策劃，但那肯定是她選擇雅也做爲同伴的關鍵。那件事才剛發生，佐貴子就跑來，和丈夫一起試圖勒索他。這次是美冬——本名不詳的她——救了他，可見得這個時候，她心裡的藍圖已經大致成形了。

就結果而言，美冬的眼光是正確的。雅也也自認對她來說，自己的確是個忠誠能幹的好同伴。打從犯下「華屋」的毒氣案、陷害濱中被懷疑是跟蹤狂，他一次又一次完成了她的指令。但他這麼做並不是爲了保護她的假面具。他遵從她的指示，是因爲他愛她，爲了她經常掛在嘴上的「我們兩人的幸福」。這是唯一的理由。

正因如此，他不得不逃離自己忌諱的過去，也才會忍不住認爲自稱米倉俊郎的人寄來的恐嚇信，是從過去伸來的黑暗之手。

「我們只能走在夜晚的道路上。就算四周像白天一樣明亮，那也只是假象。這件事我們只能死心了。」

美冬的話具有強烈的說服力，也可說是魔力。從她嘴裡說出來，無論是多麼可怕的事，都會令人認爲那是避免不了的必經之路。

那一夜，他們做出恐嚇者便是曾我孝道這號人物的結論，當晚她在雅也的公寓裡輕描淡寫地說出計畫，而他默默聽著。他還記得當時簡直像中了催眠術一般。

然後接下來的那一天，連回想起來都如同一場可怕的惡夢。

那天，雅也人在東京都內的飯店裡。飯店位於日比谷，他在單人房裡抽著菸，豎起耳朵細聽。

房間是美冬預約的，那時她還預約了另一個房間，就在雅也的房間隔壁。那也是一間單人房。

時針就快指向傍晚七點了，雅也感到心臟劇烈跳動，無論做多少次深呼吸都無法平靜下來。一想到即將執行的事，要冷靜是不可能的。

隔壁房間傳來微微的聲響。雅也按熄香菸，打開房門看了看隔壁。隔壁的門緊閉著。那道門直到剛才還用門鎖抵住，沒有完全緊閉。

時候到了。——他又深呼吸一口氣。

我會把曾我叫出來。——美冬這麼說。她還說，地點最好是都內的飯店，空間越大越好。

「妳要怎麼把他找出來？」雅也問。

美冬輕聲一笑。

「這還不簡單，隨便找個理由就可以了。」

現在想想，的確很簡單，因爲是曾我想見美冬的。他們兩人那天本來約在「桂花堂」碰面，這麼一來，要把他叫到飯店根本輕而易舉，只要說聲「想更換碰面的地點」就行了。

然而，當時對此毫不知情的雅也，確定曾我被誘入隔壁房間之後，還對美冬的手段高明再次感到佩服不已。

不久電話便響了，是外線電話。當然，是美冬打來的。

「曾我呢？」她簡短地問。

「剛剛進房間。」

「那麼，要準備動手了。」

雅也低聲嗯了一聲。聲音裡透出消極的心情。

「雅也，不能遲疑。」美冬說，彷彿看透了他的內心，「該動手的時候就動手。我們能夠活下來，就是因爲一向都堅守這個原則，不是嗎？」

「我知道。我沒有遲疑。」

「你沒問題吧？我能相信你吧？」

「放心吧！」

「好。那就按計畫進行。」

「嗯，按計畫進行。」

掛掉電話，雅也再次拿起聽筒，按0接通外線後，依照桌上那張字條上的號碼撥號。那是一個呼叫器的號碼。

那個呼叫器藏在隔壁房間的寫字檯下，只不過它既不會響也不會震動，但會啓動一個連接在上面的裝置。那個裝置會產生麻醉氣體，再次用上他爲「華屋」所設的機關。

掛斷電話之後，雅也瞪著鐘。十分鐘後，再次拿起聽筒。這次他按的是隔壁房間的號碼。很快就聽到待接鈴聲，但若這時曾我接了電話，計畫就必須中止。

然而待接鈴聲不停地響，響了十下之後，雅也掛斷電話。

他打開放在床畔的包包，拿出防毒面具和剪短的洗衣繩。接著，他拿起桌上的兩張鑰匙卡，一張是這個房間的鑰匙，另一張是隔壁房間的。

帶著這些東西，雅也悄悄打開房門觀察走廊的情況。沒有任何人。他迅速走出房間，站到隔壁房門前，戴上防毒面具，以鑰匙卡開了鎖推門進去。那個防毒面具也是美冬弄來的。

「自從發生過那起毒氣案，公司裡就放了幾個防毒面具，只不過現在大家連放在哪裡都忘了，少了一個也不會有人發現，用完也只要歸回原位就不會有任何問題的。」美冬若無其事地說。

他透過防毒面具環視房內。曾我孝道俯臥在床邊，身旁有一瓶還未打開的罐裝咖啡滾落在地。

他看看寫字檯下方，那裡藏著一個小紙箱。他把紙箱拉出來打開蓋子，裡面有兩個小小的容器以管子相連。他拆下那條管子，化學反應便停止了，毒氣也不再產生。接著他打開浴室門，也打開抽風機。

雅也低頭看著曾我。他的背有節奏地上下起伏，看起來很像喝得爛醉的人。

他曾經問過美冬能不能不要用麻醉瓦斯，改用直接令人致死的氣體。

「方法是有啊，用氰化氰就可以了。只要把氰化鉀和硫酸混合在一起，很簡單就能做出來，可是那個很危險，要是有一點點從門縫裡漏出來，又有人剛好經過房門外面，一聞到便會當場昏倒的。還是先用可以弄昏他的毒氣最安全。」

她的說明令人信服，但她爲何會連這種事情都精通，雅也感到非常不可思議。

他拿起洗衣繩，繞在俯臥的曾我的脖子上，雙手抓住繩子兩端。雅也全身開始發抖，防毒面具下，臼齒發出喀喀聲響。

不能遲疑。——他彷彿聽見美冬的聲音。

雅也閉上眼睛，雙手使勁用力一拉，曾我的身體立刻大幅向後反彈，但他並沒有醒過來，那似乎是身體的反射動作。

雅也不記得自己勒了多久，但他確實感覺到有東西啵嘰一聲折斷了，於是他放鬆了力氣。曾我正逐漸化爲單純的物質，似乎連呼吸都消失了。爲了確認，雅也伸手去摸他的頸動脈，完全沒動靜。

死了——

這是雅也第二次殺人。即使如此，恐懼仍超過第一次。那次他是在衝動之下行動的；正因處於震災那種不尋常、非現實的情況之中，他才會表現異常。但這次不同，一切都是計畫好的。先決定步驟，再一步步按照計畫行動，最後眼前便出現了一具屍體。

也因此自己是個殺人犯的意識，更加猛烈地席捲而來。我幹下無可挽回的事了。再也無法回頭了。——這些意識在他心中大大地膨脹，遠超乎他的想像。

雅也無法再繼續待在原地。其實他還有很多事該做，而且工程浩大，不趕緊動手會來不及，但他戴著防毒面具便直接離開房間，顫抖的手打開自己的房門，一進房便倒在床上。胸口因爲心臟狂跳而疼痛，呼吸紊亂。好幾分鐘之後，他才發現自己臉上還戴著防毒面具。

突如其來的電話鈴聲讓他嚇得彈了起來，不禁發出一聲小小的尖叫。

他膽顫心驚地靠近電話。牆上的鏡子映出他蒼白的臉。

是美冬打來的。

「你果然回那邊的房間了。」

「果然？」

「我想，你心情一定受到很大的震撼。所以……動手了嗎？」

「嗯。」雅也呻吟般回答：「動手了。」

「是嗎，那接下來就是大工程了。」

「我稍微休息一下再動工。」

「嗯，我也覺得這樣比較好，反正夜很長。我晚一點也會過去。」

「我知道了。」

掛斷電話之後，雅也再次往包包裡看。

裡面裝了各式各樣大小刀具，連折疊式鋸子都有。

一想到接下來要做的事，他就覺得眼前發黑。

當然，現在不是暈過去的時候。雅也提起裝了刀具的包包，站起身走向房門，腳步卻異常沉重。

再次來到鄰室。曾我的屍體仍是方才的模樣。

雅也抓住曾我兩腳腳踝用力拖。幸好曾我個子不高，體重也大概不到七十公斤，把他拖進浴室不需多大的體力。更消耗體力的是接下來的工作。

雅也環顧整間浴室之後，把毛巾和擦手巾拿出去，接著也把洗髮精、潤絲精、肥皂等用品全部搬出去。浴簾無法拆下，便直接綁到浴簾桿上，再用自己帶來的塑膠袋仔細覆蓋包好。現在，浴室裡除了曾我的屍體之外空無一物。確認過後，雅也開始脫衣服，脫到只剩下內褲，接著戴上浴帽和手術用手套。

雅也想起那時美冬問他有沒有看過《死前之吻》這部電影，他回答沒看過，她便說最好先看一下。

「主角是一個叫麥特．狄倫的英俊小生。我覺得那個主角處理屍體的那一幕可以拿來參考。」

「電影裡拍了處理屍體的鏡頭？」

「怎麼可能，沒有啦。不過還是值得參考。你看了就知道主角是怎麼做的。」

萬一有，那就是部血腥驚悚片了，但美冬搖搖頭。

聽她這麼說之後，雅也便看了《死前之吻》的錄影帶。的確值得參考，看完後能夠相當明確地掌握在飯店浴室裡處理屍體的要領。身上只穿一條內褲，頭上戴浴帽，都是從電影裡學來的。

但就如同美冬說的，電影裡並沒有出現最直接的那一幕，只是暗示而已。也因此在最殘酷、最暴虐的那一塊，雅也只能完全靠自己摸索。

將自己的衣物全部拿出浴室之後，雅也把包包裡的刀具和塑膠砧板拿進去。

雅也首先拿在手上的是剪衣服用的剪刀，他用這個把屍體身上的衣袖接縫及長褲褲腳全部剪開。

接著把屍體平放在地板上，將砧板墊在屍體的手臂下，然後拿起切肉刀。那把刀是他在合羽橋的廚房用品器具行買的，一次都沒用過的刀刃閃閃發光，令人生畏。

透過剛才剪開的布的開口看得見屍體白色的皮膚，屍體腋下若隱若現的體毛再次告訴雅也，不久前這還是活生生的人的肉。他發現自己的指尖在顫抖。

沒有時間讓他遲疑了。已經不能回頭了。無論如何，都必須在今天晚上把這具屍體處理掉。

雅也反覆深呼吸，雙手握住刀柄，對準屍體手臂與身體的連接處，使盡力氣往下砍……

雅也的胃產生一陣猛烈的痙攣。原本走在銀座街頭上的他，滿腦子只顧衝下地下道階梯。他想找廁所卻找不著，只好在柱子後方蹲下來。摀住嘴的手一放開，胃液便從嘴裡噴出，劇烈的疼痛同時襲擊他的下腹部。

嘔吐停止後，他扶著柱子站起來，但他連走路的力氣都沒有，只是怔怔地望著發出惡臭的液體。

很久沒吐得這麼嚴重了。事件以來，他一直盡量不去想那悲慘的一夜，雖然不可能忘掉的，但他一直很努力把這件事驅離腦海。

然而現在他不能不想起來。既然一切都是美冬騙他的，他必須再次回想起那一夜，以檢視這究竟是一個什麼樣的騙局。

分屍所需的時間和體力超過他的預期，但最需要的，則是超乎想像的意志力。雅也在中途好幾次瀕臨發狂，好想拋下一切逃開。每當這時候他就告訴自己，若不完成這件事，他們就沒有幸福。要是自己因殺人罪被捕，美冬也會成爲共犯。他不斷拚命鼓勵自己，絕對不能讓她不幸。

雙手雙腳都截斷之後，雅也以事先準備的塑膠袋盡可能裹緊四肢的屍塊，裹好之後再用封箱膠一圈圈綑緊。軀幹部分也如法炮製。

包好兩個異常的包裹，雅也當場坐倒在地。精神心力一點一滴耗盡，他的雙眼空洞，精神彷彿脫離了肉體。

敲門聲讓他回過神來。有人在敲浴室的門。

「雅也？你在裡面嗎？」

「啊……我在。」他呻吟般回答。

「屍體呢？」

聽她這麼一問，雅也再次看了看四周。整個浴室都是鮮血，地板上穢物四濺，雅也自己也是滿身汗水與血水。一照鏡子，實在不敢相信裡面映出的是自己的臉，表情醜陋扭曲，眼睛渾濁，這樣一張臉上，還如蕁麻疹般沾上了斑斑血跡。

「雅也……」美冬又叫了一次。

「等我一下。」他朝著門方向說。

「怎麼了？你還好嗎？」

「我沒事。」他硬是擠出聲音，「屍體……我用塑膠袋包起來了。」

「有沒有要我幫忙的？」

「妳先不要開門，整個浴室又濕又黏的，得清乾淨才行。」

「我來幫忙。」

「不用了，我自己來。妳到床上去等。」

雅也不想讓她看到如此淒慘的景象，更不想讓她看到自己現在的模樣。

「眞有那麼糟糕？」

「嗯。跟《死前之吻》一樣。」事實上，電影的場面根本無法相比，但他爲了讓美冬安心，故意這麼說。

「這樣啊……。也是，麥特·狄倫也清理過嘛。」

「對啊，所以妳等一下。」

「嗯，我知道了。有清潔劑嗎？」

「有，我帶了。」

雅也拿自己帶來的海綿沾了清潔劑，開始清掃浴室。不快點打掃乾淨，血跡會變乾變硬。但是連意想不到的地方都噴到了血，打掃起來比他估計的還要久。

一切作業結束之後，雅也打開浴室的門。美冬正坐在床上，一看到他的下半身，眼睛大睜。他的四角褲被染得鮮紅。

「總算弄好了。」

「……辛苦你了。」美冬點點頭，「要不要休息一下？」

「我很想，可是我覺得現在一躺下去一定會爬不起來。我想一口氣把事情做完，再說，也沒有時間休息了吧？」

「嗯……」美冬往床頭櫃的時鐘看，指針指著半夜兩點多。

房間角落擺著兩個行李箱，尺寸都相當大，一看就知道不是全新的。

「我在二手店付現買的，這樣就不會被查到了。」美冬說。

「車呢？」

「停在地下停車場。」美冬把車鑰匙放到自己身邊。

那輛車是今天一早雅也去租的，是一輛白色的廂型車，一般的房車無法載送兩個大型行李箱。

將屍體裝入行李箱的工作，也由他獨力完成。美冬也想幫忙，但他拒絕了。他不想讓這種可怕的工作玷汙了她的手。

打包好之後，他洗了澡穿上衣服。在分屍的地方淋浴心裡難免有所排斥，但總比從頭到腳沾滿血和體液來得好。

兩個行李箱都附有滑輪，兩人於是離開房間，推著行李箱在飯店走廊前進。因爲是深夜，不必擔心別人的耳目，就算萬一被看見了，兩人除了臉色有點蒼白之外，看起來應該是很自然的一對情侶。

把行李箱放進停在地下停車場的廂型車後，兩人便上了車。從發動引擎到駛進夜晚的車道的這段期間，兩人始終默默無語。

「年輕人，你怎麼了嗎？」

有人對他說話，雅也往旁邊一看，一名身穿灰色衣服的男子滿臉訝異地站在那裡，摻雜白髮的頭髮沒有修剪，直接綁在腦後，鬍子好像也很久沒剃了，一身衣服只是因爲太髒而看起來像灰色的。

「沒什麼，我沒事。」雅也搖搖頭。

「大白天的，你吐得好慘哪。」男子皺著眉，望著雅也的腳邊。

雅也轉身背對那位好像還有話要說的街友，踉踉蹌蹌地邁出步子，但是，他不知道要去哪裡。先回公寓吧。然而就算回去了，明天開始又該怎麼度過每一天？

美冬說，像他們這樣的人循正規走正路是沒有辦法抓住幸福的。雅也也覺得她的話是對的，尤其像自己這種殺過人的人，是無法以正當的方式獲得與一般人相同的生活的。

所以他從不反對美冬的提案。他陷害濱中、設計青江、殺死曾我。

是爲了我們兩個人——雅也終於發現這麼想的只有自己。美冬想要的，只有她自己的成功。她的野心，便是隱藏自己的眞實身分，完全化身爲另一個人，成爲人生的勝利者，如此而已。爲此，什麼事她都做，什麼人她都利用。

雅也露出自虐的笑容。這沒什麼，就像她陷害其他人一樣，自己也只是被她玩弄了而已。被她欺騙，甚至聽她的話去殺人，不惜赤腳踩著穢物分屍，弄到自己從此魚、肉再也無法下嚥。

雅也繼續走在地下道裡，四周的景物完全沒看進眼裡，嘴裡喃喃地自言自語著。

他不知絆到什麼跌倒了，然後就這麼倒在地上一動也不動，水泥冰冷的觸感傳遍全身。

美冬，妳要我殺了曾我，妳以為妳沒有親自動手嗎？不，妳也殺了人。妳殺了我，妳殺了我的靈魂——

第十一章

1

轆轤上有一個比人臉還大的大缽轉動著。賴江雙手捏住缽的側面，從上緣緩緩地往外側推。她想做的是一個大盤子。

作品越大，越要愼重。然而若不鼓起勇氣使力，黏土的形狀就不會改變。既愼重又大膽，其中的分寸很難拿捏。

黏土開始在她手中失去平衡。她拚命以雙手撐住。這時候，有人從前方伸手過來，輔助她的工作，同時以精準的手法將變形崩塌的黏土形狀加以修正。

一時之間，賴江有種是雅也來幫她的錯覺，因爲之前他也像這樣幫忙過好幾次。然而在她眼前的，是老師御船。御船確認轆轤上的黏土安定了，便向賴江點個頭，離開了。

雅也又不可能在這裡——賴江拿起毛巾，擦掉額上的汗。

離開教室，走了幾步，便聽到背後有人叫「倉田女士」。一回頭，一個似曾相識的男子笑著靠近。滿臉鬍碴，西裝穿得有些邋遢，眼光卻銳利無比——

「我是警視廳的加藤，以前在銀座的畫廊曾經與您有一面之緣。您還記得嗎？」

「加藤先生……哦。」經他一說明，記憶跟著回來了。

「有些事想向您請教，不知道方不方便？」

「可以啊。」

「不好意思。」

兩人進入了水天宮前車站的一家飯店。大廳已擺出了聖誕樹。在一樓的咖啡廳面對面坐下，賴江陷入緬懷的情緒中。她就是在這家飯店第一次遇到雅也的。

「那一位現在也還在上課嗎？」

加藤開口說話，讓賴江回過神來。「咦？」

「我是說那個酒瓶的作者。好像是水原先生，是不是？聽說他是個技師。」

「哦……」她沒想到加藤竟然還記得雅也，不由得懷疑他是不是看穿了自己的心思。「最近好像都沒有來了。大概是工作很忙吧。」

「最近都沒有見面嗎？」

「是啊，最近一直沒見到他……」

「是嗎。」加藤雖拿起咖啡杯端到嘴邊，仍抬眼盯著賴江看。那種觀察東西的眼神讓她很不舒服。

「這是半年多以前的事了，兩位曾經一起到『華屋』去吧？」

「咦？」

「『華屋』。您曾在一樓的包包賣場與曾我恭子小姐談過吧。」

賴江睜大眼睛。這個刑警怎麼知道的？

「我們的確是去了，有什麼問題嗎？」

「我想請您回想當時的情況。兩位離開『華屋』之後，做了些什麼？」

「離開『華屋』之後？」

「是的。您和水原先生去用餐了嗎？」加藤帶著竊笑。

賴江搖搖頭。

「那天就直接和他分手，我自己回家了。」

「您沒記錯吧？」

「沒記錯。」

怎麼可能記錯——賴江心想。因爲後來那一天成爲意義重大的一天。也就是說，那天是她最後一次見到雅也。

從那天起，她與雅也就斷了聯絡。爲何會如此，直到現在賴江還是想不通。她甚至還到他的公寓去，但公寓的門緊閉，敲門也沒有反應。

「有什麼問題嗎？」賴江問刑警。

但加藤對她的問題完全不予理會。

「您是在哪裡認識那位水原先生的？我向陶藝教室請教，他們說是您拉他來的。」

「什麼拉來……我只是問他有沒有興趣而已。」

「所以，我想請教您是怎麼認識他的。」

「你問這些的目的何在？我實在不明白。」

「您爲什麼要隱瞞呢？和他認識的經過不可告人嗎？」

聽到加藤的話，賴江覺得自己的臉僵了。她瞪著刑警。

「是我失言了。」加藤將雙手稍微舉起，「只是現階段我無法向您仔細說明。我們對調查內容必須保密，同時也有義務保護個人隱私。這點還請您見諒。」

「你是說水原先生和什麼案子有關？」

「這一點我現在實在無法奉告，不過我想將來應該可以給您一些解釋。」

賴江把茶杯拉過來。雅也被什麼案件牽連了嗎？這件事和他消聲匿跡是否有關？

「我就是在這家飯店見到他的。」她徐徐開口。

「在這裡？」

「對。不過，當時我還不認識他。」

賴江盡可能詳細地將與雅也認識的經過告訴加藤。加藤以認眞的神情在手冊上做筆記。

「換句話說，這位叫作山上的人向您提出了新事業的投資方案，而且也引起了您高度的興趣。」

「我當時的確在考慮。」

「而這時候水原先生出現，警告您說您被騙了。於是您倆人便開始交往了，是嗎？」

「什麼交往……變得比較熟是事實就是了。」

然而，加藤似乎沒把她的藉口聽進去，眼睛望向遠方，拿原子筆筆頭叩叩敲著桌子。

「遇見他以前，您身邊有沒有發生過什麼不尋常的狀況？」

「不尋常的狀況？」

「例如說被人監視，或是遭到跟蹤等，也就是所謂的跟蹤狂的行爲。」

賴江搖搖頭。

「我沒有感覺。別人為什麼要對我做這種事？」

「沒有就好。不好意思一問再問，您現在和他沒有聯絡了，是嗎？」

「沒有。」

「方便給我他的手機號碼嗎？」

「可以。」

打了也不會通的——賴江本想這樣告訴刑警，卻作罷了。反正一打就知道了。

記下打不通的電話號碼之後，刑警合起手冊，行了一禮。

「很抱歉在百忙之中打擾您。」

「你在找水原先生？」

「是的，我想開始找他。要是找到了，需要通知您一聲嗎？」

賴江不由得想點頭，卻改變了主意。

「他應該沒什麼事要找我，我也沒什麼事要找他。」說完之後她就後悔了。這話一聽就是死要面子硬逞強。

2

離開飯店的咖啡廳之後，加藤攔了計程車。告訴司機目的地，翻開手冊。

錯不了，終於找到了——

新海美冬的共犯就是水原雅也，他符合所有的條件。

這個重大突破，緣自於前幾天他去見曾我恭子。沒有什麼特別的理由，只是去確定曾我孝道的失蹤是否有進一步的消息。

然而，他卻因此而從恭子那裡得知一件意外的事。

恭子表示四月時，倉田賴江曾經到店裡來，針對曾我孝道的失蹤，以及她因此而與美冬有所往來的事提出問題。如果事情僅止於此，便說不上有何特異之處，但她接下來的話引起了加藤的注意。

「他們兩人先走了之後，只有那個水原先生回來，問了一些更詳細的事情。我心裡想著這個人怎麼會問這些，不過還是回答了。」

自從在畫廊得知有水原雅也這個人之後，加藤一直掛在心上。讓他特別注意的，就是水原是個金屬加工技師，而且來自關西。新海美冬在「華屋」上班時，同事曾聽到她打私人電話，當時美冬說的是關西腔。

在曾我恭子那裡知道這些情形，令加藤對水原這號人物大感興趣。

然而，到陶藝教室告訴他的公寓一看，水原已經不在那裡了。沒有人知道他是什麼時候消失的。詢問房東的結果，對方表示房租是預付半年，所以還沒有找人的必要。

加藤硬是拜託房東讓他進入屋內調查。房間很冷清，只有生活上不可或缺的家俱、電器用品、消耗品、衣物。也沒看到技師應該會自備的工具類。

然而，把一張從冰箱底下露出來的紙拉出來一看，加藤頓時感覺有電流從背脊竄過。那張紙上有鉛筆所畫的戒指，還註明了各部位的詳細尺寸。

加藤將倉田賴江的話加以整理。賴江本人似乎認爲她與水原是萍水相逢，但事實恐怕並非如此。水原是經過徹底調查，伺機接近賴江的。當然，這一定是美冬的指示。雖不知她目的何在，但賴江在秋村家擁有相當的影響力，美冬或許是想壓過她取得主導地位。

計程車停了。水原雅也的公寓就在前面。明知是白跑一趟，但加藤仍對他可能會回來抱著一絲希望。

水原爲何消聲匿跡？是因爲自己的身分快要曝光了？幾個月前發生了什麼事？

水原向曾我恭子詢問孝道失蹤的細節，這一點也令加藤感到不解。若水原是美冬的共犯，這些他應該都知道才對，爲何還有向恭子確認的必要？

一邊想著這些，一邊拾級而上。一上去，便看到雅也房門前站著一個年輕女孩。這女孩身穿牛仔褲和運動夾克，正將紙條類的東西夾在門縫裡。

加藤一走近，她便低著頭想錯身而過。

「妳找水原先生有事？」他問。

她一臉錯愕地抬起頭來。「咦？」

「妳是不是找他有事？找水原雅也。」

「也不算有事，只是在想他回來了沒有……」

「妳知道他到哪裡去了？」

「不知道。」她搖搖頭，然後抬眼看他，「請問你是？」

「在那之前，我倒想知道妳是誰。」加藤抽出夾在門縫上的紙條。

上面寫著「回來後請和我聯絡。 有子」。

「有子小姐……妳和他是什麼關係？」

「我爲什麼要回答你？」她好強地瞪著他。

「我認爲這是爲彼此著想。我也在找他，我想我們合作應該比較好找。」加藤不慌不忙地取出警察手冊。

一進店裡，就聞到柴魚高湯的味道。沒有客人。晚間的營業時間從五點開始，而現在才五點零幾分。

「請問要喝點什麼？」有子問，語氣很生硬。

「我不用了。」加藤搖搖手。

有子微微蹙起眉頭。

「請點個東西，不然我爸媽會覺得很奇怪。」

「哦，原來如此。那，來個啤酒好了。」

有子板著一張臉，點點頭退到裡面。目送她的背影之後，加藤環顧「岡田」店內。這是一家典型的老街定食屋。據說水原雅也下班後會來這裡吃晚飯。

有子拿托盤端著啤酒、玻璃杯，以及一小盤小菜回來了。裡面傳來說話聲。

小菜是涼拌小魚和海帶。加藤吃了一口小菜，也喝了啤酒。有子抱著托盤，站在餐桌旁。

「我知道這樣很煩，但是妳眞的不知道水原的行蹤嗎？」

加藤的問題讓有子一臉不耐煩地嘆了一口氣。

「不知道。要是知道，就不會做那種事了。」

她指的是在門上夾紙條。

「妳和水原是什麼時候開始交往的？」

她搖搖頭，「沒有……我沒有跟他交往。」

加藤苦笑，「我的意思是什麼時候認識的。」

「應該是五年前，春天的時候。」

加藤算了算，那就是一九九五年的春天了。與新海美冬來東京是同一時期。

「可以告訴我妳跟他是怎麼熟起來的嗎？」

「我跟他沒有特別……」

她才說到這裡，加藤就笑著搖頭。

「要是沒有特別熟，怎麼會等一個行蹤不明的人的聯絡？」

有子的嘴唇抿得緊緊的，瞪著加藤。

「沒有什麼特別的原因，只是經常在店裡碰面，就……」

「原來如此。」加藤又喝了一口啤酒，「妳知道他在哪裡上班嗎？」

「以前的嗎？」

「對。」

「我聽說是在千住新橋旁的一家鐵工廠。」

「工廠叫什麼名字？」

「他好像說是福田的樣子。……也可能是福天。」

加藤在手冊裡寫下「福田　福天工業」。

「他消失之前，有沒有發生過什麼不尋常的事？」

「我沒發現。因爲在那之前，我們就幾乎沒有見面了。因爲他一直沒來，我想看看他是怎麼了，就到他住的地方去看，結果已經沒人了。」

加藤猜想這女孩一定是對雅也有意思。

「妳覺得他有沒有固定的對象？」加藤問了這個對有子有點殘酷的問題。果不其然，她先垂下視線才回答，「我不知道。」

「意思是說沒有那種感覺？」

「我的意思是，他從來沒提過這方面的事，也沒見過有那種人。再說，我也沒有那麼了解他。」

「這我知道。」

萬一妳知道那男人的眞面目，恐怕連擺出好臉色爲他端茶送水都辦不到吧——加藤在肚子裡加上這句。

他從上衣口袋裡取出一張照片，是他自己偷拍的。照片裡拍的是美冬從公司離開的樣子。他把照片拿到有子面前。

「妳對這張照片裡的人有印象嗎？」

有子盯著那張照片看了十秒鐘之久，然後搖頭。

「沒看過。」

「妳確定？很可能服裝或化妝的感覺跟照片裡不太一樣。」

有子把照片還給加藤。

「你是要問雅也先生身邊有沒有這樣一個女人，是吧？我從來沒有看過他跟誰在一起過……」說到這裡，有子好像想起什麼似地轉移了視線。

加藤沒有漏掉她的變化。「想到了？」

「不是的，那個，我曾經看到雅也先生和一個女人在一起，可是不是這個人。年紀更大一點……很漂亮就是了。」

「五十歲左右的女性嗎？」

「嗯，可能比五十歲再年輕一點吧。」

加藤知道她指的應該是倉田賴江。

門開了，兩個穿著工作服的男人走進來。有子往那邊看，活力十足地說聲「歡迎光臨」，臉上已轉變爲笑容。

這兩人似乎是常客，說了兩句玩笑話之後，點了兩瓶啤酒。有子以輕快的腳步退到後面。

加藤在桌上留下一瓶啤酒加消費稅的錢，站起來。要向有子問的話都問完了。

然而他才走出店門沒多久，背後就有人叫：「先生……」

一回頭，只見有子快步追過來。她先看看背後有沒有人，才對加藤說：「可以讓我再看一次剛才的照片嗎？」

「照片？好啊。」加藤把美冬的照片拿給她。

有子看了一眼照片，便抬頭看加藤，「這張照片可以給我嗎？」

加藤有些意外，「呃，這不太方便，因爲這是調查資料。」

「這樣啊……」

「妳怎麼會想要這張照片？」

「我……這個人是雅也先生的心上人吧？」

「這個，我沒辦法給妳答案。」

「沒關係，我知道的。我一直覺得他心裡有人。」

「是女人的直覺嗎？」

「也許吧。」有子低著頭，把照片還給加藤，「這個人是誰？刑警先生一定知道吧？」

「當然知道，但是不能告訴妳。」加藤接過照片放回口袋，「妳最好把水原忘了。」

有子抬起頭來，睜大的眼睛裡含著敵意。

「雅也先生到底做了什麼？刑警先生爲什麼要找他？」

「這一點我現在還不能透露。」

「刑警先生是搜查一課的吧？我雖然不太懂，可是搜查一課不就是調查殺人案的單位嗎？」

加藤嘆了一口氣，對她笑了。

「所以我不是說不能透露詳情嗎？要是他回來了，妳可以問他。」雖然大概不會有這一天——這句話加藤就沒說出口了。「我再說一次，妳最好把他忘了，這是爲妳好。」

轉身背對無言以對地佇立在原地的有子，加藤快步離去。心裡想著，水原雅也要是選了這個女孩，人生也會截然不同吧。

3

當加藤找到福田工業時，已經當天晚間八點多了。他無論如何都想在他休假的這一天造訪福田工業。

福田工業的工廠沒有亮燈，但旁邊相連的住處窗戶透出燈光。加藤繞到住處的玄關，按下裝設在門旁的對講機。

但是他等了好一會兒都沒有人回應，心想是不是沒人在家，一轉門把，門竟然就開了。

一進門就是辦公室。辦公桌和文件櫃上積著灰塵，可見這家工廠已經有一陣子沒有工作了。

「有人在嗎？」加藤向裡面喊。「請問有人在家嗎？」

不久，一個人影從裡面慢吞吞地晃出來。一個年約六十歲、矮個頭的男子，板著一張面無表情臉對著加藤。

「請問是老闆福田先生嗎？」

他這一問，男子從鼻子哼了一聲。

「公司都沒有，哪來的老闆啊！」他以沙啞的聲音發牢騷。

於是加藤將他的話解釋爲福田工業倒了。

「我是警方的人，有些事想請教。」

福田眉頭一皺，歪著脖子。

「還不起錢就有警察上門？沒聽過這碼子事。」

「我要問的不是福田先生的事，而是以前在這裡工作的人。」加藤向前走，「你還記得水原雅也這個人吧？」

福田陷在皺紋裡的眼睛稍微張大了一點。

「那傢伙也捅了簍子？」

「那傢伙『也』？其他還有誰……」

福田又從鼻子哼了一聲。

「還用得著特地指誰嗎！這麼不景氣，有事做的人做的事只有兩種，不是去爲非作歹，就是去死。」看福田拖著腳走動，結果是往佈滿灰塵的椅子上坐下，「好了，他做了什麼好事？」

「現階段是可能與某個案子有關。想去找他問話，卻找不到本人的消息，所以我才找到這裡來。」

「那傢伙也是到處躲債嗎？」

「最近他和你聯絡過嗎？」

「聯絡個頭啊！他走了都快兩年了。說起來，是我請他走的。」福田從夾克口袋裡拿出香菸盒，但是盒子好像空了，他焦躁地把菸盒扭成一團。

加藤把自己的萬寶路放在桌上。

福田看看他又看看菸，然後伸手拿菸，「謝了。」

「水原是個什麼樣的人？」

福田津津有味地吐了一口煙。

「人是冷冷的，不過手藝很好。要是沒有他，我們大概會提早一年倒吧。」

「你的意思是？」

「他什麼都會。不管是車床也好、研磨也好、焊接也好，什麼都難不倒他。他好像是從關西來的，一定是累積了不少經驗。因爲有他在，我把其他的人都辭掉了。雖然被怨被恨，但是這年頭啊，我還能怎麼樣呢。」

「金工呢？」

「金工？哪種金工？」

「做戒指、項鍊之類的。」

「我們這裡沒接那種工作。不過，想做應該也是可以啦，反正工具都全了。我們以前可是靠銀飾出名的。不過那是八百年前的事了。」

「哦，做銀飾啊。」

「像首飾啊，獎盃啊，很多啦。那個是很需要技術的。一個獎盃是從一塊圓形的板子用敲的敲出來的。只不過我們最好的技工受傷以後，就沒在做了。」

「這麼說，你們以前在銀飾方面很有名了？」

「是啊，內行人都知道。這跟雅也有什麼關係？」

「你是在什麼樣的前因後果之下僱用他的？」

「什麼前因後果，沒那麼誇張。他突然跑來叫我僱用他。」

「所以你就這樣僱用他了？」

「是啊。啊，不對。」福田立刻訂正。手裡夾著香菸，眼珠往斜上方轉，「是安仔不行了之後，才僱他來代替的。」

「安仔？不行了？」

「以前在我這裡的一個技工，叫安浦。他受了傷，沒辦法再工作。手被妓女刺傷，手指不會動了。他自己大概也很消沉，我這裡也一樣頭痛，因爲有很多機器只有他會用。景氣這麼差，要是交貨不準時，工作立刻就沒了。」福田悶哼兩聲晃動肩膀，「反正都是會沒工作的，遲早而已。」

「所以你就僱用了水原當臨時代打？」

「對。剛才我也說過，他的技術是沒話說的。這就叫因禍得福吧，對我這裡來說，安仔那件事倒成了好事。不過，這話不能讓安仔聽見就是了。」福田依依不捨地望著變短的香菸，才在菸灰缸裡熄了火。

「水原在這裡是什麼樣子？」

「啥？這什麼意思？」

「什麼都可以，凡是有關水原的事，只要你記得的，請全部告訴我。比如說他跟什麼樣的女人交往等等。」加藤走近福田，拿起剛才放在桌上的萬寶路香菸盒，打開蓋子敬菸，「再來一根

如何？」

福田抬頭邊看加藤，一邊抽出一根菸。加藤在他叼起香菸的同時，從口袋裡掏出打火機打了火。福田眼裡雖然還是有警戒之色，仍微微點了一下頭，把菸湊過去。

「是什麼案子啊？那小子到底做了什麼？」

「詳情恕我無可奉告。只能說，是跟女人有關的案子。」

「哼，女人啊。難怪啦，他條件不錯啊。」福田猛力吐出一口煙，「不過，在這裡沒提過那種事。那傢伙很安靜，幾乎不跟人說話的，除了工作以外什麼都不說。」

「那麼，有沒有哪個同事和他比較熟的？」

「還熟咧，每個人都恨死他了吧！因爲他跑來，其他人就沒事做了。」

加藤點點頭。水原雅也極有可能盡力避免與其他人有所交流。因爲和別人一熟，難保不被看穿他的另一面。

「可以參觀一下工廠嗎？」

「是可以，不過燈不會亮哦！機器也不會動了。」

福田的眉頭皺了起來。

「沒有電嗎？」

「被剪了，這樣才不能隨便用。」

「不能隨便用？」

「是我們不能用的意思。這裡的東西全都不是我們的，都是銀行的了。」福田抽完第二根菸，扶著腰站起來。

正如福田所說，工廠的燈不會亮。從窗戶裡透進來的微光，照在一排工具機上。

「還會變得更差，」福田說，「這世道還會變得更差。國家全都讓那些只知道中飽私囊的人霸佔了，只會更差。以前一般老百姓很強，所以可以自己想辦法，可是現在已經不行了，再怎麼拚也有限度。」

「水原都是在這裡工作嗎？」

「嗯，是啊。」

「水原工作的時候，都有人在看嗎？」

「沒有一直在看。我把設計圖拿出來，交代完細節，接下來就都交給他們了。他們只要能照訂單把東西做出來就好，其他的我不管。」

「那麼，做其他的事也沒關係了？」

「啊？你在說什麼啊？」

「我是在問，要是水原用這裡的設備做別的東西，別人也不會知道嗎？」

警戒的表情又回到福田的臉上。以懷疑的神情從下面往上看著加藤，讓他的眼睛變成三白眼。

「你是說他可能在這裡搞鬼？」

「我是想知道有沒有這個可能性。」加藤回視對方的眼睛。

福田搓搓長滿鬍碴的下巴，轉過頭去。

「當然啦，想做應該做得到吧。工作我都交給他們處理，視需要想用哪些機器都可以。雖然有幾個技工，我想大家應該都不會太去注意別人在做些什麼。」

「剛才，你說除了水原以外的技工你都辭退了吧。這麼說，那之後就是水原的天下了，他在這裡可以爲所欲爲。」

福田什麼都沒說，只是歪了歪嘴。

背後傳來聲響。一個年約五十的削瘦女子提著便利商店的袋子站在那裡。

「客人？」女子問。

「不是，是刑警先生。」福田回答。

「刑警先生……」那個看來應該是福田妻子的女人，以怯生生的眼神看著加藤。

加藤對她笑笑。

「我來請教以前在這裡工作的水原先生的事。」

「哦，阿雅啊……」她露出安心的表情，視線在加藤與自己先生身上來回，「說到他，他兩個月之前來過嘛。」她說，好像在徵求福田的同意。

「來過？兩個月之前？」加藤凝視著她，「水原來過嗎？」

可能是因爲語氣尖銳，她的臉上再度浮現怯色。縮起下巴，小聲說了是啊。

「眞的嗎？剛才倒是沒有聽說。」加藤轉頭面向福田。

「好像有這麼一回事吧。」福田有些賭氣般喃喃地說，也不肯看加藤。

加藤的視線回到當老婆的身上。她一臉自己多嘴說錯話的表情。

「水原來做什麼？」

「沒有啊……。他說他只是來打個招呼。——對不對？」她喊丈夫。

「他說他來附近，順便過來一下。然後聊了一下，很快就走了。」福田說。

「哦。」加藤雙手在胸前交叉，視線在兩人身上轉。福田仍朝著旁邊，他老婆則低著頭。

福田太太——加藤開口了。她身體震了一下，抬起頭來。

「可以請妳過來一下嗎？」加藤只說了這句話，不等她回答便率先走出工廠，穿越辦公室，打開了入口的門。

福田的妻子帶著一臉不安，隨後也出現了。

「到外面談吧！」加藤把她帶到外面。

她怕極了。即使在昏暗中，也看得出她臉色發青。

「妳先生好像有所隱瞞。水原來的時候，是不是發生了什麼不尋常的事？」

「也沒有什麼啊。」她發現加藤盯著她瞧，神情不由得狼狽起來，「我沒有說謊，所以你說我先生有隱瞞，我也想不出來。水原先生來過的事，我也覺得沒有隱瞞的必要。」

她看起來不像在說謊。

「水原來這裡是有什麼事嗎？」

「這……我不清楚。他好像在工廠裡跟我先生講話。」

「妳不在現場嗎？」

「我只端茶過去而已。」

「水原走了之後，妳沒問妳先生嗎？沒問他都過這麼久了，水原還跑來做什麼？」

「這個……」福田的老婆垂著頭，支吾其詞。

「福田太太，妳要是知道什麼，最好趁現在說出來。」加藤勸導她，「妳現在要是瞞著不說，搞不好反而麻煩。」

加藤的話讓她抬起頭來，睜大了眼睛，「麻煩……」

「請妳告訴我，我不會害妳的。」加藤對她微笑。

「我先生說，他把設計圖賣掉了。」

「設計圖？賣給水原嗎？」

她點頭。

「賣了幾張以前我們做過的東西的設計圖……。我先生說，放在我們這裡也沒有用，就賣掉了。」

「水原爲什麼會隔了這麼久，才跑來買那種東西？」

「常有的事啊。」突然冒出這句話。福田出現在辦公室入口，「設計圖是很多know-how的結晶，所以工廠一旦休業，就會有一大堆人跑來想要設計圖。來我這裡買設計圖的也不是只有阿雅一個。只是本來這種事都一定要先徵求顧客的許可，所以我全都回絕了。可是阿雅在我們這裡待過，我想他應該不至於給我添麻煩，就給他了。」

「賣給他了，是吧。」

「是收了一點錢啦，當然的啊！——妳進屋裡去啦！」福田對妻子說。她逃也似地進去了。

「你賣給水原的是什麼設計圖？」加藤又問起福田。

「很多，因為我這裡做過很多零件。水原為了找下一個工作，說想要一些可以宣傳自己技巧的東西。你問完了吧？水原就只有那時候來過而已，我後來就再也沒見過他，他連電話都沒打來過，我也沒問要怎麼跟他聯絡。我不曉得他做了什麼事，不過跟我們一點關係都沒有。」

福田開始焦躁了。加藤認為他很可疑，但判斷再問下去他也不會吐實。

「你剛才說是安浦先生吧？在水原之前的技工。」

「他又怎麼了……」

「可以告訴我怎麼聯絡他嗎？」

「安仔跟阿雅又不認識。你去找他也沒有用吧！」

「我有我的想法。」加藤拿出萬寶路菸盒，打開蓋子，拿到福田面前。

福田仍板著一張臭臉就伸手來拿。但他的手還沒碰到菸，其中兩根手指就被加藤抓住了。加藤一用力，福田的臉就歪了。

「請不要讓我多費工夫。我可不是閒著沒事，心情也不見得總是很好。」加藤笑著說完，放開了福田的手指。

福田把手縮回去，搓揉手指頭，也不再來拿菸，一語不發地走進辦公室。加藤叼著菸，用打火機點著。

設計圖……嗎——

水原雅也為什麼會來買那種東西？他不認為是福田所說的那些理由。水原有新海美冬這個共

謀，就算找不到工作，生活應該不至於立刻陷入困境。

這和他消聲匿跡應該無關。水原雅也是想利用那些設計圖做些什麼嗎？

還有另一件讓他覺得可疑。

水原雅也來到這家工廠純粹是偶然嗎？不是因爲這家工廠曾以銀飾聞名，是個適合製作飾品的地方嗎？這對新海美冬來說，當然是個絕佳的地點。

福田說是因爲前任受傷才臨時僱用水原雅也。這究竟是不是偶然？天底下有這麼剛好的事嗎？

被妓女刺傷了手，手指不會動——

聽起來就有問題。那妓女是什麼人？

福田從辦公室出來。加藤把菸丟在腳邊踩熄。

「最近完全沒聯絡，不能保證現在是不是還在這裡。」福田給他一張字條。

加藤瞥了字條一眼，收進上衣的內口袋。

「你說他是被妓女刺傷的，那個女人和安浦先生認識嗎？」

福田哼了一聲。

「是在路上隨便找的啦，天曉得是從哪裡冒出來的。在賓館被下藥，錢被搶了不說，還被刺。警察也不肯認眞調查這種案子，他還抱怨說他禍不單行咧。」

「爲什麼連手都會被刺？」

「誰知道？只有那女人才知道吧。」

上。

加藤點點頭，向福田說聲不好意思打擾了。福田板著一張臭臉，把我再也不想看到你寫在臉上。

加藤一邊離開福田工業，一邊動腦思考。技工被隨便找的女人刺傷，於是水原雅也頂替了他的位置，而這個地方對水原與美冬而言，是條件絕佳的工廠。這能夠以純粹的偶然解釋嗎？

不會吧！就算是那女人，也不至於做到這種程度。

然而，加藤立刻推翻了這個想法，邊走邊搖頭。

那女人會這麼做，就是那個女人才會做到這種程度——

4

西方的天空盡是一片晚霞。下面是一棟棟巨大的建築，每一棟旁邊又被大大小小各式各樣的建築填滿。那是充滿野心與希望的人們所建立的城市。然而在現實之中，疲累的人們卻在那些建築的空隙中爬動。

自己也是其中之一——雅也心想。

他正在隅田川的河岸上。小型船隻緩緩從眼前駛過。船後形成了幾道小小的波紋。

他心想，我到底在這裡做些什麼？我是爲了什麼才到這種地方來的？那個惡夢般的大地震發生就要滿五年了。想起這段期間自己的所做所爲，雅也感到寒風穿透了體內。

我是爲了抹殺自己的靈魂才到這個城市來的嗎——他這麼想。

不，不是的，在來這裡之前，我的靈魂就已經死了。大地震的那個早上就死了。在打破舅舅的頭時，自己就不再是自己了。

而她便是向這樣一個形同空殼的男人接近。事到如今，他明白了。她接近他，就是因爲他是這種人。一個失去靈魂、看不見去向的人，正好可以當她的傀儡。

雅也自嘲地笑了，從懷裡取出太陽眼鏡戴上。晚霞染紅的天空頓時變成灰色。

他覺得世界上恐怕沒有人像自己這麼傻。全心相愛的對象只是爲了利用他才和他在一起，這眞是破天荒的喜劇。她所表達的愛情，都是基於鉅細靡遺的算計，她的話只不過爲了讓傀儡任她操縱的咒語。

他看看表，下午五點。一男一女慢跑著經過他面前。河對岸有看似母子的三個人提著超市的袋子。大概是母親帶著兩個孩子去採買晚餐的材料吧，看起來好幸福。

一個男人從右側走來。他穿著黑色的運動夾克，看來不到二十五歲。黑色針織帽拉到眼睛上方。男子看到雅也，腳步明顯放慢。然後提防地向四周看了一下，慢慢走近。

「旁邊可以坐嗎？」男人朝雅也坐的長椅揚了揚下巴。

「請。」雅也稍微移動了一下。

男人坐下之後，又朝四周張望，似乎非常小心。

大概是判斷沒有可疑人物，男子總算向雅也說話了，「杉並先生嗎？」

雅也微微點頭，嗯了一聲。

「你說的東西呢？」男子問。

雅也把一個紙袋放在男子身邊，「請確認內容。」

男子緊張兮兮地拿起紙袋，但在他打開之前，雅也說：

「請不要把東西拿出來，因爲不能保證不會被看見。」

「那當然了。」男子再度向四周張望之後，緩緩打開紙袋。一陣輕呼聲傳進雅也耳裡。

男子伸手進紙袋確認東西時，雅也抽起菸來。隅田川河面閃閃發光。沿著這條河逆流而上，便能回到那幢公寓，那個讓他做了無數惡夢的房間。房仲可能已經發現那房子沒人住了，但是應該不至於大驚小怪，只會隔一段適當的時間，整理房子，再租給另一個人而已。在東京，沒有人會在意別人的死活。

他突然想起有子。她現在在做什麼呢？仍在「岡田」幫忙，一邊等著那個不愛說話的男人上門嗎？

「好厲害。」旁邊的男人低聲說。

雅也向旁邊看。那人雙眼發光，臉上充滿驚喜。

「這是你做的？到底從哪裡……」

雅也淡淡地笑了，搖搖頭，「說好不多問的。」

「話是沒錯……」男子再次向紙袋裡看了一眼，輕輕搖頭，「比我想像的還好。我還以爲會更馬虎一點……」

「你那邊又如何？該不會帶馬虎的東西來吧？」

這話似乎讓男子不滿，癟起嘴來。他伸手到運動夾克的口袋，拿出一個四方形的小包。

雅也接過之後，把菸蒂踩熄，默默站起來。

男子驚訝地抬頭看他。「你不確認嗎？」

「沒有那個必要吧！還是你覺得應該確認一下比較好？」

「不用了，東西不會錯。既然你覺得這樣就可以，我當然沒意見。」

「那麼，以後就不再見面了。」雅也走了幾步又停住，回頭對男子說：「我的電子信箱已經不能用了。」

「我知道，我的也是。」

雅也點點頭，邁開腳步，把男子給的那個小包放進風衣的口袋裡。

天色又更暗了，街道上已半是夜色。

雅也走到茅場町，在這裡搭上地下鐵日比谷線。他坐在最靠邊的座位上，呆呆地抬頭看廣告。其中一則停留在他的視線裡。

「千禧年盛大開幕！The HANAYA 2000」

這不是他第一次看到那則廣告。大約一個月前，在很多地方就都能看到，電視上也播映廣告。

景氣這麼差，還眞是大手筆。那個「華屋」竟大刀闊斧進行全面改裝，買下附近的大樓，賣場也擴充了。仍舊維持珠寶飾品部門，更成立了以美容沙龍爲首的各式美容部門。電視廣告的內容是一個不起眼的平凡女子，走進「華屋」這個黑盒子，出來的時候已經變身為一個打扮時髦的美女。社長秋村也在電視訪談中表示，將來將經營所有與美相關的商品。

通往美麗的黑盒子——

雅也曾經從另一個人嘴裡聽過這種說法。不用說，當然是美冬。美冬常說，她的夢想就是追求美，經營與美有關的一切，規劃一個將美系統化的黑盒子——

他再次確信她一定是把同樣的話說給她丈夫秋村聽。這次的企畫不是秋村發起的。雅也相信背後是美冬在操縱，秋村同樣也是她的傀儡。

她為何要做到這種地步？是什麼動力驅使了她？使她如此地冷靜、如此工於心計，而又如此殘酷。

電車抵達銀座。雅也站起來，以指尖的觸感確認風衣口袋裡那個小包。

離開地下車站，漫步走在銀座中央路上。天已經全黑了，但各店舖的照明使路上明亮如白晝，好幾家店都為聖誕節裝上了聖誕燈飾。人行道上大批人潮來來往往，放眼盡是上班族與粉領族。

雅也停下腳步。從那裡可以隔著馬路看「華屋」。

當雅也領悟到與美冬一起度過的日子都是幻影時，便從她身前消失了，因為他認為他再也無法與她一起活下去，然而，他卻無法讓一切成為白紙。心靈所受的傷沒有這麼輕描淡寫。而他們的過去也太過骯髒齷齪，無法化為白紙。

他離開公寓後所做的第一件事，便是打聽新海美冬的過去。但他要找的不是那個美冬，而是被她取而代之的、眞正的新海美冬。

雅也有必要知道她其實是誰。而且，必須儘快完成這項作業，因爲警視廳的加藤也知道美冬是冒牌貨。雅也想在那個男人採取行動之前，將一切做個了結。

5

雅也離開公寓的第一個月，得知網路上有尋人網站。這是他在便利商店看雜誌時看到的。他買了二手電腦，當天就嘗試上網搜尋。

他找到幾個尋人網站，每一個都登錄了下面的內容：

「我在尋找亡妻的故友。一九八九年或一九九〇年畢業於私立西南女子大學文學部的朋友，請與我聯絡。」

他猶豫著不知該不該寫出新海美冬這個名字，最後決定不要寫，是因爲怕這內容在陰錯陽差之下被美冬知道。當然，是那個冒牌美冬。若只是這樣的文句，就算她再怎麼精明，也不會想到和自己有關才對。

說實話，他沒有抱著多大的希望。因爲他認爲儘管網路已日漸普及，但實際上經常上網的人應該還沒有那麼多。而且就算該年度自西南女子大學畢業的人看到了，會和他聯絡的可能性大概也不高。因爲要寫信給一個來路不明的人，總是叫人感到不自在。

然而，他的猜測卻往好的方面猜錯了。他在網站上登錄之後還不到一星期，就有三個人提供情報。雅也全部回了這樣一封信：

「謝謝您提供的情報。我要找的是一位名叫新海美冬的女性，我想應該是八九年畢業的。我只知道她是文學部的，若您知道如工作地點、夫家等等資料，懇請告知，謝謝。」

在這裡就不能不提新海美冬這個名字了。而且，雅也還附上了自己手機的電話號碼，因爲他希望最好能直接以電話聯絡。

很快地，三人都回信了，但其中兩人說沒聽過新海美冬這個名字，不過另一個人則知道，表示曾和她同修一門英文課。

「遺憾的是，我和新海同學不怎麼熟，也不知道她畢業後的去向。不過，問問當時的朋友可能會有消息，屆時我再與您聯絡。」

一收到這封信，雅也第一個反應就是回信問她能不能以掃瞄的方式，把新海美冬的照片寄給他。但是最後他沒有這麼做，因爲擔心會引起對方的懷疑。再說，看了那些照片也沒有多大的意義，他已經確定那個美冬是冒牌貨了。

大約兩個禮拜後的某一天，一個全然不識的陌生人寄來一封電子郵件，信裡是這麼說的：

「我是前陣子想提供新海美冬同學情報的那個人的朋友。我從朋友那裡聽說了情由，認爲由我直接來寫信比較好，便向她請問了您的電子郵件住址。

我和新海同學也不是很熟，但是我們的指導老師是同一人，所以曾經說過幾次話，也記得她在哪裡上班。我記得是一家進口外國家具的公司，好像叫作BBK或DDK之類的名字。對不起，不清不楚的。聽說您的太太去世了，請問她也是西南女子大學文學部的同學嗎？如果方便的話，想向您請教您太太的姓名。」

看了信，雅也覺得自己的體溫上升了。他確實感到自己已一步步接近眞正的新海美冬的過去。

他立刻回信。

「謝謝您寶貴的情報。可以請您多告訴我一些新海美冬同學的事嗎？可以的話，想直接與您以電話聯絡。您不必告訴我電話號碼，但可以請您打電話給我嗎？當然費用由我支付。（很遺憾，亡妻並非西南女子大學的校友）」

三天後，雅也的電話響了。

電話號碼沒有顯示，但雅也知道那是提供消息的人，因爲他沒有把現在使用的手機號碼告訴別人。以前的手機一直關機。

來電的是一位姓越野的女子，果然是消息的提供者。

「我在信裡寫錯了，是WDC才對，World Design Corporation的縮寫。總公司聽說是在赤坂。」

「新海小姐現在也在這家公司嗎？」

「這我就不知道了，因爲畢業後我們就沒見過面了。我想應該要把正確的公司名稱告訴你，所以打電話來打擾。不好意思。」對方準備掛電話，雅也著急了。

「請等一下，可以見個面嗎？我想多了解新海小姐一點。」

對方似乎很爲難，沉默了一會兒。

「對不起，就像我信裡寫的，我跟她也不是很熟，所以就算見了面，也沒有什麼消息能告訴你。」

雅也說了一聲可是，便判斷硬拜託她反而會產生反效果。肯打電話給一個沒見過的陌生人，就已經是奇蹟了。

「那好吧。不過，可以請您跟我多談一下嗎？其實是我去年過世的妻子寫了一封信要給新海小姐，所以我無論如何都想把信交給本人，我想這是我妻子的遺願。」

雅也說出事先準備好的謊話。藉由扮演一個想要實現亡妻願望的可憐丈夫，製造出讓對方無法斷然拒絕的氣氛。以往這種作假的事他做不來，但現在卻不當一回事。諷刺的是，這是那個冒牌美冬教出來的成果。

演技似乎收效了。沉默了一會兒後，那女子說了：

「多談一下是沒關係，但是我就說，我了解的也不多。」

「只要談談您記得的事就可以了。新海小姐是個什麼樣的人呢？」

「什麼樣啊……你這樣問我也不知道該怎麼答，就是普通女孩。她進英文系不是因爲對文學有興趣，而是嚮往歐美的生活——我記得她跟我說過類似的話。」

「她是個很突出女孩嗎？」

「我不覺得她有特別突出。算普通吧？我覺得她是比較不起眼的那種人。」

「請問您知不知道她有沒有什麼好朋友？」

「好像有幾個，可是我沒有她們的聯絡方式，因爲我跟她們沒有玩在一起。」

「有男朋友嗎？」

「不知道呢。」電話那頭的人似乎露出苦笑，「也許有吧，我不知道就是了。」

看來她似乎跟眞的和新海美冬沒有什麼來往。

「我明白了。眞是抱歉，講了這麼久的電話。我有一個不情之請，如果您想起了任何事情，能不能請您通知我呢？」

結果對方頓了一下這麼說：

「我現在才想起來，她的論文有點特別，很有趣。」

「論文？畢業論文嗎？」

「嗯。她選的主題是瑪格麗特・米契爾的《飄》。」

「哦……」

這個名稱雅也也知道，但他所知道的不是書，而是電影，不過他連電影也沒看過。

「女主角的名字叫作郝思嘉，新海同學極度崇拜她，聽說論文也是整篇都在歌頌她的生活方式。當時助教還說她這樣有點太走火入魔了。」

「哦……」

既然不知道劇情，當然也不會知道那個女主角是什麼樣的人，因此雅也不知道該如何反應才好。這一點，電話那一頭的人似乎也感覺到了。

「對不起，這好像沒什麼關係喔。要是有什麼能幫得上忙的消息，我再和你聯絡。」說完，連雅也道謝的話也不怎麼理會就掛斷了。

結果這個姓越野的女子再也沒有打電話來。這是意料中事，所以雅也並沒有感到失望，而且他也不是毫無收穫，他終於得到眞正的新海美冬的資料了。雖然輪廓還很模糊，但已往前邁了一大步。

現在他得去一個地方——那家叫「WDC」的公司。新海美冬肯定曾在那裡留下足跡。他到公司去探查了幾次之後，策劃了一齣周詳的劇本，選在一個平常日的早上，來到位於赤坂的展示場。那天他做的是西裝打扮，之前賴江送他的。收到這身禮物的時候，他完全沒想到竟會在這種時候派上用場。

一進展示場，立刻便有一名三十歲左右的女店員迎上來，臉上堆著笑，嘴裡說著千篇一律的台詞，您今天要找些什麼商品呢？

「我在想義大利製的化妝台。」雅也笑著回答，「我有些特定的要求，聽說只有在這裡才買得到。」

聽到一個男客說要找化妝台，理應感到不可思議，但她臉上仍是笑容不斷。

「好的。您是第一次光臨敝店嗎？」
「來這裡是第一次，不過以前在這裡工作的人曾經讓我看過型錄，我一直很想實際看看。」
「哦，您說的是我們的哪位同仁？」
「是位姓新海的小姐。那已經是……好幾年前的事了。」
「新海……」女店員顯得困惑，似乎是對這個名字沒有印象。
「我太太很喜歡她讓我們看的那本型錄裡的化妝台，一直很想要，可是實在沒有機會來買。最近手頭總算比較寬裕了，我想不如就買下來，可是又找不到那位新海小姐，沒辦法就直接過來了。」雅也將事先準備好的說辭毫無滯澀地說出來。
「這樣子呀……那麼，麻煩您稍候一下。」
既然女店員這麼說，雅也便到客用大廳等。汗水自腋下冒出來。
不久，另一名女子出現了，看起來也是三十歲左右，個子嬌小，圓臉。她先爲讓客人久候道歉，然後取出名片，上面印著「野瀨眞奈美」。
「關於新海，她在七年前辭職了。所以如果可以的話，由我來爲您服務。」
「啊，她辭職了啊。這樣啊……」雅也做出爲難的表情。
「請問新海給您看的是什麼樣的型錄呢？因爲過了七年，現在型錄也不一樣了，但是我想我們應該還保留了一些以前的型錄。」
「其實我記的不是很清楚，因爲看型錄的是我太太。我不太曉得她喜歡的是什麼樣的家俱。

不過我想既然我太太是跟新海小姐聯絡，她應該知道。」

「那麼，能不能請您夫人跑一趟呢？」

野瀨眞奈美提出雅也設想好的問題了。他照計畫施展演技。

「如果可以的話，我也想這麼做，但是我太太去年去世了。」

野瀨眞奈美的嘴唇張開成「啊」的唇形。雅也看著她繼續說：

「前陣子剛做完一週年忌，我想起她一直很想要那個化妝台。所以儘管這時候才買，也許別人會覺得很奇怪，但是我就是興起了一定要買到的念頭。其實她在走之前，還說很想坐在那個化妝台前。」

他訴說時將語調放低到不至放太刻意的程度，同時讓嘴角上留著些許笑意。

「原來是這樣呀。」

野瀨眞奈美似乎相信了他的演技，雙眉下垂，臉上展現出同情的神色。只不過，也許這是她的演技。

「傷腦筋，不問新海小姐，我完全不知道那是什麼樣的化妝台。」

「請問，您無法聯絡上新海嗎？」

「她留給我們的電話號碼找不到她了。我本來與她的父母是舊識，可是兩位老人家都在五年前去世了，因爲阪神大地震的關係。」

野瀨眞奈美哦了一聲，大大點頭。

「說到這個，她的確是說老家在神戶那邊。」
「您與新海小姐很熟嗎？」
「我們是同時進公司的，不過部門不同。她只在展示場待了一陣子，就調到別的部門去，不久就辭職了。」
「是嗎。哎，這眞是傷腦筋啊。」雅也故作頭痛狀，「我只記得是義大利製的，看樣子只能放棄了……」
「您要不要先看看型錄呢？雖然當時的東西未必見得都還有，但是也許您看一看，能幫助您回想起來……」野瀨眞奈美說。她大概是在發揮她最大的服務精神吧。
「說的也是。雖然沒什麼把握，但總比什麼都沒做就放棄的好。不過，眞的可以嗎？這樣會不會太麻煩了？」
「我先向上面的人請示一下，不過我想應該沒問題。」說完，她便回到辦公室去。
正如她所說的，上司認爲沒有問題。於是雅也便在客用大廳最靠邊的桌位上，看起所有義大利家俱的型錄。一切都在計畫之中。
展示場的營業時間到下午七點。快七點時，野瀨眞奈美走過來。「您看得怎麼樣？」
「不行啊。」雅也無力地搖頭，「越看越糊塗了。讓我再一次認清自己眞是一點都不了解自己的太太。」
「可以冒昧地請問一下，夫人是因爲生病還是……」

「白血病，明明還很年輕的……」
「這樣啊。」她點點頭。
雅也合上型錄，按了按眼頭，然後看著她。
「謝謝妳，眞是麻煩妳了。要是我聯絡上新海小姐的話，我會再來的。」
「關於這件事，我們也查了一下新海的聯絡方式。她離開我們這裡之後，好像到南青山的精品店上班。」
「南青山的精品店？在這附近嗎？」
「噢，那家店現在已經不在了。所以她後來的去向我們就不了解了。很抱歉沒有幫上忙。」
「有她當時的住址之類的嗎？」
「我想應該有，請您稍等一下。」她先到辦公室之後，拿著一張字條回來了，「可是，她好像已經不住這裡了。」
雅也接過那張字條，上面寫的是幡谷二丁目。
「您知道那家精品店的店名嗎？」雅也問。
「我不敢說完全正確，不過好像是叫『White Night』。」
「White Night……」
「意思是不眠之夜，也有人譯成白夜。」
「白夜……是嗎？」

雅也在寫了新海美冬住址的紙條邊緣，寫下white night。

到「WCD」的下一週，他來到青山。看到精品店便走進去詢問店家知不知道「White Night」這家店。當然沒有一家店給他好臉色看，但是他在第三家店得到了有用的情報。

「是南青山的那家店吧？現在變成義大利餐廳了。」一個三十歲左右的女店員向一起聽雅也詢問的同事徵求同意。

「有那種店喔？」同事歪著頭。

「有呀！那家店賣的東西都很泡沫時代啊！窗戶是彩繪玻璃的……」

聽到這裡，同事好像也想起來了。

「啊啊，妳說那裡喔！原來那家店叫這個名字啊。」

「聽說後來改名了。有一陣子好像在東京開了三家店，我聽說還開店開到大阪去呢！不過後來泡沫經濟破滅，經營變得比預期的來得困難吧，所以就改名想力圖振作，可是後來還是撐不下去，倒了。妳知道嗎？那裡的老闆是個女的，那時候才三十幾歲呢！而且聽說是個大美人。」

那兩名女店員對於「White Night」的了解也僅止於此。她們沒進去過，當然也不會知道在裡面工作的是什麼樣的人。雅也請問了店址，有禮地道了謝，離開了那家店，然後前往那個住址。

那裡的確是家義大利餐廳，完全看不出精品店的影子。

接著，雅也前往幡谷，目的地是「WDC」的野瀨眞奈美所告訴他的、眞正的新海美冬住過的公寓。

那是幢灰色的建築，看起來屋齡有十年了。新海美冬住過的是三〇六號，現在的住戶姓鈴木。但這個人不可能會認識前一個房客，因此他毫不猶豫地按了隔壁姓中野的人家的對講機，立刻便有女人的聲音回應。

雅也謊稱自己是徵信社的調查員，想請教以前住隔壁的新海小姐的事。

門立刻開了。出面的看來是這戶人家的主婦，長髮綁在腦後。

雅也行了一禮，重複剛才說過的話。他感覺得出徵信社這個字眼勾起了對方的好奇。

「新海小姐很久以前就搬家了啊。」女子說。

「這個我知道，我是想能不能請教您她還住在這裡的時候的事情。」

「她還住在這裡的時候……我跟她並沒有很熟。」

「那麼，您知不知道她有沒有熟人或好友呢？好比經常有朋友來玩之類的。」

「我沒有這方面的印象。她沒有給鄰居添過麻煩，是個很有禮貌、很老實的女孩子。」

「在異性方面呢？」雅也稍微壓低了聲音問，「她有沒有男朋友，或是這方面的對象？」

「不知道呢。也許有，不過我沒看過。」

從這位主婦身上似乎問不出什麼消息，雅也放棄，準備道謝離開。結果在他開口之前，她說：

「請問，之前也有人來問過新海小姐的事，跟那個有關嗎？」

「之前……是嗎？」

雅也腦子飛快地轉動，會是誰呢——

「請問是個什麼樣的人？」

「感覺像平常的上班族。啊，對了對了，那個人說新海小姐也遇到震災，後來就行蹤不明，所以他來問我知不知道她的新住址。」

雅也的腦海裡出現一個人名，他把那個名字說出來。

「請問……是不是一個姓曾我的人？」

主婦張開嘴，大大點頭。

「對對對，曾我先生，我記得他就叫這名字。」

「那麼，您知道新海小姐的新住址嗎？」

主婦搖搖頭。

「我不知道，不過我把賀年卡給曾我先生了。新海小姐寄給我的賀年明信片。」

「賀年明信片？」

「她說她搬走後要出國一陣子，不過在那之前，會先借住朋友家。那張賀年卡就是從朋友家寄出的。」

出國——他不知道有這件事。不，主婦的話裡有更重要的訊息。

「您剛剛說的朋友是？」

「她說是要跟她一起出國的人，一個她非常信任的女子，我記得她好像說是她公司的老闆吧。不好意思，我不太記得了。」

「新海小姐當時上班的地方是一家叫『WHITE NIGHT』的精品店，是那裡的老闆嗎？」

但是這位中野太太爲難地搖搖手。

「我不清楚。我只是覺得她好像說過這樣的話，也可能是我記錯了，請不要太當眞。」

雅也想起在青山的精品店打聽到的消息。

妳知道嗎？那裡的老闆是個女的，當時才三十幾歲呢！而且聽說是個大美人……

「那張賀年卡您給了曾我先生，是嗎？請問您手邊還有沒有新海小姐寄來的郵件呢？」

「那是她寄來的最後一封了。」

「那麼，您有沒有留下當時賀年卡上寫的住址或聯絡方式？」

「對不起，沒有欸。」

「那麼，您對於那位女性有沒有什麼印象？」

「那位女性？」

「新海小姐說她很信任的那位女性。任何小事都可以。」

「這件事，她也只有在搬離之前來打招呼的時候提到一下而已。」主婦有些困擾似地摸了摸自己的臉頰，「因爲她們是兩個女人單獨到國外，我對她說一定要特別小心，結果她很開心地說沒問題，因爲跟她一起去的人非常可靠，她一點都不擔心。」

「她還說了什麼嗎？」

「也許有吧，可是都那麼久以前的事了。」主婦搖搖頭之後，補充了一句：「不過我記得她說那是個像郝思嘉一樣的人。」

「郝思嘉？」

「對呀，郝思嘉。我覺得她的比喻很特別，所以還有些印象。」

郝思嘉——《飄》的女主角。

6

穿著灰色運動夾克的男人坐在裡側數來第二個機臺前，看了看他盆裡剩的鋼珠，加藤哼了一聲。八成不到五分鐘就會空了。

那人旁邊的位子是空的，加藤便在那裡坐下，盯著一臉不痛快地打著小鋼珠的男人的側面看。不久男人似乎注意到身旁的視線，停了手轉過頭來，眉頭是皺著的。

「幹麻？我臉上有什麼嗎？」

「你是安浦先生吧。」加藤拿出上衣裡的警察手冊給他看。

安浦達夫的臉色變了，似乎嚥了一口口水。

「我可沒犯法哦。」他的聲音有些變調。

「沒人說你犯法。有點事問你，到外面去吧！反正你今天運氣好像不怎麼好。」

安浦的眼裡浮現怒色，但面對刑警似乎想不出話來反駁，便臭著臉悶不吭聲。

「該收手了吧！你老婆賣命工作，你也該節制一點。」加藤拍拍安浦的肩，「我請你喝一杯。」

安浦的臉出現了笑意。

兩人進入王子車站旁的一家居酒屋，加藤選了最角落的桌位，問安浦要啤酒還是清酒，他選了清酒。

「我想問你福田工業的事。」加藤一邊幫安浦倒酒一邊說。

安浦的臉立刻垮下來，「那個臭老頭幹了什麼好事？」

「那家工廠倒了，福田老闆也很不好過，就差沒上吊了。」

安浦嘿了一聲，嘴角往下撇，「活該！」

「你在那家工廠待了很久吧？」

「快十年。可是那個臭老頭只因爲我受了一點傷就把我開除。」他左手拿起盛了酒的小酒杯，一口氣喝光。右手手背上有一塊醜陋的刺傷傷疤。

加藤又幫他倒酒，「你的手指好像可以動啊。」

「可以啊！是有點麻麻的，不過沒什麼大不了的。」

可是這樣就足以讓一個技工成爲廢人了。——加藤心裡這麼想，沒說出口。

「福田工業都生產些什麼東西？」

「什麼東西？問老闆不就知道了嗎。零件什麼的，很多啊。」

「安浦先生，你覺得我是爲了問你這種廢話，才特地帶你到這裡來的嗎？」加藤再幫他倒酒，「多喝點。你要是肯說，酒也可以多來幾瓶。」

「話是這麼說，可是實際上眞的是做了很多東西，我也只能這樣回答啊。那種工廠的好處，就是什麼工作都接。」

「那麼，你辭職前後那段時間，工廠都在做些什麼？我問得具體一點好了，工廠裡不是會留下很多設計圖嗎？那時候哪種設計圖比較多？把你想得到的告訴我就好，我會全部記下來。」

安浦仍拿著酒杯，一臉訝異地望著加藤。

「問這個幹麻？那家工廠跟什麼案子扯上關係了嗎？」

「這和你無關。」說完，加藤好像突然想到似地補充：「啊，也不算完全無關吧，說不定就是從你身上起的頭。」

「我？」

「你的手是被女人害的吧？」

加藤這麼一說，安浦連忙把右手藏到桌子底下。

「你還記得那個女人的長相嗎？」

「記不得了。當時很暗，我又沒有死盯著她看。」

「見到會認得嗎？」

加藤的問題讓安浦睜圓了眼睛，「見得到？」

加藤不答，從懷裡取出了照片。照片一共六張，其中五張是無關的女子，剩下的一張是偷拍的新海美冬。

「那女人有沒有在這裡面？」

安浦放下酒杯，伸手來拿照片。他睜大了眼睛一張一張細看，拿照片的右手抖個不停。

「怎麼樣？」

「不行，認不出來。」安浦似乎很不甘心，回答道：「因爲那時候她的妝很濃，再說，也過這麼久了。」

「是嗎，那就沒辦法了。」加藤從安浦手上拿回照片。

「等一下，這是怎麼回事？刺我的女人就在那些照片裡嗎？爲什麼你會有那些照片？」

「這我就不能說了，這是調查上的祕密，你就忘了吧。」加藤一語帶過。

「怎麼這樣……」

「不過……」加藤拎起酒瓶，「等案子解決之後我會特別告訴你，只是這就得靠你幫忙了。怎麼了？喝酒啊！」

加藤又往安浦空了的酒杯倒酒。

「只要你把你知道關於福田工業的事情全告訴我就可以了。」

一小時後，加藤直闖福田工業。他粗魯地開了門，擅自走進主屋，福田正躺在被窩上，沒看

到他老婆。

「喂，老闆，起來！」加藤往福田身上一跨，抓住他的領口。

福田眼睛翻白，滿臉通紅，渾身酒臭。

「你竟敢騙我！」

「我、我哪有？」

「少給我裝蒜！你只賣設計圖給他？不是吧！工廠也讓他用了吧！」

福田的臉色變了，嘴巴一張一合，卻發出不聲音。

「我說，你讓水原用了機器，是不是！不，八成不止這樣，連材料都給他了吧？竟然騙我說機器全部被停用！」

「不是的，你來的時候是眞的被停了。」

「水原來的時候呢？」

福田尷尬地別過頭，加藤拍他的臉頰。

「給我說清楚，你讓他用了機器，是不是？」

「一、一下子而已……」

「多久？一小時？兩小時？」

「呃……」

「我在問你讓他用了多久！說啊！」

「三、三天吧。」

「混蛋！」加藤把福田一把推開。

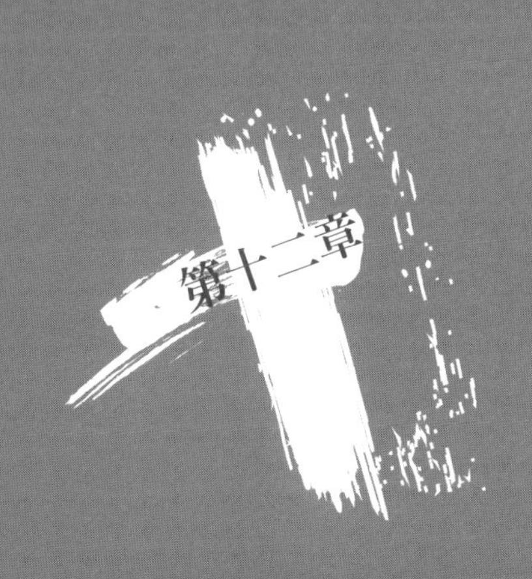

第十二章

1

敲門聲響起。正在書桌前看文件的隆治摘下眼鏡抬起頭，聽到那拖著拖鞋走路的腳步聲，便知敲門的人一定是幫傭的西部春子。她工作做得不錯，美中不足的就是有些粗魯。

「請進。」

隆治一回答，門便打開，果然如他所料，春子的圓臉探了進來。

「夫人回來了。」她看著一家之主回答。春子說話很快，有時用詞也不太文雅。

「在樓下嗎？」

「是的，在起居室。」

「我知道了。」隆治從椅子站起身，但發現春子似乎還想說什麼，便停下來問：「有什麼不對嗎？」

「啊，沒有，沒什麼……」春子搖搖頭。

「對了，還有，西部女士，明天只要到傍晚就可以了。這一個月來辛苦妳了。」

春子說聲我知道了，將臉縮了回去，用力關上門。那聲響讓隆治皺起眉頭。

來到一樓，美冬正站在起居室的側邊望著庭院，一身白色套裝還沒換下來，及肩的頭髮髮色似乎變淡了些。隆治心想，連頭髮也順便染了嗎。

可能是察覺有人，在隆治開口之前美冬便轉過身來，而這一瞬間，隆治把到了嘴邊的話吞回去。

美冬的臉小了一圈。當然，這應該是錯覺，其實是臉上各部分產生了微妙的變化，改變了整體的印象。

「如何？」美冬衝著他笑，「有沒有變漂亮一點？」

隆治搔了搔眉毛上方，一邊朝妻子走去，心裡思索著該說的話。

這時背後有人出聲了。

「那麼我就先告辭了。」

一回頭，正準備下班的西部春子站在起居室入口。

「噢，辛苦了。」隆治說，聲音有些沙啞。

隆治聽著春子離去的腳步聲，心裡猜想她剛才欲言又止想說的是什麼。她大概也對美冬的變化感到困惑吧。

他再度面向美冬。

「不錯啊。」但他卻不敢看妻子的眼睛，「我覺得很好啊，妳不滿意嗎？」

「我很滿意！」妻子那人工做出的臉點了點頭，雙手撫頰，「我就是想做成這樣。」

「妳滿意就好。」隆治別過臉，在沙發坐下。

美冬脫掉外衣，來到他身邊。他從茶几拿起香菸，用打火機點著。

「爲什麼？」

「什麼爲什麼？」

「你爲什麼不更仔細看我的臉？哪裡不滿意嗎？」

「也不是不滿意啦。」
「也不是不滿意……是嗎，我就知道你不高興。」
「我不是不高興……」他手指仍夾著菸，輕輕搖了搖手，「只是不明白而已。」
他覺得她嘆了一口氣，「又說這個？」
「我不是要老調重彈。只是，該怎麼說，我只是老實說出感想而已。」
「這樣不叫老調重彈？」
「我啊，覺得先前的妳就非常美了。我說的是第一次見到妳的時候。不只我，大家都這麼想。可是妳到底哪裡不滿意？」
「你討厭我現在的臉？」
「我不是這個意思。」
「拜託，看看我。」美冬把手放到隆治膝上。
隆治面向她，視線與她投射出來的目光交會。那雙微微上揚的大眼睛正注視著丈夫的臉，那是一雙能夠把人的心整個吸進去的眼睛，這一點和之前一樣沒變，但鼻梁的角度更加完美，下巴也變尖了，找不到一絲小細紋的肌膚卻失去了眞實感。
簡直跟人偶一樣。——隆治心想，也像電腦繪圖畫出來的臉，充滿了人工的感覺。
「怎麼樣？」她問：「你討厭這張臉？」
隆治移開視線。菸灰變長了，他連忙把菸灰彈進菸灰缸。
「我眞不懂，像妳這麼美的女人，怎麼會想在臉上動刀？而且還在這種節骨眼離家一個月。」

「給你添麻煩，我道歉，可是我應該沒有影響工作才對。我全安排好了，住院期間也一直以電話和郵件聯絡，不是嗎？」

「我不是指這些。我是說，我不明白妳的心情。」

「想變美、想要青春永駐，是所有女性共同的夢想呀！我們的工作就是建立在這樣的夢想上，不是嗎？」

「妳本來就夠美、夠年輕了，還有什麼不滿？至少我很滿意，一點怨言也沒有。」

「謝謝。」美冬盈盈一笑，但就連這樣的表情，在隆治看來也像是電腦畫面顯示出來的。她頂著這張臉繼續說：「可是呀，自卑本來就只有自己才會明白，別人是不懂的。這件事，在這次手術前我也說過了。」

「要挑剔是永遠挑剔不完的。要是過了幾年，妳臉上又出現小細紋呢？還是要去動手術？」

「不知道，到時候才曉得。」

隆治往菸灰缸裡按熄香菸，搖了搖頭。她的手朝他的頸項伸過來。

「喏，看著我。」她把丈夫的臉轉向自己，「覺得我變年輕了吧？醫院那邊也說我看起來像二十幾歲呢！自己的妻子越來越年輕，你不高興嗎？」

我要的不是這種人偶臉的妻子。——他很想這麼說，但這種話他當然說不出口，只是把她的手從自己的脖子上拉開。

「妳一定累了吧！去換衣服吧。」

「也好。可能是穿著套裝的關係，換回居家服的話，也許你就不會這麼說了。——總之，我回來了。」

美冬抱緊隆治的脖子，在他的臉頰上一吻，然後帶著妖豔的笑容鬆開手，從沙發站起來，轉身翩然離開起居室。

「啊……。歡迎妳回來。」

隆治伸手摸了摸她的嘴唇觸碰過的地方，覺得只有那裡帶著熱度。這讓他稍微放心了一點。那兩片嘴唇是有溫度的，是流著血的，不是塑膠做出來的。

他從矮櫃裡取出白蘭地酒瓶和玻璃杯開始喝酒。好不容易見到心愛的妻子，卻一點都不開心。

這不是美冬第一次接受整型手術。第一次是在結婚之後不久，她說她很在意眼睛下方的小細紋，想去弄掉。他認爲那根本不到該在意的程度，但既然不是大手術，似乎也沒有危險性，便成全了她的希望。不過這件事隆治沒有告訴任何人，其他人完全沒發現美冬手術後的變化。那本來就是個化了妝就看不見的小細紋，而且美人更加追求完美，也沒人感到不自然。

然而，過了不久，她又有新的要求。這次說想改善臉頰的鬆弛。在隆治眼裡，她的臉頰看起來一點都不鬆弛，但本人似乎非常介意。他反對說沒有那個必要，結果她卻擅自去動了手術。此後，她便經常去動美容整型手術，每次都是很快就結束的小手術，隆治甚至不知道她動的是哪個部位。其中有些很簡單，只要定期注射即可，隆治也就慢慢地不怎麼放心上。

但是這次的情況有些不同。她說她要到美國一個月，聽了她的理由，他大吃一驚，她竟然說要將臉全面整型。

「你不覺得我的臉很奇怪嗎？」那時美冬迎面望著丈夫說：「左右的比例怪怪的。眼睛不對稱，鼻子有點歪，嘴唇的位置也有點偏掉了。我的輪廓根本就是不對稱的。」

他說每個人的臉本來就不是左右對稱的，她聽了大大地搖頭。

「你沒看過嬰兒的臉嗎？嬰兒都是左右對稱的。可是隨著成長，生活習慣和老化的影響，慢慢就會偏掉了。」

對於丈夫「既然如此也只好認命」的意見，她充耳不聞。

「每次照鏡子就覺得討厭。明明有辦法可以讓自己完美卻不去做，這教人如何能忍受？就算你不准，我還是要去美國。」

美冬的決心十分堅定，無論隆治怎麼說，仍不見絲毫動搖，她對於自己不在期間的公事方面也做了萬全的考慮，並向他保證絕不會對「華屋」的全新改裝開幕造成任何影響。

「因爲這寶貴的機會是你給我的呀！我之前在『BLUE SNOW』做的事，這次可以搬上『華屋』這個舞臺，我絕不會白白浪費這個機會的。」她握著隆治的手說。

的確很難想像她在工作上會有所怠忽。雖然她是說「你給我的機會」，但這次的全新改裝本來就是她的提案。

隆治曾問過她，爲何要在這個時候動手術。

「越早越好呀！到了明年就會比現在更忙了。而且，在事業方面我也有些想法。」

那就是成立美容整型部門。透過重新改裝，「華屋」將之前「BLUE SNOW」所經手的美

容、健康事業也納入營業範圍；美冬更進一步考慮與醫院合作，提供整型服務。

「法律方面有很多問題，但不是沒有門路可走。不久之後，無論什麼樣的女人——不，男人也一樣，人人都想藉由手術得到美貌的時代就要來臨了。這一定會成功的，這就是通往美的黑盒子的完成形。」

所以我要親身示範。——美冬以充滿自信的口吻說。

隆治問她，既然這樣，爲何她不更積極地在人前露面？美冬幾乎不出席任何公開場合，就連「華屋」主辦的派對她也從未參加過，甚至今年跨年夜預定舉行慶祝千禧年的派對，她會不會參加也還是未知數。

「我說過好幾次了，我很怕那種場面。再說，你才是『華屋』的代表。我從結婚那時候就打算專心做幕後了。雖說要打造通往美的黑盒子，但我不想當代言人，我只是想盡我的職責親身示範罷了。」

結果是，美冬前往美國，而今晚她回來了。

隆治開始認爲自己可能娶了一個非比尋常的女人爲妻。她不僅擁有卓越的才能，體內更潛藏著一種堪稱爲魔性的性格，他甚至認爲那性格操控了她的一切。若是沒留意到那種魔性而企圖接近她，當下便會成爲她的俘虜。

腳步聲響起，起居室的門悄悄打開，美冬走進來，她換上了淡紫色的絲質睡袍。

「久等了。」她的手伸往牆上的開關，照明變暗了。她的肉體在微暗之中浮現。

「妳這是幹麻？」隆治問。

她臉上帶著笑容，緩緩接近他，看得出睡袍之下她的腳正魅惑地移動著。不久，她停下腳步。

「醫院的人說我的身體不需要動任何地方，還像二十幾歲一樣美。」

美冬敞開了睡袍，雪白的裸體呈現在隆治眼前。他倒抽一口氣，手上的玻璃杯傾斜，白蘭地潑了出來。

美冬脫掉睡袍，挨近隆治。他抱住她的身體，緊接著兩人的嘴唇交纏。他放下白蘭地杯，雙手環住她的腰，撫弄她的背。

隆治有種思考逐漸停止的感覺。和這個女人在一起總是這樣，總是變得無法思考。明知被操縱了，但那種認知卻漸漸化爲快感。

腦海漸漸變成一片空白。即使如此，他心裡還是產生了一個疑問。美冬在婚後變了，透過手術，她變得更加年輕貌美。

然而，是婚後才這樣嗎？

在遇見自己之前，她未曾試圖實現這個慾望嗎……

2

下計程車時，加藤腋下都出汗了。冷風颼個不停，他卻把大衣拿在手上，走向深川署。

等著他的，是生活安全課一名叫富岡的警察，和他是警察學校的同學。

在會客室裡現身的富岡似乎比以前更胖了。加藤一這麼說，他便上下打量著加藤。

「你呢?怎麼憔悴成這個樣子?你也會有勞心的時候啊?」富岡的嘴巴還是一樣壞。

加藤擠出笑容,進入正題。

「聽說你查扣了自製手槍。」

富岡正要點菸的手停了下來。

「你消息真靈通,前天才逮到的。」

「我從槍械管理課那裡聽來的。是什麼樣的傢伙?」

「再普通也不過的槍械迷,和哪個黑道都沒關係。他在門前仲町的馬路上向一群不良少年獻寶耍威風,被當地商店老闆看到。我們接到通報去查那傢伙的房間,就查出自製手槍了。」

「那傢伙在拘留所裡嗎?」

「是啊。看來應該還有不少其他罪狀,我準備慢慢一條一條問出來。」

「其他罪狀?」

「他好像和一些槍械迷同好有過不少交易,說是透過網路搞的。這年頭壞蛋精通電腦,我們當警察的反而一竅不通。越來越不好混了。」

「那傢伙也是透過地下網路弄到科特手槍的?」

聽到加藤的問題,富岡的臉色一沉,放下翹著的腳,上半身探了過來,「你在搞什麼?」

「有件案子,就我一個人在查。這傢伙可能牽連在裡面,可以讓我見見他嗎?」

富岡表情沉了下來。

「你做什麼傻事啊!自己獨力亂搞,就算立了什麼功勞也跟升官沾不上邊,這你總不會不知道吧！」

「哎，拜託啦！」加藤低下頭，「幫個忙吧！」

富岡把手掌貼上額頭，順勢搔了搔頭，「你要怎麼回報我？」

「要是我這邊有了眉目，第一個就把情報轉給你，如何？」

富岡沉思了一會兒，好不容易才嘖了一聲。

「可別忘了要回報我啊！要是隨便拿個派不上用場的伴手禮來充數，我可不饒你。」

「欠你一次。」加藤說。

富岡安排了一間偵訊室，條件是他也要同席。

在偵訊室等候時，加藤心裡反芻著他與福田工業前技工安浦之間的對話。

「當時最常做的就是空氣槍了，空氣槍的零件。本來零件都是塑膠製的，不過那種小朋友的玩意兒，那些槍械迷當然不會要，所以才有人販賣金屬製的，槍械迷買了再自己換上去。聽說全部零件換過以後，看起來就跟眞的一模一樣。還有，我們也做模型槍，不過數量比空氣槍少就是了。」安浦說。

「什麼樣的模型槍？」

「我也不是很清楚，好像叫什麼『科特』的。」

「是一般的模型槍嗎？沒有像空氣槍那樣爲了槍械迷做一些改裝？」

被加藤點明，安浦垂下視線，接著緩緩抬起頭來悄聲問：

「要是我幫忙，你眞的會告訴我那女人是誰嗎？刺傷我的手的那個女人？」

「我不會騙你的。把你知道的都說出來吧。」

於是安浦很快掃視了一下四周，說出一件令人意外的事。

他說，福田工業販賣自製手槍。

「當然是老闆自己搞的鬼。他跟我們說是模型槍，要我們做眞正的槍的零件，然後再把這些賣出去。不過我不知道買的人是槍械迷還是比較危險的那群人。我想應該滿好賺的。」

「你怎麼知道？他不是跟你們說那是模型槍的零件嗎？」

安浦哼地一聲笑了。

「是不是玩具當然分得出來啊！不過，另外兩個可能不知道吧，因爲最重要的零件都是我一個人做的，加班做的。模型槍又沒有要射子彈，槍管要膛線幹麻？而且要求的精確度還高得不得了，我一下子就想到了。可是總覺得很恐怖，就沒告訴任何人了。」

「既然你想到了，那麼接替你的工作的水原可能也想到了吧。」

聽加藤這麼問，安浦嘴角向下撇，點了點頭。

「是啊，他可能也知道了。不過，前提是在我辭掉之後那個老闆還繼續賣自製手槍的話。」

加藤確定了。水原從福田工業帶走的設計圖，就是自製手槍的設計圖。

自從與安浦碰面之後，加藤便開始注意生活安全課和槍械管理課的動靜，因爲自製手槍的相關情報都來自這兩個部門。

而今天，他聽說深川署扣押了自製手槍，槍枝是仿科特點三八口徑，作工精良，經槍械管理課試射的結果，確定足以做爲實際槍械使用。這把槍不是改造模型槍，全部的零件都是手工打造的，鑑識課認為應該出自對工具機相當熟練的人之手。

門開了，富岡走進來。

他帶來的男人叫日下部，年齡二十五歲，臉色很差，眼睛凹陷。

「請你解釋一下那把槍是怎麼來的。」

加藤才說完，日下部就一臉厭煩。

「又來了，我都已經說過好幾次了。」

「叫你說幾次就說幾次。」富岡從旁說道：「這位可是本廳的刑警，跟我們不一樣，很不好惹的，要是惹火了他，你就有苦頭吃了。」

加藤朝富岡看了一眼，只見他露出奸笑。

日下部嘆了口氣，然後舔舔嘴唇說道：

「是他自己連過來我做的槍械迷網站的。」

「他發電子郵件給你嗎？」

「對。他說他有自製手槍，要我幫忙介紹能和他交換子彈的人。」

「那你怎麼回的？」

「我覺得很可疑，所以我就回說，我不經手子彈，可是對他的自製手槍有興趣，如果可以的話，希望他告訴我那是什麼樣的東西。」

「結果？」

「他回信了，還用附加檔案寄了槍的照片。看了之後，我覺得應該可以相信他。」

「然後你就答應和他交易？」

「我沒說我答應。我回信說，先見個面詳談。他要是能帶槍過來，屆時當場我也會有一些相對的回應。」

在信裡日下部自始至終都沒表明自己手上有子彈。加藤心想，這傢伙在這方面如此慎重，卻大剌剌地向不良少年炫耀，眞是少根筋。

「對方叫什麼名字？」加藤問。

「杉並。杉並區的杉並。不過我想一定是假名。」

加藤也認爲多半如此。

「你是怎麼拿到子彈的？」

「也是靠網路啊。刑警先生也知道吧？現在網路上什麼都買得到。在地下網路的世界裡，連專門賣子彈的業者都有。」

富岡拍桌子，「你還不把那些賣的人招出來！」

日下部皺著眉搖頭。

「我不知道他們是誰啊！我只是照指示把錢匯過去，他們就把東西寄來了。」

「你總不能把錢匯給一個無名氏吧！」

「當然他們也是有個像公司的名字，可是我早就忘了。那種地方一天到晚在換名字，電子郵件也變來變去，你問我，我不知道就是不知道啊！」

「聽你在放狗屁！」

「是眞的啊！」日下部焦躁地抓抓頭，別開了臉。

加藤聽出富岡所說的其他罪狀大概就是指這些了。的確，就富岡他們來說，這一點是絕對不能放過的，但這對現在的加藤而言無關緊要。

「那，你和他是在哪裡交易的？」加藤把話題拉回來。

「大概十天前，在永代橋旁……」

「對方有多少人？」

「一個。就我看到的，四下好像沒有同夥。」

「你們當場就交換東西嗎？」

「我先跟他說，我想看一下貨，他馬上就拿出來了。東西品質比我想像的還要好，老實說，我有點嚇到。」

「然後你就把子彈給他了？」

日下部點點頭。

「沒有說別的？」

「沒有。他好像不喜歡別人問槍的事，所以我們很快就分道揚鑣了。」

「對方是什麼樣的人？你總記得他的身高、體型、長相吧。」

「個子很高，可能有一百八吧，可是長相我就沒看清楚了。」

「年齡呢？」

「比我大。大概超過三十吧？不過，我也不太有把握。」

「有沒有什麼特徵?哪方面的都可以，像服裝啊，說話的習慣都可以。」

「我只記得他的衣服是深色的，因爲我們約好彼此穿黑色的衣服當標記。」

「其他呢?」

「其他……」日下部陷入沉思。

結果旁邊的富岡開口了，「講話帶關西腔啊，你之前不是這樣講的嗎!」

「關西腔?」加藤看了看富岡，然後把視線放回日下部身上，「是嗎?」

「呃，那只是我覺得而已。我也不知道關西腔是怎樣，搞不好是其他的方言也說不定。反正他的語調怪怪的，不過只有一點點而已啦。」

加藤向富岡點點頭。

把日下部送回拘留所之後，加藤問富岡：

「查過那傢伙的電腦了吧?」

「當然，查出不少東西，不過沒查到那個自製手槍的男子。」

「看來，日下部不像在說謊。」

「我也這麼認爲，所以現在正針對交貨的永代橋附近進行偵查，只是目前爲止還沒有收穫。」說到這裡，富岡放低音量問：「跟你查的那個案子有關嗎?」

「光是這些，還沒辦法確定。」

「眞的嗎?你該不會是要我吧?」

加藤看著富岡苦笑，「我才不做這種事。」

「是什麼案子？至少給點提示吧。」

「很快你就知道了。如果能幫上我這邊的忙，我第一個就告訴你。我保證。」

「你可別騙人啊。」

「你很煩吶。」

離開深川署，加藤攔了計程車。

沒錯，那一定是水原——

3

入境出口陸續出現旅客，每張臉都泛著疲勞之色，但表情卻顯得明朗。旅客很快便找出前來迎接的人們，處處是相見歡的場面。

茂樹比其他乘客晚了幾分鐘才出現，他的滿頭白髮是賴江尋人的標記。她想抓住丈夫的視線，但茂樹卻遲遲沒注意到妻子。他肩上背著一個小包包，有些神不守舍地走著。

茂樹身旁有一個三十來歲的青年，他叫草野，是茂樹的助理。發現賴江的是草野，他以笑容點頭示意後告知茂樹。

茂樹看到她，表情沒什麼變化，只是扶了扶金邊眼鏡。

兩人緩緩朝賴江走來。

「歡迎回來。一定累了吧！」她首先對丈夫說，然後看了看草野。

「氣流很不穩。」茂樹冒出一句。

「氣流？」
「接近日本的時候，有些搖晃。」草野解釋。
「那就是那種機型最大的缺點。性能倒是不差，但控制系統有問題。」
出國許久，回來一見到妻子開口就是談飛機。——賴江以既驚訝又失望的心情望著丈夫。沒有怒氣，因爲幾十年前他就是這副德性了。
「要馬上回家嗎？還是去哪裡喝點東西？」賴江看看兩人。
「我都可以……」
「趕快回家吧！」茂樹冷冷地說：「在這種地方喝難喝的咖啡有什麼意思。」
「那麼，我叫車了。」賴江取出手機，聯絡在停車場待命的接機禮車。
草野說要自行搭電車，和他道別後，賴江和丈夫來到乘車處，黑色禮車正好駛進來。
「搭機場巴士就可以了啊。」車子開動時，茂樹低聲說。
「這是隆治準備的，說是爲不能來接機表示一點心意。」
茂樹呼地吁了一口氣，微微聳肩。
「我又不是値得『華屋』社長特地前來迎接的人物。」
「說這什麼話……，他一直很期待能見到你呢。」
「這種場面話，聽聽就好。」
「我弟說跨年那天晚上要開派對，問姊夫去不去。」
「派對？」

「聽說是『華屋』的派對，好像要包船呢。」

「海上派對啊。他還眞喜歡幹這種鋪張的事。」

「要去嗎？」

「我不去。如果面子上說不過去，妳去就好。」茂樹望著前方，不假思索地回答，話裡甚至帶著我怎麼可能會去的意味。

賴江早就料到他八成會這麼回答，並不感到驚訝，也沒問他理由。

茂樹是天生的學者，本來就不喜歡生意方面的事，因此和以賺錢爲人生意義的小舅子一向合不來。當然，見了面該有的應酬還是會顧到，但妻子賴江也知道他對自己的弟弟並非傾心相交。

「西雅圖寄的東西到了嗎？」茂樹問。

「兩天前就送到了。東西好多，嚇了我一跳。」

「是嗎，已經先處理掉不少了。」

「資料類的我放進書房了。」

茂樹嗯了一聲，點點頭，「得幫草野安排一下。」

「你不是要拉他進大學嗎？」

「我是這樣打算，可是現在還不確定。我和院長通過電話，現在助理好像太多了，因爲工作難找，聽說很多學生都留在大學裡。」

「草野先生沒辦法找個企業就職嗎？」

「要是航空業界有發展，我們也不會這樣跑回來了。也罷，草野的事我來想辦法。」茂樹大

大地嘆了一口氣，「大學啊。又得回那裡去了，眞是無奈啊。」

賴江心想，他果然是很沮喪。即使像現在這樣坐在他身邊，也感覺不出他從前的英氣。幾年前到機場送行時，他簡直活力四射，大發豪語，說要將往後的人生都投注在開發搭載新型噴射引擎的新世代巨無霸客機上。

他是兩星期前打越洋電話回來的，說他臨時決定回國。賴江還以爲一個只知道研究的人也會想在自己的國家迎接千禧年，但並非如此，是研究告終了。

詳情賴江並不清楚，但顯然與航空產業低迷有關，她經常聽到美國客機數目過多的消息。

回到位於品川的自家附近，一路上茂樹幾乎不發一語。賴江忖度他內心的沮喪，不禁憂鬱起來，她已經可以預見本來就沉默寡言的丈夫，明天起將會讓空氣更加沉重。她心想，這個年可不好過了。

「先洗個澡吧？」她對丈夫說。

「是啊。洗完澡再小睡一下。」茂樹轉動脖子，像要鬆開僵硬的肩頸。

禮車減緩了速度，家就在眼前了。就在這時候，賴江看見有個男人站在家門前，霎時心臟猛跳。

那是水原雅也。他穿著灰色的大衣，抬頭望著她家出神。

車子駛近，雅也往路邊靠，他還沒發現賴江人在車裡。

車停了。賴江很猶豫。現在下車，雅也也許會過來叫她，她當下開始思考該如何向丈夫解釋他們的關係。

先行下車的司機爲他們開了門，她不能不下車。賴江朝雅也看，兩人視線相接。下一秒鐘，雅也已經轉身走開，似乎是在認出賴江的同時，也看出她不是單獨一人。她以獲救的心情下車，雅也的背影已經消失在轉角。

茂樹洗過澡後，喝了一瓶啤酒便在床上躺平了。畢竟累了吧，他很快就發出鼾聲。

賴江無心做任何事，明知應該著手準備晚餐，卻滿腦子都是雅也。他究竟是來做什麼的？是不是有什麼事呢？

她想打電話給雅也，卻沒這麼做。他突然消失那陣子，她打過好幾次卻打不通，她不想再嘗到當時那種失落感。

她以爲自己已將雅也遺忘，然而見到那張暌違許久的臉，本應已風化的感情再度甦醒，讓想見他的心情更甚於前。

正當她不得不著手準備晚餐而起身時，發現自己的手機響了，鈴聲從放在起居室沙發上的皮包裡傳來。

賴江連忙打開皮包。手機沒有顯示來電號碼，即使如此，她仍毫不猶豫地按下通話鍵，說「喂」的時候聲音都變調了。

「現在方便說話嗎？」

好懷念的聲音，她無法忘懷的聲音。賴江頓時感到胸口發熱。

她回答方便。

「剛才很抱歉，我沒想到妳會那樣回來。」

「沒關係。不過到底是怎麼了？」

「沒什麼事情，只是一時興起。我不會再到妳家去了，請不必擔心。我只是想跟妳說這個。」

「等一下！我問的不是這個。」因爲太心焦，她的聲音大了些。她朝起居室的門看了一眼，壓低聲音說：「你現在人在哪裡？」

雅也不作聲，賴江心裡很急，深怕他掛電話。

「喏，拜託你告訴我。」她說：「你在哪裡？」

電話裡傳來嘆氣的聲音。接著，雅也喃喃自語似地說：「澀谷。」

「澀谷嗎？好，我現在過去。你在澀谷哪裡？」

「還是別出來吧，妳先生不是在嗎？」

「他睡著了，暫時不會醒，不用擔心。」

「可是……」

「回答我，你在澀谷哪裡？」

雅也又不發一語，賴江拿著電話的手心都汗濕了。

「好吧，我過去品川，這樣比較不會造成妳的負擔。」

「是不會有負擔啦……」

雅也指定車站旁一家飯店的大廳，賴江記下之後掛了電話。

賴江內心激動不已。她偷看了一下寢室，確定丈夫睡得正熟，便開始準備。動作要快，但是臉上的妝卻不想隨便敷衍了事，衣服也是經過精心挑選。

她在家門口攔了計程車，已經超過約定的時間了，司機過於細心的開車方式讓她心急如焚。

她匆匆走入飯店大廳。可能是傍晚的關係，客人很多，即使如此，不到十秒她便找到雅也了。他正坐在靠裡側的桌位抽菸，仍是剛才那一身打扮。她調勻呼吸，深呼吸一口氣才向他走去。她不希望雅也看到她狼狽的模樣。

「你好像又瘦了。」說著，她往雅也對面坐下。服務生上前來，她點了奶茶。

「妳先生回國了啊。」雅也望著她的眼睛。

「是啊，今天回來的，所以剛剛去成田機場接機。」

「是嗎。」他喝了一口咖啡。

「先別管這些了，你沒有話要跟我說嗎？」

聽她這麼一說，雅也笑出來，「跟妳解釋我爲什麼找不到人嗎？」

「我想你一定是有原因的，可是一聲不響地消失，未免有點……」

「卑鄙，是嗎？」

「你不這麼覺得嗎？」賴江偏起了頭。

雅也伸手去拿香菸。

「有一些私人原因，和妳無關。我沒有給妳添麻煩的意思。」

「問題不在這裡吧！」

奶茶送來了，對話被迫中斷。雅也繼續抽菸。

「如果想和我了斷，告訴我就好了。還是你覺得我會糾纏不清？」

「對不起。」雅也小小地行了一禮，「我消失是爲了別的緣故，當時沒來得及通知妳，不過我至少應該打一通電話給妳才對。」

賴江本想伸手拿茶杯，又縮手了，因爲她發現自己的指尖在顫抖。

「那，你找我有什麼事？」

「我在電話裡也說了啊，沒什麼，只是一時興起。」

「因爲一時興起，所以消聲匿跡的人又出現了？」

雅也只是一樣曖昧不明的笑容，似乎在說「妳不肯相信也無所謂」。

「既然妳先生回來了，那麼年底過年這段時間是有計畫了？」

「沒有啊。」

賴江心想，難不成他想約自己出去嗎？現在這麼做只是平添困擾，但她仍開始考慮要對茂樹編什麼藉口。

「所有人都鬧哄哄地要過千禧年，我還以爲妳也會爲了『華屋』出席很多場合。」

「我和『華屋』沒有直接關係，弟弟他們倒是很忙的樣子。」

「有什麼特別的活動？」

「跨年夜要開船上派對，說是要在海上迎接西元二〇〇〇年。」

「船上派對？」她覺得雅也的眼睛好像亮起來了，「地點在哪裡？」

「東京灣呀！好像是要從日之出棧橋出發吧。你怎麼會問這個？」

「只是有點好奇妳要在哪裡迎接新年而已。是嗎，在海上啊。」

「還不知道要不要去呢，也許會有別的計畫。」賴江抬眼看雅也，焦急地等著他說出邀約的話語。

然而他卻伸手進大衣口袋，取出一張千圓鈔放到桌上。

「能見到妳眞好。祝妳幸福。」說完便站起身。

「等等……」

「願妳有個美好的二〇〇〇年。」

雅也朝出口走去。

4

加藤停下腳步。老地方。叼起菸點了火，吐著煙抬頭望向馬路對面的「華屋」。自從拜訪深川署那天以來，只要一有時間他就這麼做，但依舊毫無進展。水原雅也什麼時候會出現，他完全沒頭緒。

水原恐怕打造了另一支槍，所以才需要子彈。毫無疑問，他想要新海美冬的命。

看看表，時間是晚間七點多。「華屋」的大門已經關閉了，平常這時候應該還在營業，但今年的大年夜比平常提早一小時打烊。加藤三天前就得知這個消息了，原因是千禧蟲危機。因爲誰也無法預測電腦錯亂會以何種形式發生、會有多嚴重，因此提早結束營業才是上策。銀行等機構今年也早早收工，首相甚至呼籲民眾確保三天份的糧食飲水，也難怪各行各業戰戰兢兢，嚴陣以

待。

加藤他們警方今天也提早下班。話雖如此，上面也千交代萬交代，萬一出了什麼事得隨時出動。

分明是迎接千禧年的除夕日，街上卻冷冷清清，想必是民眾對千禧蟲危機人人自危，據說這個年假，連出國旅遊的人都減少了，街頭巷尾充滿了明哲保身的氣氛，最安全的莫過於安安分分地待在家裡。

加藤推測也許從今天起的兩、三天內，水原也會按兵不動，因爲他的目標美冬可能不會離開家門。所以水原最快也是等到「華屋」開工那天才會採取行動吧，問題在於，他所窺伺著的是什麼樣的時機？

關於水原的事，加藤對上司隻字未提。再怎麼想，他都不認爲上司會把這當一回事。一個私製槍械的男人想要取「華屋」社長夫人的命，而這個人涉嫌與社長夫人共謀殺害一個名叫曾我孝道的男人，而且夫人還可能是冒新海美冬之名的另一個人。──那些冥頑不靈、凡事只求自保的官僚不可能會相信的。不，連會不會把話聽完都是問題。他們會將此視爲推論與幻想堆積而成的假設一笑置之，而加藤的下場就是由於單獨行動而遭到處分。

更何況加藤本來就不打算假他人之手來處理整件事，他早就決定要親手追拿那個女人。

加藤認爲，痛擊新海美冬要害的機會確實出現了，機會只有唯一一次，就是水原要置她於死地的那一刻。只要能當場逮捕水原，新海美冬一定也無法裝傻到底。

正當加藤把菸抽完的時候，一名穿著白大衣的女子出現在「華屋」大樓旁。加藤記得那名女子，她是失蹤的曾我孝道的妻子——恭子。
前幾天，加藤又上「華屋」問她水原來過的事時，得到了另一則情報。她一直隱瞞著這件事。
那便是曾我孝道聯絡上新海美冬的經過。
曾我前往美冬從前租過的公寓，從鄰居處取得一張賀年卡，上面記載了她暫時投靠的朋友的住址與電話。
曾我撥了那個號碼，電話似乎經過轉接，而且接通了。曾我向接電話的對方表明自己的身分與尋找新海美冬的目的。
於是當天他便與對方見面了。回家之後，曾我對恭子這麼說：
「眞是完全意料之外，一碰面才知道我們之前也見過，原來她是美冬小姐先前工作那家店的老闆，而且她變得好年輕啊，連五官都不一樣了。要不是她來認我，我大概也認不出來。」
恭子之所以沒提這件事，一方面是認爲與丈夫的失蹤無關，再者也是受美冬之託。
「美冬說，那是以前照顧過她的人，她不想給人家添麻煩，所以我才沒說出來。不過現在看來調查幾乎都停擺了，我想還是向刑警先生報備一聲。」
聽到這件事時，加藤全身的汗毛都豎起來了。他想，他找到曾我被殺的眞正動機了。
對冒牌新海美冬而言，持有過去照片的曾我確實是個麻煩，但是要蒙混過去很容易，只要說女大十八變就可以了。問題出在曾我之前就見過這個冒牌貨，這才是美冬最大的困擾。
加藤穿過斑馬線。恭子正沿著中央路走，不像在趕時間的樣子，卻不時低頭看表。

她在咖啡店前停了下來，加藤趁機追上，從背後叫了聲「曾我太太」。他覺得自己已經盡可能把語調放軟了，但恭子仍是一臉心驚的模樣轉過頭來，一看到是加藤，她顯得有些訝異，不禁張開了嘴。

「要回家嗎？」他笑著問。

「是啊。請問……您怎麼會在這裡……」

「請別擔心，我並不是在跟蹤妳，只是剛好看到，就過來打聲招呼而已。」

她哦了一聲，表情柔和了幾分。

「今年打烊好像比較早啊。」

「是的，因爲千禧蟲危機，聽說公司的系統必須進行監看作業之類的……，我也不太清楚。」

「你們店門口寫著從元月三日才開始營業啊。」

「三號上午十點開工。只是我聽說如果千禧蟲危機造成了什麼影響，也有可能會臨時變更。」

「這麼說，開工當天『華屋』以社長爲首的所有高層會全員集合了？」加藤若無其事地接近核心，他認爲新海美冬應該也在其中。

曾我恭子點點頭，「我想應該是的。」

「像這樣的日子，你們公司會有什麼特別的活動嗎？好比說所有高層一起舉行開工儀式之類的。」

不知道呢。——她苦笑著偏了偏頭，「以前都沒有過。」

「不過這可是千禧年啊。」

「說的也是，或許會舉辦些什麼也不一定。」

「妳們沒聽說是否會有活動嗎？」

「是啊，店裡只是要我們三號當天回來上班。」

「這樣啊。」

加藤原本認爲，如果「華屋」每年開工都會舉辦例行活動，水原雅也可能會挑在那時候伺機而動，但既然恭子這麼說，可能性就很低了。

恭子的視線望向加藤背後，同時臉上出現尷尬的神色。加藤一回頭，一名穿著駝色大衣、年約四十的男子正朝他們走近。是加藤沒見過的人。

男子以狐疑的眼光看著加藤，接著視線移向恭子。那是在問「這傢伙是誰？」的眼神。

「呃，這位是警方的人。」恭子對男子說，語氣聽起來有幾分像在辯解。

「警方？」

「是調查我先生的案子的刑警先生……」

聽到她的說明，男子露出理解的神色點了點頭。

「有什麼進展嗎？」男子問加藤。

「不，並不算是進展。」加藤回答後，看向恭子。

「這位是我公司的課長。」她的聲音有些拘謹。

「敝姓森野。要是曾我先生的事有什麼進展，我也很想知道。」這名叫森野的人一直盯著加藤看。

加藤看出兩人的關係了。想必兩人是約好打烊下班之後碰面吧，這也解釋了她爲何會頻頻看表。

「不是的，我只是碰巧遇見曾我太太，便過來向她打聲招呼而已。很遺憾，曾我先生的案情方面並沒有新的消息。」

恭子說聲是嗎，垂下視線，看起來並沒有特別失望的樣子。她對丈夫的失蹤大概已經放棄希望了吧，所以正在尋求下一個伴侶。

要責備恭子也未免太苛刻了。恐怕在丈夫失蹤的這幾年，不安與孤獨隨時隨地包圍著她。若她能找到一個値得依靠的對象，反而是件値得爲她高興的事。

加藤再度體會到光陰荏苒而人心思變的道理。而且，有些時候不改變是活不下去的。

「抱歉打擾了。那麼我告辭了。」加藤輪流看著兩人說。

「千禧蟲危機不知會如何呢？」森野問：「我聽說警方也做了許多應變的準備。」

「誰曉得呢。這部分不是我負責的，我也不是很清楚……。總之，跨年那一刻最好是待在家裡不要外出。」

「我們也打算這麼做，就關在家裡。」森野看了恭子一眼。

加藤心想，森野若是單身，大概會去她的公寓吧。

森野繼續說：「再說憑我們的身分也沒資格到船上參加派對呀。」

「船上派對？」

「我們社長邀請了親朋好友和一些高層幹部，說什麼就算電腦問題會讓飛機掉下來，船總不會沉下去。」

「那是今晚舉行嗎？」加藤感到自己的脈搏加速。

「我是這麼聽說的。」

「地點在哪裡？竹芝嗎？」

「呃，詳情我也不清楚，不過我想應該是從那一帶出港吧。」

「幾點開始？」

「這個……」森野一臉困惑地歪著頭，「請問這有什麼問題嗎？」

「啊，沒什麼。那麼我告辭了。」加藤行了一禮，旋即轉身離去。

5

黑啤酒喝掉約半杯時，雅也看了看表確認時間，指針指著晚間九點多。

再一個多小時……

他伸手進大衣口袋，確認了金屬的重量與觸感，才又伸手拿酒杯。他不能喝到醉，但唯有藉助酒精的力量才能讓他多少忘卻現在苦悶的心情。

他正在海岸路再進去一點的一間酒吧。這裡處處可見為了與心愛的人共度二十世紀最後一晚的情侶，獨自面對吧檯而坐的只有雅也一人。

服務生假裝不以爲意，其實心裡一定很在意這個進到室內也不脫大衣的詭異男客。到了明天，負責偵辦殺人案的刑警勢必會來到這家店，然後讓服務生看雅也的照片。服務生會作證：對，除夕夜這個人的確來過我們店裡……

雅也心想，刑警爲何要追查我？到時候刑警應該也會明白這麼做是沒有意義的，然而，他們會繼續做這種沒有意義的工作，這個世界就是由這種事情堆積而成。

雅也選了這家店沒什麼特別的原因，只要是這一帶的店都可以。話雖如此，要不是這家店門口貼了那些老電影的海報，或許他並不會踏進來。

店內也裝飾著海報，《黑獄亡魂》、《萬花嬉春》、《草莓宣言》，每一部都聽過，每一部都沒看過。

沒看到《亂世佳人》，也許不在老闆的喜好之列。這麼說來，這裡似乎沒有那些所謂暢銷名片。

像郝思嘉一樣的女性……

眞正的新海美冬這麼形容她所尊敬的女人，那個經營「WHITE NIGHT」精品店的人。那女人與新海美冬一同出國，而且一回國便一道前往美冬雙親所住的公寓。恐怕在那個時候，「女人」心中並沒有具體的計謀。

然而，天搖地動的阪神大地震發生了。那一場將一切破壞殆盡的大難，讓「女人」做出賭上一生一世的決定。

雅也認爲「女人」定然是想將過去完全抹滅。他無法猜想那是什麼樣的過去，或許有犯罪經歷，或許背負了鉅債，但這些都不是什麼大問題。

因爲只要是人，任誰都會有想要抹滅的過去；而成爲另一個人，過著截然不同的人生，這難道不是每個人暗藏於心的夢想嗎？更何況，她所遇到的狀況還附贈了「重返青春」這項特別禮物。「女人」應該比眞正的新海美冬大上六、七歲。

那個大震災的早晨，她做了決定。因爲在那種極度的恐怖與混亂包圍之下，唯有她能夠冷靜透徹地分析狀況，確定自己眼前正擺著一個重生的機會。被掩埋在瓦礫下的屍體共有三具——新海夫妻與他們的女兒。然而，「女人」曉得自己是唯一能夠指認屍體的人。

只能說，她眞是了不起。也或許幸運之神是眷顧她的。但若沒有卓越的判斷力、洞察力，以及最要緊的意志力，這件事是辦不到的。

雅也無從得知她是如何訓練出這些力量的，但可以確定的是，她的前半生必定非同小可，而恐怕，那也正是她想抹滅的過去吧。

然而她做得太過火了。爲了消除自己的過去，她殺死了一個人。不僅如此，她也扼殺了另一個男人的靈魂。

雅也再次看表，指針並沒前進多少。他發現自己竟因此略感安心，不禁暗自苦笑。都走到這一步了，我竟然還在猶豫，竟然還想將槍口指向她的那一刻往後延。

他伸手進口袋，以指尖觸摸那個東西。

這是我的自信之作。我做出了畢生最好的、舉世無雙的作品。這把科特手槍，絕對能夠幫助我達成目的。

杯裡的黑啤酒空了。他花時間好好地抽完一根菸之後站起身，當下服務生就對他說「謝謝光臨」。雅也心想，他果然是在等我走。

外頭的空氣很冷。正好。他雖然沒喝多少，但酒精使得臉頰有些發熱。頭腦還是越冷靜越好。

被槍口指著的那一刻，她的臉上會是什麼表情呢？那種女人也會因恐懼而臉部扭曲嗎？她會哭著求饒嗎？

雅也不禁笑了出來。眞可笑，那女人怎麼可能會那樣啊——

他伸手進大衣口袋裡握緊了槍。前方就是港口了。

6

加藤在竹芝一家知名飯店的大廳坐了一個多小時。除夕夜，而且即將迎接值得紀念的千禧年之際，雖已過了晚上十點，大廳內仍擠滿盛裝打扮的男男女女。加藤十分清楚自己的穿著與這樣的場合不搭調，也早發現侍應生以訝異的眼光望著他，但他已下定決心，絕不能在此刻離開此處。

當得知有船上派對的那一刻，加藤腦中登時閃過一個念頭——水原雅也肯定會挑這時候下手。身爲「華屋」的相關人士，新海美冬勢必會出席。水原不可能錯過這個絕佳的機會。

問題是水原會在什麼時間點出手。要混進派對裡想必有困難，這麼一來，就只有在上船或下船的時候了。船的出入口只有一個，客人必須一一上船，若躲在附近，要取美冬的命就容易得多。那些沉浸在歡樂派對裡的人們，恐怕無法想像身邊竟然有人持槍吧。

加藤無論如何都必須在他們搭船前找出美冬人在哪裡，於是他打電話到「ＭＯＮ　ＡＭＩ」，那家美容院現在也隸屬於「華屋」旗下。

若在平常，這時早過了營業時間，但今天「ＭＯＮ　ＡＭＩ」還有人上班，可能是因爲除夕特別延長營業時間。加藤說他要找青江，但青江不在。

「那麼，他是去參加『華屋』的派對了嗎？」加藤開始套話。

「他是這麼交代的。」女員工上當了。

「呃，上船前要在哪裡集合呢？」

「噢，是和『華屋』的人在……」

女職員說出飯店名，加藤一聽便道了謝掛上電話。

新海美冬就在這家飯店裡……

加藤很肯定只要跟在她身邊，一定等得到水原現身。水原打造手槍的技術或許已達名家水準，但射擊的技術應該是門外漢；就算他曾經試射，也只是兩、三發的程度，彈道會不穩。這一點，定期接受射擊訓練的加藤很清楚，即使只有五公尺的距離，要確實置人於死地還是很難。

水原應該是想在極近的距離之下對美冬開槍。而接下來他有什麼打算？自殺嗎？或者趁周圍陷入恐慌時遁入黑暗之中？

無論如何，可以確定的是，一切的狀況都對水原有利。由於千禧年即將來臨，人們失去了平常心；再者，千禧蟲危機當前，所有相關系統都處於休止狀態。

加藤想拿不知第幾根菸來抽，但盒子裡已空空如也。他站起來，四下尋找自動販賣機。

就在這時，櫃檯後方的電梯門廊出現了十來名男女，清一色身披華麗大衣。

其中一名女子特別閃耀出眾，加藤的眼睛死盯著她不放。

然而有那麼一剎那，他以爲他認錯人了，因爲那名女子的長相與他腦海中的美冬相去太遠。不，仔細看之後並沒那麼大的差異，但她給人的整體印象卻截然不同。美冬身上妖魅的光芒比之前更亮眼強烈，甚至像是一具擁有魔力的人偶混在人群中。

加藤一面從上衣口袋取出手機一面走出大廳，在通往化妝室的通道旁停下腳步，撥了一個事先背起來的號碼。

電話響了兩聲，接起來了。

加藤說：「有一位新海美冬小姐現在應該在貴飯店投宿。」

「新海小姐，是嗎？」

「新海美冬小姐，『華屋』秋村社長的夫人。」

飯店人員登時意會了。

「不好意思，方便請教您的大名嗎？」

「敝姓水原。」

飯店人員說：「水原先生，是嗎？」重複確認之後，放下了電話。

加藤仍將電話放在耳邊，望著美冬的一舉一動。她站在靠近正面玄關的地方，與身邊的人談笑風生，似乎沒有發現加藤。她身邊有丈夫秋村、青江眞一郎，以及倉田賴江，而站在賴江身邊的白髮男人應該是她丈夫吧。

穿黑衣的飯店人員走近美冬，在她耳邊悄聲說了幾句話。加藤注視著她的臉，只見她容光煥發的臉上閃過一抹陰影，雖只是短短一瞬，但加藤看得一清二楚。一聽到水原這個名字，即使是她也難掩內心情緒的波動吧。

她在飯店人員的引導下走向櫃檯，身邊其他人似乎沒有特別在意。

她拿起櫃檯角落的電話聽筒。「喂」的聲音傳進加藤耳裡，是她的聲音沒錯，帶著濃濃的警戒氣味。

「請放心，不是水原。」加藤說。

「你是……」

「加藤，警視廳的刑警，妳忘了嗎？」一時之間她似乎說不出話來，加藤繼續說道：「我現在人就在妳附近，請往化妝室的方向看，旁邊有觀葉植物。」

美冬仍持著聽筒轉過頭來，她似乎發現加藤了，加藤覺得她甚至對他微微一笑。

「就今年最後的一場惡作劇來說，相當用心呢，加藤刑警。」她說，顯然很快便找回了從容的態度。

「我有重要的事要和妳談，請給我一點時間。十五分鐘——不，十分鐘就夠了。」

「請不要無理取鬧。既然你也在場，應該很清楚我現在沒有那種時間。」

「這是急事。」

「我也一樣。」美冬不疾不徐地說：「馬上就要千禧跨年倒數了。」

「拜託，這是爲妳好。妳有生命危險。」

「你說話還眞誇張。」

「妳從飯店的人那裡聽到了吧，我謊稱我是水原，因爲我知道這樣妳一定會接電話。就是那個水原要取妳的性命。」

笑容從美冬的臉上消失了，她直勾勾盯著加藤看。即使有一段距離，那雙眼睛仍像要將他的心吸進去。

「看來顯然不是三言兩語能談完的。那麼，等過完年再談吧。」

「一定要現在談。」

「恕我無法配合。我要掛電話了。」

「慢著！那麼，回答我一個問題就好。」加藤吸了一口氣才說：「妳是誰？在那邊以新海美冬的身分、以秋村隆治之妻的身分接待賓客的妳，到底是什麼人？」

即使相隔一段距離，加藤仍能清楚看出美冬眼裡的光芒更深邃了。她手拿聽筒瞪視著他。

經過幾秒鐘的沉默，她綻開雙唇說了：

「我的房間是二〇五五號。」說完她便掛斷電話。

加藤一邊收起手機，視線仍追著她，只見美冬又重新恢復滿面笑容，回到先前的地點，在丈夫耳邊悄聲說了幾句話。秋村隆治有些意外地轉頭看妻子，但笑容立刻回到臉上，對美冬點點頭。

美冬轉身走向電梯門廊。確定她走進電梯之後，加藤也開始移動。

他搭電梯來到二十樓，走在走廊上，腳下踩的是完全聽不到腳步聲的地毯。來到二〇五五號房前，加藤深呼吸一口氣。

一敲門，門立刻開了。美冬仍穿著大衣，背後是一整片夜景。在昏暗中，她的眼睛仍發著光。

「只有五分鐘。」美冬說：「超過時間，我先生會起疑。」

「那麼我就長話短說。」加藤走進房間。

那裡有客用沙發組，連矮櫃和書桌也一應俱全。

「我還是第一次進飯店套房吶。」他環顧室內。

「你打算把五分鐘用來談房間的裝潢？」

「不。」加藤重新面向她，「水原盯上妳了，他想要妳的命。他手裡有自製手槍。」

「水原先生？哪一位？」

「到這關頭了，妳還要裝蒜？」加藤往沙發上一坐，「他恐怕什麼都知道了。他知道妳只是利用他而已，也知道妳眞正的名字不叫新海美冬。」

她仍站著，低頭俯視加藤，嘴唇露出笑意，「我是秋村美冬。」

加藤牽動了嘴角。

「好了，別再這樣行不行？妳眞的有性命危險，水原是認眞的。」

「我不知道你這話是什麼意思。那麼，你說我是誰呢？」

「這是我要問妳的問題吧。我知道妳不是新海美冬。我去過京都了，看到妳的——不，是新

海美冬小姐以前的照片，她和妳是全然不同的兩個人。」

聽完他的話，她呼地吁了一口氣。

「只是這樣，你就說我是冒牌貨？」

「我認爲這不是一件能視爲『只是這樣』的事。」

這時，她開始脫下一直穿在身上的白色毛皮大衣，大衣底下是一身大紅禮服，顏色之鮮豔，令加藤誤以爲室內驟然間亮了起來，也將她的肌膚襯托得更加白皙。

「上次見到你是好久以前的事了。今天看到我，有沒有什麼新發現？」美冬俯視著他問。見加藤答不上來，她便繼續說：「剛才你立刻就認出我了？」

他明白她想要說什麼了。

「我的確認爲妳給人的印象跟之前不同。」

「只有印象不同？」她微偏著頭。

「不……」他輕輕搖頭。

「對。我的臉也不一樣了吧！之前見面的時候，是在哪個階段呢？」

「階段？」

「我想你已經發現了，我一直在接受美容整型，而且是分好幾個階段來做，現在也仍持續中。要達到完美，眞的是一條非常漫長的道路。」

「妳是說妳動了整型手術？所以容貌才和以前的照片不一樣？」

「所謂的整型手術本來就是讓人改變容貌。」

「那麼，妳是什麼時候變成現在這張臉的？第一次動手術是什麼時候？」

「如果我告訴你，你就會拋開你那些可笑的妄想嗎？」

「不聽聽看不知道。」雖然聽了也不會相信，加藤暫且這麼說。

美冬拾起脫下來的大衣，看了看房間裡的鐘。她開出來的五分鐘時限快到了。

「大學畢業之後，我摸索過很多條路，因爲我不知道自己應該選擇什麼樣的人生。在那時候，我遇見了一名女子，我認爲她正是我的理想。我在她身邊工作，經常與她一起行動。當她決定拋棄一切到國外生活時，我也央求她讓我同行。」

「妳說的女子是何方神聖？」

「這和你無關吧。」美冬一語帶過，深呼吸一口氣後繼續說：「我想成爲她。我模仿她的一切，後來，我開始希望連我的外表——也就是面孔——都和她一樣。」

「妳該不會是爲了這樣才去動手術……」

「就是你口中的『該不會』。」美冬盈盈一笑，「遺憾的是，我手邊沒有她的照片，如果有就能讓你看了，如此一來你就能確認我的容貌是多麼地接近她。」

「請告訴我她是誰，這很重要。」

加藤站起來瞪著美冬，但她卻還以更銳利的眼神，並散發出那股將他的心吸進去的魔力。他無法再靠近她任何一步。

「她是我心目中的太陽，不能隨便將她的名字宣之於口。」她不假辭色地一口回絕。

「那女子就是妳吧？眞正的新海美冬小姐以前便是如此地仰慕妳，對吧？而在那段時期妳與

曾我先生曾經見過面，所以現在曾我又出現在冒用新海美冬身分的妳的面前，便成了妨礙，不是嗎？」

然而她卻無視他的話，穿上大衣朝房門走去。

「慢著。」

「時間到了。」說著，她走出了房間。

加藤隨後出來，美冬已經來到電梯門廊前。他站到她身邊。

「都是因為妳，有好幾人遭遇不幸。濱中、曾我，還有水原也是。一定還有別人吧。」

「好過分的指控。」美冬仍望著電梯門，嘴角露出笑容，「你也因為我而不幸嗎？」

電梯門開了，她進了電梯，加藤也跟了進去。

「妳的過去真令人好奇。那些日子妳是怎麼走過來的？為什麼會變成這副樣子？」

「這話是什麼意思？」

「因為太不尋常了吧，妳簡直像被什麼東西操縱了一樣。」

「我？被什麼操縱？」

「所以我很好奇啊。妳也不是一出生就這樣吧！一定是有什麼事情讓妳變成這樣的。也許是心靈創傷。」

「心靈創傷？」美冬笑了出來，「很多人一說到什麼就把這個詞搬出來。你是想說因為我小時候曾受過什麼傷害，而那傷害便一直操縱著現在的我？麻煩不要拿這種灑狗血的故事套在我身上，好嗎？」

「妳是說妳的過去都無風無雨？」

「就算有，我也不會被綁住，我只會從中學習生存方式。」

電梯抵達一樓。美冬走出電梯後回頭對加藤說：

「不要緊跟在我身後，我先生會起疑的。」

「讓我負責維安！明知道有人要取妳的性命，我不能不管。」

「若眞是這樣，爲什麼只有你一個人來？總不會因爲除夕日，所以警察都沒空吧？到頭來，根本你自己也知道你所說的都是妄想；至少你很清楚別人聽了之後會嗤之以鼻，認爲那是妄想。」美冬向他走近一步，嫣然一笑後補上一句：「告訴你，就是妄想。」接著轉身而去。

「水原就在這附近！他絕對會動手的！」

美冬只稍微朝他轉過頭來：

「那是不可能的，因爲我根本不認識什麼叫水原的人。」

「等等！」

但美冬對加藤的話充耳不聞，邁出腳步。要是在這裡強留她，只會引來旁人阻止，搞不好連他個人的行動都會受限。

加藤在稍遠處觀察美冬一行人的情況，她與丈夫正步出飯店正面玄關，看來是要搭車。等看不見他們的身影之後，加藤也走向出口，穿過玻璃大門趕到計程車乘車處。一坐進空車，便指示司機到日之出棧橋。

「就在前面啊，用走的……」司機不滿地說。

「別囉嗦，開車就是了。」他出示警察手冊。

計程車猛然開動，加藤一面感受著椅背傳來的壓力，一面反芻剛才美冬的那些話。我根本不認識什麼叫水原的人……

這什麼女人啊！把爲了自己不惜殺人的男人，當作用完的口紅一樣丟掉，而且還面不改色；即使告訴她有人要取她性命，依舊絲毫不爲所動。

她的確不是會被心靈創傷左右人生的人。該怎麼做才能活下去，她有她自己明確的意志，而那意志就像被壓縮在地底的岩盤一般堅不可摧、無法撼動。

水原雅也——加藤想著這個尚未謀面的人。

恐怕水原才是最大的受害者，濱中根本無法和他比。那個冒新海美冬之名的女人以魔性攫住他、操縱他，讓他犧牲了自己的人生。

而現在，這個水原正要讓一切落幕。

從飯店到日之出棧橋是筆直的路線，不久左側就看得到東京港管理事務所的紅磚色建築，計程車過了那幢建築沒多久便停下車來。加藤遞給司機一張千圓鈔，下了車。

日之出埠頭營業所的停車場停了數十輛私家轎車，想必都是出席今晚派對的客人開來的座車。停車場裡也停放了觀光巴士，但那一區靜悄悄的，沒有人影。

停車場前方是兩幢平坦的低矮建築，一棟是定期渡輪的乘船處，一棟是供遊輪餐廳的客人使用的建築。加藤毫不猶豫走向後者。

建築物的入口裝飾得華麗氣派，盛裝打扮的客人陸續走進入口，加藤也混在裡面穿過了自動門。

建築物內部也是一派奢華，彷彿這裡才是派對會場，近百名男女各自形成小團體談笑著，也有人手裡拿著飲料。

加藤的視線迅速掃視四下。首先尋找美冬，卻不見她的身影，也沒看到秋村隆治。他們應該已經抵達，一定是在某處準備室等待吧。

接著他一一觀察賓客。他不知道水原的長相，但他有把握，只要水原在場，自己絕對認得出來。即將動手殺人的人，散發出來的氣氛定然不尋常。

然而就他掃視一圈的結果，並沒有看到可疑的人。加藤一面放眼全場一面朝角落移動，他也知道自己現在眼神尖銳。

「各位貴賓，讓您久等了。」不知哪裡響起男子的聲音。

加藤一看，只見通往木棧道的出入口前方站著一名身穿駝色制服的男子，出入口上方掛著「A HAPPY NEW YEAR 2000」的招牌。

「現在請各位貴賓登船。請小心您的腳步，依序上船。」

男子一說完，室內深處密密麻麻的人群便散了開來。人群後方本是個船上婚禮沙龍，玻璃帷幕現在拉上了白色的窗簾，看不見裡面的情況。

而那裡的玻璃門打開了，出來的是穿著銀灰色燕尾服的秋村隆治。繼他之後，新海美冬出現了，她已換上純白的禮服。

賓客發出陣陣分不出是歡呼還是嘆息的聲音，不用說，那自然是針對美冬而發的。她簡直就

像冰雪女王。

兩人來到通往木棧道的出入口並肩而立，看樣子是要夫妻一同迎接乘船的賓客，他們大概是準備最後才上船吧。

客人紛紛向木棧道移動。秋村與美冬一一招呼、行禮。由於出入口的大門敞開，外面的冷空氣灌了進來。美冬雖穿著裸露雙肩的晚禮服，臉上卻沒有絲毫冷的表情。

客人越來越少了，加藤一直擔心賓客當中有人會突然攻擊美冬，看來只是杞人憂天。那麼水原不會在這裡出現了嗎？原本預測他一定會挑今晚對美冬下手的，終究是猜錯了嗎？

最後一個人也踏上了木棧道，等候室裡只剩幾名工作人員與加藤。

秋村隆治的視線望向加藤，同時美冬也看著他。她的視線像是瞪視，也像是對什麼事樂在其中的樣子。

美冬向丈夫耳語。那個人跟我們沒有關係。——或許她是這麼說的。事實上，秋村隆治也好像對加藤失去興趣，轉開了視線。

工作人員送上他們的大衣，兩人穿上之後也步上木棧道。美冬已不再往加藤這邊看了。

加藤一靠近出入口，一名身穿駝色制服的男子立刻擋在他面前，把那道門關上，臉上彷彿寫著：非相關人員禁止通行。

加藤無奈，只好透過窗戶遙望兩人。碼頭停靠著一艘豪華客輪，碼頭與客輪之間架了一座有蓋短橋，美冬與丈夫一同往那裡走去。

加藤心想，水原是準備在他們下船時動手嗎？也許他認爲客人微醺淺醉時更有機可乘。

「船什麼時候回來？」加藤問穿制服的男子。
「原則上預定是凌晨一點。」
「一點啊……」加藤喃喃說著，正要看表，視野裡有什麼東西動了。他抬頭望向窗外。有一道人影從隔壁定期渡輪的木棧道翻越柵欄過來，是個高個子的男子。
加藤推開制服男子，打開門衝出去木棧道上。高個子男子正要從他面前過去，加藤拚命撲倒他。加藤感覺得出男子的身體失去平衡，但下一秒鐘，他自己也倒下了。當他迅速起身時，對方也已站起，兩人互瞪著對方。客輪的位置在加藤的後方，他無法得知美冬他們是否正看著這一切。
「死心吧，水原。」加藤說。
男子的眉毛微微一動，但面無表情。加藤心想，多麼灰暗的眼睛啊！因絕望而渾濁不堪的玻璃珠深處彷彿跳動著憎恨的火焰。
男子伸手進大衣口袋，顯然握緊了口袋裡的槍。
「你是……加藤？」男子說。

7

雅也心想，這人就是那個叫加藤的刑警了，那個像趕不走的蒼蠅般在自己和美冬身邊飛來飛去的人。不知道這男人怎麼會在這裡，不過那都無所謂了。
雅也望向那男人身後的客輪。美冬正讓丈夫牽著手走上船，她也朝他這邊迅速一瞥，兩人視線交會。

爲什麼呢？美冬——。雅也將自己的思緒傾注在視線裡。

爲什麼背叛我？爲什麼殺了我的靈魂？是妳說我們沒有白天的，是妳說永遠都是黑夜的，是妳說我們要在夜裡活下去的。

如果那樣還算好。如果是眞正的夜還算好。但妳卻連那都不願給我。妳所給我一切的一切，全是幻影。

然而，美冬的眼裡沒有任何回答。她迅速移開了視線，對著丈夫微笑，接著滿臉幸福地在客輪內消失了身影。

「死心吧！」

這句話，讓雅也把視線移回眼前這個男人身上。加藤似乎從剛才就一直注視著雅也。

「你的仇，我會幫你報。所以你千萬不要做傻事。」

「仇？」

「我會剝下那女人的假面具，你等著吧！」

雅也回視加藤的雙眼，在嘆氣的同時笑了。這男人在說些什麼？

「有什麼好笑？」加藤問。

正好這時候，汽笛響了，豪華客輪緩緩駛離港口。雅也的視線緊追著客輪。眼看著駛離的客輪越來越小，甲板上不見美冬的身影。

此刻的她一定是集璀璨光輝於一身，正展示著她的美吧。直到最後，雅也終究不明白她的目標何在，但她的確一步步爬上了那個地位。

「水原，把槍給我。」加藤伸出手，「我必須逮捕你，但我也會把那女人送進牢裡。我答應你。」

雅也把手從大衣口袋裡抽出來，槍仍握在手上。他聽見加藤深呼吸的聲音。

雅也往加藤靠近，做出要交槍的動作。

但是他並沒有把槍放開。這把槍是爲了與美冬共赴黃泉特製的。他手指勾住扳機，拿槍指向加藤的喉嚨，同時，自己也往槍靠過去。

「我不會讓你得逞的。」雅也說：「不要介入我和她的世界。」

接著扣下了扳機。

8

秋村不甚愉快地掛斷手機，與他通話的是當地的警察署長。幾分鐘前，工作人員通知他一個掃興的消息——就在自己搭的這艘客輪離港的下一秒，日之出棧橋出事了，據說是爆炸案。秋村的確曾聽到一聲巨響，當時他還對其他客人說，大概是有人太心急，搶先引爆了千禧年的煙火。

爲了進一步了解詳情，他打電話給熟識的署長，但對方不肯透露內情。也許署長也還沒接到詳細的報告，畢竟事情才剛發生。

「好像是手槍走火了。」署長這麼說。

「手槍？有人身上帶著這麼危險的東西？」

「啊，這個還不清楚。總之，爆炸很嚴重，一般應該是不會那麼嚴重的。死了兩個人。」

「兩個……」

才剛迎接新的一年，竟然聽到如此令人不舒服的話題，愉快的心情都被糟蹋了。秋村先指示工作人員絕對不能讓客人知道這件事，並且客輪回港時改停泊在竹芝棧橋。據說案件現場血肉橫飛。

自己上船當時，看見有兩名男人起了爭執。死的就是他們嗎？再說，他們怎麼會在那種地方？

秋村先讓自己臉上表情恢復和緩，才返回派對會場。他環顧會場尋找美冬，卻不見人影。問過一旁的人，說是看見她剛才到甲板上去了。

他穿上大衣，走到甲板上。一身雪白晚禮服的美冬正迎風佇立。

「妳大衣也沒穿，在這裡做什麼？」秋村脫下自己的大衣，披到妻子身上。

美冬說了聲謝謝，將大衣前襟拉攏。

彩虹大橋就在她身後，聽說今晚裝飾橋面的霓虹燈將會點亮徹夜。在那燈光照耀下，她的雙頰閃耀著。

秋村決定不把事情告訴她。

「進去吧，今晚我們可是主人哪。」

「說的也是，對不起。」

秋村邁開腳步，察覺妻子沒跟上，他回過了頭。

「怎麼了？身體不舒服嗎？」

美冬搖搖頭。

「沒有。這眞是我人生最美好的夜晚，如夢似幻。」她說著，妖豔地微笑了。

解說

長夜有時，但幻夜無盡

陳國偉

（本文因涉及《白夜行》及《幻夜》結局，請先閱畢兩作後再行閱讀。）

這一切好像已經結束，然而卻又似乎才要開始，當所有確知美冬秘密的人一一死去，美冬終於在邁入新世紀的這一晚，迎向她人生中最美好的夜晚，然而，她的慾望就此可以止歇了嗎？還是這如夢似幻的幸福夜晚，終究也只是鏡花水月，下一個新的輪迴，就在她轉身之後，又將馬上開始？

繼《白夜行》之後，東野圭吾以《幻夜》再度打造魔性之女的進化版，這次她更為無情，更不擇手段，即使要獻出她的身體，也在所不惜。然而，如此地不顧一切，只為得到虛幻的名利，就像水原雅也所問的：「她為何要做到這種地步？是什麼動力驅使了她？使她如此地冷靜、如此工於心計，而又如此殘酷」？

究竟是為什麼？

人間的條件：東野圭吾的社會寫真

一直以來，東野圭吾總是被人視爲「本格解謎」的推理作家，而二〇〇五年《嫌疑犯X的獻身》所引發的本格論戰，以及「伽利略」系列的影像化所掀起的熱潮，似乎都在強化東野圭吾此一向度的定位。

然而我卻認爲在「解謎」以外，東野圭吾其實早已悄悄往社會寫實的方向挪移，而發展出屬於他個人獨特的社會觀視角度，以及對於人性本質的考察，而發展出屬於他的「人本學」(*1)。就像我在獨步文化出版的這一系列東野圭吾作品如《湖邊凶殺案》、《信》、《白夜行》的解說中所強調的，「死亡」原本就是開啓推理小說謎團的起點，但在東野圭吾的筆下，他反而更著墨於關注「死亡」所帶給角色的影響，「在死亡之後」到底怎麼處理自己的人生，該如何重新設定方向與秩序。所以更多時候，死亡最後所給予的，不是案件的眞相，而是人生的眞相。

而這樣的書寫關懷，在他一系列入圍直木獎的作品中，特別明顯。像是《秘密》（一九九九）中杉田平介在妻子死去後必須接受女兒靈魂錯置的可能，因而發展出倫理與慾望的糾葛；《白夜行》（二〇〇〇）中雪穗與亮司獨特的生存之道，爲何要以犯罪的方式相互守護？《單戀》（二〇〇一）與《信》（二〇〇三）則是分別處理了犯罪者家族以及自我性別認同障礙者的生存問

*1 此一概念我曾在東野圭吾的另一本小說《單戀》的解說〈W／M的悲劇〉一文中說明過，詳情請參閱該文。

題；而到了《幻夜》（二〇〇四），則呈現出在時代倥傯的動盪下，人如何以掠奪的殘酷生存美學，點燃希望的虛幻之光。

然而也就是因爲這樣的書寫方式，東野圭吾深刻地捕捉到日本近二十年來的社會發展，並且呈現出強烈的現實感。其中《白夜行》與《幻夜》更一路從一九七〇年代到二〇〇〇年，跟隨著日本的經濟高飛，消費型態的轉變，以及電腦與虛擬時代的來臨，一直到泡沫經濟崩潰、自然與人爲災害的頻仍（阪神大地震與沙林毒氣事件），到人工美學時代的來臨（美髮、化妝、整型美容的狂飆），唐澤雪穗、桐原亮司、新海美冬、水原雅也這些不同年代的犯罪者，他們接力書寫的慾望史像是日本近代史的隱喻，表面上華麗閃耀，但骨子裡卻虛浮而不眞實。

華麗的進化：彼女的生存之道

然而最耐人尋味的是，在東野圭吾的這一系列小說中，隨著小說的現實面愈強，女性角色的神秘也就愈發不可解；但她們高度的自我意識，以及強韌自主的生命力，雖然讓男性角色在面對她們時透出強烈的無力感，但卻也同時誘發男性爲之犯罪或獻身的強大執念。

就像《祕密》中女兒身體裡究竟是否住著妻子的靈魂，讓平介幾乎束手無策，而《單戀》中同時面對美月與妻子的改變，哲朗只能被動地接受，完全失去了干預的能力。到了《白夜行》，東野圭吾更認同雪穗是他心目中理想的女性典型，而亮司的自我奉獻則是理想的生存模式（*1）。

甚至在他接受集英社的訪問時，道出《幻夜》中的美冬完全是他心目中的「究極之女」，更可看出東野圭吾對於這種「魔性之女」的華麗生存之道的認同。

當然，也許讀者會想問的是，對於新海美冬而言，當她得知所有了解她祕密的人都已死去，而說出「這眞是我人生最美好的夜晚，如夢似幻」的話時，她想要追求的，眞的是一個像這般不斷「蜕皮」的人生？對她而言，用傷害而換來的幸福，是眞實的幸福？如果她給予水原雅也與秋村隆治的都是虛假的愛，那麼她又如何能保證，自己得到的愛與幸福，是眞實的呢？

但也許東野圭吾想要藉美冬來凸顯的是，一個沒有家世背景的平凡女子，要在日本這樣的現實中往上爬，就必須將一切道德都放下。更何況當她經歷了阪神大地震那樣剎那的全面滅絕，而終能在廢墟中重生，她再也沒有什麼可以失去，所以此後便是一直在獲得。她的美貌與誘人的肉體就是她最好的籌碼，透過以物易物的交易，而得到更大的利益，若是走在這樣的生存之道之上，她根本無所畏懼。而這，也許就是東野「究極之女」的眞諦。

絶望的深淵：從白夜到幻夜

然而對於熟讀東野圭吾小說的讀者來說，另一個急切想知道的，便是究竟新海美冬所羨慕像《飄》中郝思嘉的女子，是不是就是《白夜行》裡的唐澤雪穗？如果是的話，究竟是因爲美冬希望效法雪穗的生存之道，因而蛻化成更爲冷酷、無情的物種？還是其實是雪穗趁著阪神大地震之

---

*1 前者出自東野圭吾與綾瀨遙於《達文西》雜誌二〇〇六年二月號的對談，而後者出自日劇《白夜行》刊登於TBS的官方網站上的訪問。

便，襲得了美冬的身分，因此重新開啓一個新的人生？

然而不論兩人的關係，是否如讀者所懷疑，我們仍是可以發現，由於書寫主軸的不同，雪穗與美冬即使是同一人，東野圭吾的側重點也已有所不同。在《白夜行》中，亮司與雪穗的宿命，啓動於那奪走他們靈魂的父親，在他們尙未有決定的能力時，便已無法扭轉；在他們尙未有足夠的心智能力去判斷是非時，他們就開始自人間逃亡，遁入白夜。但在《幻夜》中，水原雅也的命運其實是自己製造的，若是他不貪求那四百萬圓的保險金而殺害舅舅，他也不會只剩黑夜可以選擇。因此他生命中的夜晚，之所以會轉成幻象，其實是他的一念之差所啓動的。

而在《白夜行》中，雪穗與亮司雖然像是被世界遺棄，而只能在在白夜的「陰陽魔界」裡遊走，但他們皆具有對於時代風向的敏銳度，因而能駕馭著時代的潮流（現實）而走，這從亮司犯罪手法是跟隨著科技及生活形態的轉變而「進化」，就可看出。但在《幻夜》中，雅也在更多時候是被現實逼著走，他的手藝具有高度的手工業質感，但卻屢屢被時代遺棄，所以相對而言，他只具有美冬需要的能力，但卻不具有在現實中生存的能力，所以他對美冬來說終究只能是用完即棄的「戰廢品」。

然而我認爲其實更關鍵的地方在於，雪穗與亮司是眞的有羈絆在他們之間的，或許它遊走在情義與罪惡感之間，但雪穗是認同亮司是做爲她生命中唯一的太陽的。然而美冬從在地震廢墟中看到雅也的那一刻起，就是要利用雅也，因此她製造出虛假的黑夜，讓雅也以爲身處於黑夜中，需要美冬做爲太陽，但終究是美冬只願意成爲自己的太陽，而背叛了他，讓他被眞實的黑夜給呑噬。所以在《白夜行》裡，亮司透過對雪穗的奉獻，因此得到了救贖；但在《幻夜》中，雅也卻完全沒有得到救贖的可能，因爲他誤守著兩人共有著幸福的幻覺，視爲唯一的救贖，而最後連唾手可得的微小幸福也都流失了。

也正因爲如此，如果要說《白夜行》中有著任何一絲可以被稱爲是「希望」的東西，那麼到了《幻夜》，東野圭吾連這一絲都從我們面前奪走了。因爲亮司的獻身所創造的生命之光，曾經守護著雪穗，讓雪穗得到溫暖；而雅也的全心付出，最後得到的卻是美冬的遺忘。所以在這個定義上，雖然《白夜行》是一本「極惡之書」，但《幻夜》卻是一本不折不扣的「絕望之書」。

至少，在雪穗的夜晚，我們仍能和她一同看到虛幻的太陽。但在雅也的黑夜裡，連星星都全部墜落下來，什麼也都不剩了。

本文作者介紹

陳國偉，筆名遊唱，新世代小說家、推理評論家、MLR推理文學研究會成員，現爲國立中興大學台灣文學與跨國文化研究所副教授，並執行多個有關台灣與亞洲推理小說發展的學術研究計畫。

國家圖書館出版品預行編目資料

幻夜／東野圭吾著；劉姿君譯. -- 二版. - 台北市：獨步文化, 城邦文化出版：家庭傳媒城邦分公司發行，民107, 04
面； 公分. --（東野圭吾作品集；16）
譯自：幻夜
ISBN 978-986-96154-2-6（下冊：平裝）

861.57　　107003267

東野圭吾作品集16 幻夜（下）

原著書名／幻夜
原出版社／集英社
作者／東野圭吾
翻譯／劉姿君
責任編輯／張麗嫺
編輯總監／劉麗真
總經理／陳逸瑛
榮譽社長／詹宏志
發行人／涂玉雲
出版／獨步文化
城邦文化事業股份有限公司
台北市中山區民生東路二段141號5樓
電話：(02) 2356-0933　傳真：(02) 2351-9179; (02) 2351-6320
發行／英屬蓋曼群島商家庭傳媒股份有限公司
城邦分公司
台北市中山區民生東路二段141號2樓
讀者服務專線：(02) 2500-7718; 2500-7719
24小時傳真服務：(02) 2500-1990; 2500-1991
服務時間：週一至週五上午09：30-12：00; 下午13：30-17：00
讀者服務信箱E-mail：service@readingclub.com.tw
劃撥帳號／19863813
戶名／書虫股份有限公司
香港發行所／城邦（香港）出版集團有限公司
香港灣仔駱克道193號東超商業中心1樓
電話：(852) 25086231　傳真：(852) 25789337
E-mail: hkcite@biznetvigator.com
馬新發行所／城邦（馬新）出版集團【Cite (M)Sdn. Bhd. (458372 U)】
11,Jalan 30D/146, Desa Tasik,
Sungai Besi, 57000 Kuala Lumpur Malaysia
電話：603-9056 3833　傳真：(603) 9056 2833
封面設計／萬亞雰
排版／陳瑜安
印刷／鴻霖印刷傳媒股份有限公司
□2008年（民97）12月初版
□2023年（民112）3月4日二版五刷
售價／340元
Printed in Taiwan

First published in Japan in 2007 by SHUEISHA Inc., Tokyo.
Traditional Chinese translation arranged by SHUEISHA Inc.
through Japan Foreign-Rights Centre

ISBN 978-986-96154-2-6